异闻录民调局

最终篇章 第一卷

耳东水寿 著

④ 崖怆魅影

华龄出版社
HUALING PRESS

责任编辑：李梦娇

责任印制：李未圻

**图书在版编目（CIP）数据**

崖怆魅影 / 耳东水寿著 . -- 北京：华龄出版社，
2021.7

ISBN 978-7-5169-2029-9

Ⅰ.①崖… Ⅱ.①耳… Ⅲ.①长篇小说 – 中国 – 当代
Ⅳ.① I247.5

中国版本图书馆 CIP 数据核字（2021）第 144322 号

书　　名：崖怆魅影

作　　者：耳东水寿

出版发行：华龄出版社

地　　址：北京市东城区安定门外大街甲 57 号　邮　　编：100011

电　　话：（010）58122255　　　　　　　传　　真：（010）84049572

网　　址：http://www.hualingpress.com

印　　刷：三河市金泰源印务有限公司

版　　次：2021 年 11 月第 1 版　　2021 年 11 月第 1 次印刷

开　　本：710mm×1000mm　1/16　　　　印　　张：17

字　　数：251 千字

定　　价：39.80 元

# 目录

# 目 录

# 目 录

# 第一章　醒过来了

在一片黑暗当中，车前子睁开了眼睛。他有些迷惘地看了一下四周，这次不是在 ICU 病房里了。眼前一片昏暗，到处都是雾蒙蒙的，根本看不清自己是在什么地方。

怎么回事？自己是死了吗？这里就是地府？车前子心里一连串的问号，他试图回忆发生了什么事情，脑袋立刻疼得好像要炸开一样。只要他一动回忆的念头，那种钻心的疼痛立刻袭来，令他几近晕厥。

回忆不了，那就继续往前走吧，希望前面有人可以解开自己心里的疑惑。当下，车前子咬着牙，拖着好像灌了铅一样沉重的双腿，慢悠悠地向前走去。

也不知道走了多久，突然在雾气当中看到了一点光亮。前面也许有人，车前子急忙加快了脚步，摇摇晃晃地向发出光亮的地方跑去。差不多跑了五六十米，小道士终于见到了光亮的源头。地上点着一堆篝火，一个身穿黑衣的男人背对着他，正蹲在地上烤火。

不管怎么样，总算是见到活人了。车前子走到男人身边，说道："兄弟，借你的光烤烤火。"

原本小道士是想走到男人面前之后，再和他打声招呼的。不过车前子过去的时候，黑衣男子却转过了身子，还把头低了下去，背对着小道士，说道："兄弟，别说借，火堆不是我弄出来的，我也是沾别人的光。火已经点上了，不烤白不烤。"

见黑衣男人故意躲着自己，车前子的火气就上来了。因为还要向这个人询问这里是什么地方，小道士才勉强压住了火气。他一边烤火一边向黑衣男人问道："这是什么鬼地方？乌漆墨黑的什么都看不到。"

"可不是乌漆墨黑嘛！这里是阴阳交汇之地，不乌漆墨黑的，还会亮堂堂的吗？"黑衣男人顿了一下，继续说道，"你真不记得了吗？这里是孤魂野鬼待的地方，就在这里等着被阴司鬼差带走呢。"

"我死了？"车前子愣了一下，他也顾不上烤火了，想要弄明白自己是怎么死的。但刚刚动了这个念头，脑袋"嗡"的一声响，疼得小道士差点栽到火堆里，幸好他及时反应过来，稳住了身子。

"可不是死了吗？你真的一点都记不起来了？那我帮你回忆回忆吧。"黑衣男人叹了口气，随后从地上站了起来。这时候，车前子终于见到了黑衣男人的真面目——竟然是另外一个自己，音容笑貌连同说话时的声调、语气都和自己一模一样。

看到了另一个自己，车前子的脑袋突然开始嗡嗡作响，随后从他的七窍里流出来黑紫色的鲜血。没想到七窍流血之后，小道士突然耳聪目明了起来。头也不疼了，心里好像开了窍一样，将自己是怎么"死"的过程全都想了起来。

只不过在他的记忆里面，车前子完全沦为了旁观者的角色。他躲在另外一个车前子的身体里，将自己是如何和吴仁获动手，又是如何被电弧反噬的事情都想了起来。就连事后孙胖子和杨枭是怎么搭救的自己，小道士竟然也看得一清二楚。记忆最后停留在吴仁获用细长电弧打他的一瞬间，之后发生了什么，车前子便不知道了。

"你是另外一个我！"回忆起来事情的经过之后，车前子喃喃地说了一句。努力平复好情绪，车前子继续对黑衣车前子说道："我什么都想起来了……小时候我被魑魅吓晕了，就是你接管了我的身体，赶走了那个魑魅。后来还有几次，只要我一出事，都是你来接管我——们的身体。等我再次重新接管身体之后，便把你的事情都忘了。"

黑衣车前子哈哈一笑，主动过去拥抱了另外一个自己，说道："忘了就忘了，谁能记得住自己？我们俩本来就是一个人，不分彼此。"

黑衣车前子说话的时候，远处走过来四五个人影。见到这边有火光，当中一个人影高声喝道："哪里来的鬼魅，敢在阴阳交汇重地起火？不老老实实待着，等阴司爷爷带你们去地府，竟然敢在……"

说到一半的时候，这一队人影已经到了两个车前子近前。这几个人影正是之前和吴仁获碰过面的那几个阴司鬼差，他们被吴主任吓得够呛，也没心思继续巡街了，打算先回地府向上司禀告医院里面的事情，没想到在地府的大门口见到了两个鬼魅在烤火。领头的小阴司便打算将在吴仁获那儿受的气，一股脑都撒在这两个鬼魅身上。

等走到近前，看清了这两个人的相貌之后，领头的小阴司愣了一下，突然想起来这两个人是谁了——这不是吴仁获家的小少爷吗，怎么真死了？那也别让自己遇到啊！等吴仁获找过来，知道是自己带走他儿子的魂魄，捏死自己还不跟捏死只蚂蚁一样？

当下，小阴司立即换了一副和善的模样，笑着对两个车前子说道："阴阳交汇之地是不暖和，不过小心火烛啊——怎么干烧火，也不知道烤两个串儿。你——们爸爸知道了，得责怪我不会办事了，赶紧来个人，给两位吴少爷烤点什么磨磨牙……"

就在这个时候，雾气当中突然飞过来一条锁链，缠住了小阴司的脖子，还没等它叫喊出来，就被拖进了雾气里面。随着一阵惨叫声，小阴司的气息瞬间消失得无影无踪。

没等其他鬼差反应过来，又有四条锁链飞了出来。缠到四个鬼差的脖子上，将它们一起拖进了雾气里面。接着，又是一阵阵惨叫声传了出来。

也就几个呼吸间的工夫，五名阴司鬼差竟然在地府门口被解决了。车前子的眼睛盯着它们消失的位置，疯狗脾气上头，就要冲进去看看是谁解决的阴司鬼差。

就在这个时候，黑衣车前子一把拉住了车前子。他朝雾气的方向笑了一

第一章　醒过来了

下，说道："接下来想干什么？是一次解决我们两个车前子，还是想把这口黑锅扣到我们头上？"

黑衣车前子的话说完之后，雾气之中出现了一个模模糊糊的人影。人影盯着两个车前子看了片刻，发出来一阵尖厉的声音："吴仁荻的儿子……竟然还是双生魂魄——不对，只有一个魂魄，被抽离出来了一部分……好手段啊好手段。"

人影说话的时候，黑衣车前子闪身挡在车前子身前，低声说道："我们的'电池'不在身边，对付不了这些杂碎——你先跑，我会撑到你跑远为止。一直向西跑，进了地府谁也不敢难为你……记住了，往西……"

黑衣车前子还没有说完，车前子疯狗脾气上来，已经先一步向人影冲了上去。他一边猛冲，一边大声喊道："你赶紧往西跑……"

见到车前子向自己扑过来，人影大笑起来，随后一道锁链迎着小道士飞了过来。眼看他的脑袋就要被锁链缠住的时候，空气当中响起来有人呼喊的声音："兄弟你醒醒……不是活过来了吗？怎么还不醒……"

听到这个声音，两个车前子同时消失在人影的面前。


再次睁开眼睛，车前子发现自己又回到了熟悉的ICU病房。只不过不是之前常去的那家医院，孙胖子把他安置在另外一家医院的重症监护病房里。此时的车前子身上插满了管子，除了两只眼睛还能转动之外，他连根手指头都动不了。

见到车前子睁开了眼睛，守在旁边的孙胖子惊呼了一声，随后扯着嗓子喊道："院长！主任！大夫……赶紧过来……我兄弟醒来了。"

随着孙胖子的叫嚷，很快冲进来一群穿着白大褂的医生。给车前子检查完身体，他们又一起讨论了一下，最后由这家医院的院长向孙胖子陈述道："孙局长，是这么回事——病人现在已经脱离了生命危险，不过因为之前受伤太重，想要完全恢复还需要一段时间。我建议继续留在ICU观察，等到病情稳定下来之后，再转到普通病房。"

"那就别转了，我兄弟继续留在这里。什么时候彻底好了，什么时候再给他办理出院手续。"听到车前子没有生命危险，孙胖子这才松了口气。从车前子被救过来到现在，已经过了三天三夜。当时车前子只是比死人多了一点心跳，呼吸微弱得根本无法维持身体所需的血氧含量，只能通过仪器来辅助呼吸。这三天，孙胖子一直守在车前子身边，三天时间他足足瘦了一圈。

听到老院长的答复，孙胖子算是放了心。等医生们都离开病房之后，他对车前子说道："兄弟，你这次是吓着哥哥我了……不是我说，以后你的脾气得改改了。不管你认不认，那个人也是你爸爸。不能再对他动手……算了，你现在都这样了，我说什么你都听不进去。"

孙胖子说话的时候，病房大门再次打开。邵一一带着他们的女儿走了进来，一进门便说道："我听护士站的小护士说，老三刚刚醒过来了。阿弥陀佛，胖子你是不知道啊，吴叔叔拐弯抹角地跟我打听了好几次。我从记事的时候开始，一直到现在，还是第一次见到他这样。"

"醒了是醒了，但也只是睁开了眼，别的什么都做不了。"听了自己老婆的话，孙胖子苦笑了一声，继续说道，"这次是你吴叔叔过了，就差了那么一点点，他就要弄死自己的亲生儿子了……估计吴主任现在肠子都悔青了，自己差点把亲生儿子送走。一一，当时你是没看见，见到咱们家老三没气了，你吴叔叔吓得脸色跟白纸一样，一点血色都没有了。"

邵一一听着也一个劲地摇头，随后从提包里拿出饭菜，说道："也来不及做饭了，这是我在咱家楼下馆子里买的。你凑合吃一口，晚上我再来给你送饺子。顺便给咱兄弟炖点龙骨汤……对了，辣子的手术结束了吧？你不去看看吗？"

"刚才我问了，三根箭矢起出来两根，剩下那根连在心脉上，得花点功夫。"孙胖子说话的时候，拿起来碗筷吃了几口，边吃边说道，"今年这是怎么了？点儿都背到家了——先是老三被他亲爹揍成这德行，还有辣子，他也真能选时候，这个时候头发变黑了。身上那几支箭矢差点就要了他的命，幸亏有吴主任在，才保住了他的命。"

孙胖子吃饭的时候，邵一一走到了病床前。她看了一眼只会眨眼的车前子，叹了口气，对他说道："现在我都不知道应该称呼你啥了，从胖子那边论，你还是我兄弟。兄弟，听嫂子一句劝，不能和吴叔叔记仇。他可不是你看到的那样，他就是刻薄一点，说话难听一点，有时候任性一点，下手黑一点，记仇一点——人其实是个大好人。"

邵一一的话刚刚说到这里，病房大门再次打开，她刚刚说到的白发男人正站在病房大门口。邵一一以为刚才的话吴仁荻听到了，急忙拉着孙胖子上前解释。

没想到的是，吴仁荻只是看了他们夫妻俩一眼，随后开口说道："我是来看沈辣的，听说他今天手术——人还活着吧？"

他嘴里说着沈辣，目光却落在病床上的车前子身上。看到吴仁荻看向自己，车前子立刻闭上了眼睛，不愿意和他有任何眼神上的交流。

"辣子的手术还没完，吴主任您先进来坐坐。"说话的时候，孙胖子已经将吴仁荻领进了病房，将自己的椅子让给他，随后说道，"刚才我兄弟睁眼醒来之后，还说了句话——让您老人家放心，他不怪您。您看看多好的孩子……"

这话说得孙胖子自己都不相信。吴仁荻好像没有听到一样，眼睛盯着车前子，一直等到孙胖子说完，他这才说道："我是来看沈辣的，和他有什么关系……等一会儿沈辣的手术做完了，我就走。"

"等辣子的手术做完了，我第一时间就带您过去。"孙胖子嘿嘿一笑，正要继续说话的时候，他的手机突然响了起来。

接通之后说了几句，孙胖子冲吴仁荻笑了一下，说道："真是说曹操，曹操就到。老杨的电话，辣子的手术已经结束了，三根箭矢都起了出来。也不用您去看他了，他们一会儿就把辣子送过来，和我兄弟一个房间。"

就在这个时候，有人敲了敲病房大门，随后一个西装革履的男人探头进来，对 ICU 病房里面的人说道："孙局长，还记得我吧。找你聊……"

西装男人的话还没有说完，便看到了坐在床边的吴仁荻。当下他呆愣了一下，正要把门关上离开的时候，就听到了吴仁荻那特有的声音，说道："你有什么见不得人的事情吗？"

# 第二章　不想领情

西装男人没想到吴仁获会在病房里，他有些惶恐地看了一眼吴仁获，随后走进了病房，赔着笑脸说道："不知道吴主任您也在这里，我也没有什么要紧的事情，我去民调局没找到孙局长，就过来看看他老人家……"

见到西装男人出现，孙胖子脸上的笑容有些古怪，他在邵一一耳边说了几句。邵一一点了点头，随后带着邵舞离开了病房。西装男人明显知道邵一一的身份，见到她要走，客客气气地将门口让了出来。

西装男人说话的时候，吴仁获始终没有看他一眼。一直等到他说完，才开口说道："我见过你，你是地府的活判。"

"吴主任您好眼力，您刚到民调局的时候，我们在天柱山脚下见过。"西装男人冲吴仁获笑了一下，随后继续说道，"当时民调局还归高亮做主，您代表他和阎君谈判。那时候我给您引过路……"

原本以为这样一问一答能聊一会儿，没有想到吴仁获竟然闭了嘴，不再搭理西装男人。西装男人有点尴尬，他干笑了一下，扭头对孙胖子说道："既然孙局长您有事要忙，那我就不耽误您了。等什么时候您空闲了，我再去民调局拜访……吴主任，我先告辞了。"

说着，西装男人转身就要离开病房。这时候，吴仁获突然又开了口，说道："你的话还没说，是背着我的话，我听不得？"

"没有没有。"听到吴仁获的话，西装男人脸上立即见了汗。他紧张地搓了搓手，继续说道："其实也不是什么大事，阎君想和孙局长约个时间。大家伙见上一面，有什么事情摊开了说清楚……最近暗潮汹涌，地府应该和民调局通通气了，省得再有什么误会。"

"误会？"吴仁获终于扭头看了西装男人一眼，随后似笑非笑地说道，"真是误会吗？还是你们阎君在打什么小算盘，打算借我的手除掉他的什么对手……这世上聪明人很多，不止他一个。"

"看您说的，我们阎君一直很尊敬吴主任的，怎么敢动这样的心思？"西装男人干笑了一下，随后继续说道，"××医院的事情，阎君已经在关注了。不止××医院，我们地府最近也发生了很多的事情。不瞒您说，这几天地府接连损失了六位阴司、百余鬼差。迹象都指向了民调局……"

说着，西装男人从随身携带的公务包里摸出来一沓厚厚的卷宗，双手递给了吴仁获。见吴仁获没有伸手去接的意思，他又将卷宗交给了一旁的孙胖子。

孙胖子也不客气，接过来大概扫了一眼卷宗里面的内容，随后笑嘻嘻地对吴仁获说道："六位阴司、百余鬼差都是在您，还有二杨、老屠的附近魂飞魄散的，其中一个是在地府大门口被解决的，有路过的孤魂野鬼在那附近见到了车前子。"

说到车前子的时候，孙胖子叹了口气，说道："我兄弟真是差一点就去地府报道了，他小小的年纪，怎么可能动得了阴司？一看就是栽赃陷害！"

说这几句话的时候，孙胖子心里有些发虚。如果是另外一个车前子的话，或许真能把地府搅个底朝天。

"阎君也是这个意思，不过有人不是这么想的。"西装男人苦笑了一声，随后继续说道，"阎君虽然是地府之主，不过您二位也知道地府的形势复杂。多重实力相互纠缠，有人想要火中取栗，造成大乱才能达到他们的目的。"

说到这里，西装男人抬头看了吴仁获一眼，犹豫了一下，他掏出纸笔，在上面写了几个字。接着将这张纸撕了下来，叠好之后，双手送到了吴仁获的面前，说道："这是阎君无意之中得到的，知道这件事的绝不会只有阎君一人。"

吴仁获看了西装男人一眼,他还是没有去接的意思,只是说道:"不用看了,是那个日期,对吧?又不是什么见不得人的事情,谁想知道就知道好了。"

说到这里,纸条无故自燃起来。西装男人竟然不撒手,直到纸条烧成了灰,又将灰烬在手里搓了一下,这才松了口气,说道:"吴主任您心里有数就好,阎君还有一句话让我务必当面传达。无论什么时候,只要您有用得着地府的地方,阎君一定全力配合。"

刚刚说到这里,走廊外面响起来一阵嘈杂的声音。随后病房大门被人推开,刚刚做完手术的沈辣躺在行动病床上,被人推了进来。和辣子交好的西门链、老莫和萧易峰等人在一边帮忙,最后把沈辣安置在了车前子旁边的病床上。

见人多了起来,西装男人便对吴仁获和孙胖子说道:"您这边忙,那我改日再去民调局拜访。吴主任、孙局长,我先告辞了。"

这时候,孙胖子的注意力都在沈辣身上,没空搭理西装男人。随便客气了几句,算是把他打发走了。

这时候的沈辣已经变成了黑头发,因为刚刚做了大手术,他还没有从麻醉中苏醒过来。人昏睡在病床上,几位医生进来查看了他的术后情况,发现一切正常,让孙胖子签了字便离开了。

萧易峰等几位主任见吴仁获在,都有些不自在,纷纷找借口离开了病房。没过多久,ICU病房里面,能说话的人只剩下了孙胖子和吴仁获。

孙胖子给沈辣掖好被角,随后对吴仁获说道:"吴主任,刚才生判给的纸条上写的是您衰弱期的日子吧?不是我说,这可是件麻烦事,要查查是怎么流传出去的。"

吴仁获用他特有的眼神看了孙胖子一眼,说道:"很麻烦吗?是我放出去的。"

听到这么重要的日期,竟然是吴仁获自己故意放出去的,孙胖子先是微微一愣。随后立即明白了是怎么回事,孙胖子嘿嘿一笑,说道:"明白了,您老人家给了个假的。把明里暗里不怕死的对头都挖出来，不是我说，您这一手真是……"

孙胖子的大拇指刚举了起来，没想到这时候吴仁荻说道："谁说是假的？假的有什么意思？"

见孙胖子脸上的笑容有些僵硬，吴仁荻继续说道："天底下没有那么多傻子，不拿出来一点真东西，谁会自己把嘴咬到钩上？"

孙胖子不明白吴仁荻为什么把这么重要的事情说给自己听。不过看到病床上躺着的车前子，他还是明白过来了。吴仁荻是说给自己儿子听的，他孙某人不过是个工具人而已。

工具人就工具人吧，孙局长要把工具人做好，当下他明知故问地继续问道："您这又是什么意思？"

吴仁荻说道："每过几十年，我就会放出来这个日期，给那些蠢蠢欲动的人一点希望。"

"想要钓鱼，鱼饵也要有足够的分量。"吴仁荻顿了一下，继续说道，"我来做鱼饵，每次都能钓到几条不怕被噎死的大头鱼。"

吴仁荻说完之后，从怀里摸出来一个小小的蜡丸，对孙胖子说道："这是给沈辣的，可以化解他身上的伤势，记得——给沈辣的！"

孙胖子嘿嘿一笑，双手接过了蜡丸，笑嘻嘻地说道："是，这是给辣子的，我一定亲眼看着他咽进肚子里。"

原本吴仁荻已经起身准备要走了，听到孙胖子这句话之后，他回头似笑非笑地看了孙胖子一眼。虽然吴仁荻什么动作都没有，但孙胖子还是不自觉地哆嗦了一下。他赶紧笑嘻嘻地补了一句："不过也得看辣子的情况，要是他没什么胃口的话，这仙丹一样的好东西也不能这么浪费了，便宜我兄弟车前子也是好的。"

"随你的便。"吴仁荻翻了个白眼，转身离开了病房。等吴仁荻走了，孙胖子这才松了口气。

"你直接说便宜亲生儿子，我也听得懂。"孙胖子叹了口气，捏破了药丸的蜡皮，露出来里面一颗血红色的药丸。孙胖子找来一个水杯，把药丸捏碎之后和水搅匀，随后端着水杯笑嘻嘻地走到了车前子面前。

这时候的车前子什么都明白，只是重伤之下嘴巴说不了话。即便如此，他还是恶狠狠地瞪着孙胖子，示意自己就算是死，也不喝吴仁获给的丹药。

孙胖子冲车前子笑了一下，说道："兄弟，这好东西可不是给你的。没办法，谁让吴主任指名道姓要便宜辣子呢？辣子，你吃不吃？"

这时候沈辣还在昏迷之中，自然不能答话。孙胖子见状笑了一下，继续说道："不说话就是拒绝了，行吧，那就便宜咱们家老三吧。"

说话的时候，孙胖子走回到车前子跟前，见自己三兄弟的嘴巴紧闭着，他嘿嘿一笑，伸手捏住了小道士的鼻子。

车前子足足憋了两分钟的气，整张脸憋得通红，最后实在憋不住了，这才张嘴喘气。孙胖子趁这个机会，将药水一股脑地灌进了小道士嘴里。一些药水被车前子吸进了气管里，引发一阵剧烈的咳嗽。

"咳咳咳……"车前子差点被这口药水呛死，咳嗽了一阵，他翻身从病床上坐了起来。随后趴在床上一边咳嗽一边冲孙胖子说道："孙胖子……咳咳……姓吴的是你爹……咳咳咳……你缺大德了你……咳咳咳……"

"不怕兄弟你笑话，哥哥我巴不得吴主任是我亲爹。"孙胖子一边拍打着车前子的后背，一边说道，"不行，那你嫂子怎么办？虽说已经出五服了，但说起来还是亲戚，这样亲上加亲哥哥我可受不了。"

车前子咳嗽得一把鼻涕一把眼泪的，不过这口气总算缓过来了，随后他瞪着孙胖子说道："姓孙的，我和你有什么仇，你这么折腾我……"说到这儿的时候，小道士突然反应过来，刚才自己还一动都动不了，怎么一杯药水喝下去（还被咳出去大半），那么重的伤就好了？

见到车前子的表情，孙胖子嘿嘿一笑，说道："不用谢，这是吴主任应该做的。兄弟，别记恨你爸爸了，说句实在话，哥哥我是局外人，我都替他老人家冤得慌。当初他也是稀里糊涂地就有了你，也不是故意抛妻弃子的。有你的时候，吴主任就跟个二傻子似的。"

"别他妈说了，我不领这个情。"车前子站起来，活动了一下，在病房里看了一圈。最后走到窗边，打开窗户探头往下看了一眼，随后说道："我不能让他以后有机会说救了我，胖子你给做个人证，我现在就跳下去，还他丹药这份人情！"

说话的时候，小道士抬腿就要往窗外跳。孙胖子急忙跑过去抱住他，说道："小祖宗，你就饶了我吧……我上有老，下有小的，中间还有个如花似玉的媳妇儿，可经不起你这么折腾。这样，我和吴主任说你没喝药，都是自己好利索的，你年纪轻，身体好，恢复得快。"

车前子虽然冲动了一点，却不傻。这么跳下去遭罪的还是他自己，他蹲在窗台上犹豫了一下。趁这个机会，孙胖子继续说道："兄弟你自己想想，跳下去直接摔死算好的。不过你爸爸还有本事再把你救回来，要是跳的时候角度没有掌握好，脑袋先着的地——就算吴主任有起死回生的本事，你这脑袋稀烂的样子——呕！"

说到这里，孙胖子干呕了一声，车前子想了想，也觉得有些恶心。他犹豫了一会儿，开口向孙胖子问道："如果说是我自己恢复过来的，会有人信吗？"

"必须得信啊，咱们民调局的事情什么时候不离奇了？越离奇越有人信。"孙胖子说话的时候，抓住车前子，扶着他从窗台上跳了下来，这才松了口气。不过这么一番折腾之后，孙胖子心里也算有谱了，这个车前子是疯狗，但不是变态，还好还好。

拉着车前子回到病床上，孙胖子继续说道："最近这阵子，兄弟你好好休息一下，什么事情都不用管了。如果觉得闷得慌，哥哥我就安排你出国玩一圈。咱们朋友遍天下，就是周游世界也不会闷。"

"然后你再给制造一场偶遇，让姓吴的半路上截我。演一场父子相认、催人尿下的大戏来，是吧？呸，去他姥姥的！"车前子直接说破了孙胖子的心思，继续说道，"你去和姓吴的说，让他这辈子断了有儿子送终的念头。"

"你们俩真说不好谁送谁。"孙胖子嘀咕了一句，拍了拍车前子的肩膀，说道，"兄弟，你们爷俩的事情，哥哥我是实在折腾不起了。就当给我个面子，在民调局里或者当着民调局那些人的面，你别故意撑吴主任。万一他没把握好轻重，再给你来这么一次，说不定你就真过去了。"

车前子不以为然地说道:"这话你跟我说不着,是我先动的手不假。可他真敢下狠手,就不怕……"

"兄弟,敢情你这次什么都记得。"没等车前子说完,孙胖子已经打断了他的话。孙胖子嘿嘿一笑,继续说道:"不是我说,这次哥哥我就觉得哪里不对劲。怎么你看吴主任的眼神那么恨,好像记得是怎么受伤的一样。我还真猜对了,兄弟你还真记得。"

说到这里,孙胖子顿了一下,掏出香烟刚想要点上,不过看了一眼车前子和沈辣身边的氧气罐,又把香烟收了起来,笑嘻嘻地说道:"和哥哥我说说另外一个你吧,我挺感兴趣的。"

孙胖子的话刚说完,车前子的脸色一变,诡异地笑了一下,说道:"你找我?"

# 第三章　养成女友

车前子突如其来的变化，将孙胖子吓了一跳。不过很快反应过来车前子是在逗他，他叹了口气，说道："吓了哥哥我这一跳……看起来挺像的，你们俩可不就是一个人嘛。"

见到自己的把戏被孙胖子拆穿，车前子无所谓地笑了一下，说道："你怕那个车前子是吧，回头我再让他出来……"

"不管哪个车前子，都是我孙德胜的兄弟。"孙胖子笑了一下，继续说道，"这几天外面不太平，兄弟你陪我在这里守着辣子。不是我说，等他熬过这几天，重新变回白头发，咱们就自由了。"

车前子倒是没什么好说的，他在哪里都一样，就是离开医院他也没有事情做。在这世上除了孔大龙之外，就数和孙胖子及沈辣的关系最好了。当下，小道士点了点头，说道："行吧，反正医院我最熟悉了，到首都之后，不是民调局就是 ICU。现在十天半月不进一次 ICU，我自己都不习惯了。"

说到这里，车前子清了清嗓子，继续对孙胖子说道："胖子，还有件事情得问问你。赵庆那丫头片子后来怎么样了？是醒了，还是被人带走了？"

听车前子提到了赵庆，孙胖子苦笑了一声，说道："一说这个，哥哥我就替辣子不值。吴主任把你放倒之后，她就醒过来了。天亮之后，她被一辆车带走了。辣子变成黑头发差点死了，她连问都没问一句。"

刚刚说到这里，病房大门又被人推开。一个人探头向里面看了一眼，看到孙胖子之后，才走了进来，说道："我还以为又找错病房了，这医院也是，整整一排全是 ICU 病房。孙局，我来看车前子了。"

来人竟然是民调局担任文职的尤阙，小茂村事件的时候，他和车前子一起并肩战斗过。事件结束之后，虽然联系少了，但还是有些情分的。

尤阙提着个大果篮，正找地方放的时候，突然发现病床上的车前子正看着他。尤阙愣了一下，有些不可思议地对车前子说道："你醒来了？早上老莫还和我说，说你最少还得在医院里睡半年。"

车前子对尤阙感觉不好不坏，他点了点头，说道："我这不是年轻嘛，火力旺所以恢复得快。老尤你别听别人瞎说我吃什么药了……我就是底子好，从来都不吃乱七八糟的丹药的。"

见车前子自己快要自首的时候，孙胖子笑着打断了他的话，对尤阙说道："还是小尤你靠谱。不是我说，你这样才叫来看病人的。不像大官人他们，光带着嘴巴来了，还得哥们儿我管他们饭。"

"一点时令的水果，我也不知道车前子爱吃什么，就每样多少买了一点。"尤阙笑了一下，从水果篮里面拿出来几个蜜橘，递给车前子和孙胖子，说道，"我在水果店里尝了，特别甜。"

见尤阙有些反常，孙胖子接过了蜜橘，笑呵呵地说道："小尤，有什么话你就直说。咱们也是一起出生入死过的，只要不是太为难的事情，你尽管说——是不是找到了好地方，想跳槽了？没事儿，哥们儿我一准放人。"

孙胖子的话吓了尤阙一跳，他连连摆手说道："不是，孙局长您误会了……是这么回事，文职我也干了一段时间了，小茂村事件之后，就想着领导能不能再给次机会，让我回一线调查室再锻炼锻炼。"

"小尤你想回调查室啊，这事我得找老任和杨书记商量一下。"孙胖子完全忘了承诺调尤阙当助理的事，有些为难地摇了摇头，继续说道，"小尤，之前你在二室惹的麻烦不小……现在想回二室是不可能了，我得找其他几室的主任商量一下，看看谁愿意接收。"

见孙胖子打起了官腔，车前子有些不乐意了，有些不满地说道："商量个屁！上次一室的郝文明不是还跟你抱怨他手底下没人，是个光杆司令吗？胖子你把老尤安排过去，这样一来，郝文明手底下有人了，老尤又是正经的调查员了。两全其美，多好。"

被车前子这么一打岔，孙胖子苦笑了一声。不过自己兄弟的面子，是一定要给的。当下他打了哈哈，对尤阙说道："行吧，小尤，那就委屈委屈你。下周一去找郝主任报到吧，一会儿我和他说一声，让他给你分配一下工作。"

有车前子帮忙，孙胖子终于松了口。尤阙高兴得嘴巴都合不拢了，满面笑容地说道："实在太感谢孙局长和车老弟了，等过几天车老弟身子彻底恢复好了，我请两位领导吃顿好的庆祝一下。"

"吃饭庆祝就算啦。"孙胖子嘿嘿一笑，继续说道，"不过还真有件小事找你帮忙。晚上哥们儿我得去部里一趟，上次医院的事情闹得挺大，部里几位领导要听我汇报工作。病房这边不能没人，你留下来陪着我兄弟，一起看着辣子。我尽快，尽量十点之前赶回来。"

听到让自己帮忙陪护，尤阙立刻点头说道："孙局长您忙您的，这边就交给我和车老弟了。只要沈辣一醒过来，我马上给您去电话。"

孙胖子点了点头，笑着说道："这会儿还不用你帮忙，你先找个地方休息一下，吃点儿东西，五点左右过来就好。"尤阙答应了一声，又客气了几句，离开了病房。

等尤阙走后，车前子向孙胖子问道："胖子，你真有事假有事？不会是想把我和辣子打发给老尤，自己跑回家去跟媳妇儿生二胎去吧？"

"你哥哥我是那样的人吗？"孙胖子苦笑了一声，随后翻出来自己和任嵘及杨书记的聊天记录。给车前子看了之后，孙胖子继续说道："最近民调局的事情有点多，还都是发生在首都及周边地区的。上面领导要找我了解了解情况，对我问责，今晚上就是去答辩的。"

他们三个人的群里还真是在聊这件事，晚上不只是孙胖子，任嵘和杨书记也要去部里接受问责。

看完了聊天记录，车前子对孙胖子说道："胖子，有谱没有？别又把你的局长给撤了……"

孙胖子嘿嘿一笑，说道："兄弟你放心，部里也就走走形式，毕竟闹出了那么大的动静，不可能就这么不声不响地过去了。对了，晚上不光是尤阙，我还找了杨枭过来。有他看着，出不了什么大事。"

又和车前子聊了一会儿，病房外面响起了一阵脚步声。随后又响起了敲门的声音，紧接着，民调局的任局长和杨书记提着礼物从外面走了进来。

"哟，小车醒来了？"车前子正靠在病床上，一边吃橘子一边和孙胖子聊天。任嵘笑了一下，把礼物放到桌子上，随后说道："最近局里的事情有点多，我和杨书记还是借着去部里汇报工作的机会，顺道来看看你。身体恢复得怎么样了？一定要等到完全康复再回去工作。可千万别仗着年轻，就不爱惜自己身体，我年轻的时候就吃过这样的亏。"

"就是，小车你可得听你这俩老大哥的。有什么需要你尽管开口，组织上帮你解决。"杨书记附和了一句，看他笑眯眯的样子，好像早就忘了车前子把他揍得坐了半个月轮椅的事情。

虽然任嵘和杨书记都笑呵呵的，不过从他们表情里，还是能看出来他们俩有心事，在车前子面前，强颜欢笑而已。

车前子打了个哈哈，说道："我就一个要求，麻烦组织把吴仁获赶出民调局吧，我一看到这人心里就堵得慌……"

"这个——得德胜局长来办。"杨书记是老油条了，他也没把车前子的话当真。他笑着看了一眼孙胖子，继续说道："当年重启民调局，是德胜局长亲自把吴仁获主任请回来的。德胜局长同吴主任还有亲戚关系，这样的事，我和任局不大好出面……"

孙胖子嘿嘿一笑，岔开了话题，说道："回头我试试看——两位领导是顺便来接我，一起去部里接受问责的吧？不是我说，又有新情况了？"

"也不算新情况，还是老问题，最近首都及周边地区为什么频繁出状况，我们民调局为什么没有提前掌握，还有就是最近这些事件我们准备如何善后。"杨书记苦笑了一声，看了一眼旁边愁眉苦脸的任嵘，继续说道，"听说这次部里多少会有点动作，具体要等今晚上问责之后，才会知道……"

"那行吧。"孙胖子无所谓地笑了一下，继续说道，"大不了不干民调局了，哥们儿我回家种地去。等你们两位领导退休了，就到我那里养老去。到时候我再盖一座养老院，不收老头，就收老太太……"

原本任嵘和杨书记都是一副没精打采的样子，听了孙胖子的话，都哈哈大笑起来。随后两人又客气了几句，无非就是问问沈辣的手术是否顺利，什么时候可以痊愈之类。

聊了十几分钟，病房大门再次被人推开。从外面走进来一个略显谨慎的人，正是不久之前来过这里的尤阙。

见尤阙到了，孙胖子嘿嘿一笑，看了一眼时间，站起来对车前子说道："差不多了，我们现在去部里和领导聊聊天。小尤留下来陪着你们，再有几分钟老杨差不多也该到了。有什么事情的话，能让他们办的就让他们办，办不了的话就给哥哥我打电话。"

说完，孙胖子又向尤阙嘱咐了几句，这才和任嵘、杨书记一起离开了病房。

孙胖子离开之后，尤阙一个劲地对车前子嘘寒问暖，透着一种过分的关心："喝点水吧，你昏迷了那么久，身体一定缺少水分了；吃点水果？这个葡萄不错，我给你洗点吧；要不给你叫个外卖吧？你刚刚醒来不能吃油腻的，我知道一家馆子的清蒸鱼不错……"

"老尤，你就老实坐着，陪我唠唠嗑就行。"车前子有些不耐烦地指了指椅子，刚刚吃了吴仁荻的药丸，他一点都没有饥饿的感觉。他被尤阙念叨得有些心烦意乱，下床将有些拘束的尤阙按到了椅子上，随后说道："你又不是来做佣人的，再说了，把你调去一室的是孙胖子，你不用对我这样。"

尤阙还没来得及说话，病房大门又被人打开，换了一身休闲装的杨枭带了个十五六岁的小姑娘走了进来。老杨替小姑娘背着书包，进来见到了车前子之后，说道："刚才孙大圣说你醒了，还和好人一样……是你爸——吴主任来过了吧？"

原本车前子还打算和杨枭开开玩笑，听他提到了吴仁荻，便闭上了嘴巴。翻了翻白眼，眼睛盯着天花板，完全不理杨枭。

见车前子这么没礼貌，跟杨枭一起进来的小姑娘不干了。她指了指车前子，对老杨说道："这就是你说的那个老吴家里的孩子，怎么这么没礼貌？有脾气找他爸爸发去，这是给谁脸子看呢？"

见小姑娘的火气上来，杨枭急忙解释："你说你生什么气？他就是那样的脾气，吴主任的骨血，性格能好到哪儿去？车前子就是脾气差点，人还是不错的……那什么，我来介绍一下——这是崔允儿，就是我和你说过的那个谁……这是车前子，我们民调局副局长秘书……"

车前子被这个叫崔允儿的小姑娘一顿抢白，尤其是崔允儿又将他和吴仁获扯到了一起，小道士的疯狗脾气便有点压不住了。不过他从来不欺负女人（小女孩自然也包括在内），冲着杨枭去吧，他又打不过。正琢磨着说点什么寒碜寒碜他们的时候，杨枭把书包放下，指着旁边的桌子对小姑娘说道："就把这里当成自己家，先把作业写好了。尤阙你帮帮忙，帮着收拾一下这桌子。"

尤阙不敢得罪杨枭，急忙过来将桌子上的水果和礼品都收走。

说话的时候，杨枭打开书包，拿出来崔允儿的作业，哄着有些不情愿的小姑娘去写作业。随后才坐到车前子对面，低声说道："对不住了，孙大圣叫我过来得急，让她一个人回家我又不放心，这才带了过来。她现在是叛逆期，对谁都不客气。上次去民调局找我，还把吴主任数落一顿。看在我的面子上，别和她计较。"

杨枭在民调局也是个响当当的人物，没想到现在的他就像伺候女儿一样，小心谨慎地伺候着小姑娘。

关于他们的事情，车前子刚进民调局不久就知道了。看着正在写作业的小姑娘，小道士对杨枭说道："老杨，这就是你上辈子的老婆？不知道的还以为她是你姑娘呢。"

"现在就是把她当成女儿养的。"杨枭说话的时候，回头看了一眼没心思写作业的崔允儿，柔声说道："你先把作业写完了，周末就带你去加勒比海，看看咱们家装修得怎么样了。先说好了，这次你再考个不及格回来，那个海岛我就卖给孙大圣了。"

# 第四章　百货商场

　　好不容易哄住崔允儿去写作业，杨枭叹了口气，赔着笑脸对车前子说道："当年为了隐藏身份，我也来来回回上过几次大学，要不还真辅导不了她的作业。说句心里话，我自己考大学的时候，都没有这么操心过。"

　　这方面车前子搭不上话，他也就凑合着读完了初中，孔大龙就以道观没钱为理由，没让他继续上学了。实在不知道读大学是个什么样的体验。

　　不管怎么样，崔允儿总算安心写作业了。杨枭也不客气，从尤阙送来的果篮里面挑了几个品相好点的水果，该削皮的削皮，该剥皮的剥皮。收拾了一碟子水果，放在崔允儿的身边，说道："边吃边写，别耽误写作业……一会儿孙大圣回来，我就送你回家。晚上想吃什么？我提前准备一点……"

　　"你烦不烦！说让写作业的是你，写作业了你又在旁边磨叽……烦死了！"崔允儿回头瞪了杨枭一眼，随后一边继续写作业，一边对他继续说道，"要不是我还记得上辈子的事情，打死我都不会喜欢你这样的——我心里的白马王子，有一米八以上的身高，剑桥、牛津的双博士，是千亿美元家族的唯一继承人。说话跟唱歌一样好听，第一次见面就爱上了我，之后非我不娶，就对我一个人好。其他女的，谁向他抛媚眼，他就和谁急……"

　　崔允儿当着车前子和尤阙的面这么说话，让杨枭有些下不来台。他干笑了一声，对车前子说道："我们家允儿正处于叛逆期，早知道我就不让她看那些乱七八糟的言情小说了。她年纪还小，大点就好了……"

"是，再大点就知道骗你的家产，去养小伙子了。"车前子实在看不惯杨枭这样委曲求全，忍不住说了一句。随后和崔允儿互瞪了一眼，说道："你瞅啥？天底下也就杨枭肯这么惯着你，还一米八八、双料博士、就对你一个人好……电视剧都不敢这么演，真有这样的人，保准是出门的时候，脑袋被门框挤了。这他妈是有病！治好了能认识你是哪根葱？"

之前有杨枭护着，没人敢对崔允儿这么说话。现在被车前子一顿损，她脸上青一阵白一阵的，把手里的笔一扔，"哇"的一声大哭起来。

要是往常，杨枭已经出手"教育"敢这么和崔允儿说话的人了。但今天的事情有些棘手，车前子是在帮他说话，为这个去揍小道士实在有点说不过去。再就是，车前子的后台实在太强大了，强大到杨枭做梦都不敢去招惹。

也该教训教训这小丫头了，最近她是有点没大没小了，正好借车前子的嘴巴管管……杨枭打定了主意，便没有去哄崔允儿，想着让她哭一会儿就好了，等她哭完了自己再去安慰两句。想想这些年自己对她的好，小丫头但凡有点良心，也该知道自己的好。到时候她再抱着自己哭一通，就完美了。

崔允儿却不是这么想的，往常但凡她受了一点儿委屈，杨枭第一时间就冲上去了。现在他怎么了？一点都不念上辈子的情分了？她心里觉得委屈，当下将一桌子的水果都扫到了地上，接着捂着脸一边哭一边跑了出去。

看着崔允儿的背影，杨枭条件反射想要去追，不过他的屁股刚刚离开椅子，便看到车前子嘲弄的笑容。随后，车前子又用吴仁获的口气说道："老杨，别不好意思了，想追就去追吧！别她一生气，再把你甩了……"

一句话就把杨枭憋了回来，他干笑了一声，说道："追什么？我早就想给她点儿教训了。这两年她到了叛逆期，加上升学的压力，我不和她一般见识，没想到还蹬鼻子上脸了，今天正好让她长点儿记性！"

"这就对了，老杨，趁这小娘们儿年纪不大，该管教你就得管教。"车前子笑了一下，从病床上蹦了下来，拉着杨枭的手继续说道，"你看看我们堡子，谁家不揍娘们儿？揍完了还得和你好，听我的，该打就得打，该骂就得骂。老话怎么说的来着？小树不修不直溜，小孩不打哏啾啾……"

这时候，尤阙伸长脖子朝病房外面看了一眼，他有些不安地说道："要不我去看看吧，现在的孩子一个比一个脆弱，别真出了什么事情。"

"老尤你给我坐着，不许乱动！"见尤阙想去追崔允儿，车前子一句话拦住了他，随后继续说道，"这有你什么事？人家杨枭管教老婆呢！你去插一杠子算什么？知道的是你假仗义，不知道的还以为你和老杨的媳妇有什么事呢。"

一句话就让尤阙红了脸，他也不敢再说话了。只是杨枭的心里还是放心不下，趁车前子不注意，掏出手机给崔允儿发了条认错的信息。大概意思是说当着外人的面，你别让我下不来台……

原以为信息发出去之后，崔允儿很快就会回来给他个台阶下，再不济也会回个短信交代一下。没想到信息发出去了十多分钟，始终不见任何回应。这下子杨枭坐不住了，也顾不上面子了，跟车前子说他要去趟厕所，直接从病房里面跑了出去。

看着杨枭消失的背影，车前子对尤阙说道："看看老杨没出息的样子，老尤你可不能学他。这就是打老婆打晚了，早点打的话哪有这样的麻烦？信不信老杨一见到他小媳妇儿，直接就跪下了？都谁说他杀人如麻的？杀兔子吧？"

"以前的杨枭可不简单，听说他还是吴主任亲自收进民调局的。"尤阙说话的时候，将崔允儿扔在地上的水果、作业本收拾好。一边收拾一边继续说道："当年的杨枭可是鬼道教的教主，据说晚清的时候是和红灯照平起平坐……"

"老杨还有这样的本事？"车前子不信尤阙的话，正想继续嘲笑杨枭几句的时候，他面前的空气突然扭曲了一下，接着轻微震动起来。空气里面传出来杨枭的声音："我老婆回来了没有？"

突如其来的声音吓了车前子一跳，反应过来之后，他回答道："怎么了？还没找到你媳妇？老杨你别急，她一个大活人出不了什么事。"

没等车前子说完，杨枭有些躁怒的声音再次响了起来："我在问你她回来没有！有还是没有？"

听到杨枭急了，尤阙急忙开口替车前子回答道："没有，现在病房里只有我和车前子，另外就是还没醒的沈辣，再没别人了……不是出什么事了吧？用不用找民调局的人帮忙？"

杨枭的声音沉默了片刻，继续说道："先不用，我自己找找看，找不到再说。"这句话说完，空气恢复了正常。只剩下车前子和尤阙还在莫名其妙。

尤阙还是有点人脉的，他掏出来手机拨打了一个号码，接通之后，他开口说道："何队长，我是民调局尤阙。两年前溶尸案见过面的，对，就是我……我这边有点事情想找你帮忙，我要××医院十五分钟之前的监控录像。从三楼ICU病房跑出去一个十五岁左右的女孩，要她一路的监控影像……是，民调局的案子，部里督导的……拜托了。"

电话打出去不到十分钟，便有了反馈。对方从微信上发过来一组照片，正是崔允儿哭着从病房跑出去之后的视频截图，每张照片的背景都不一样。

崔允儿哭着跑出病房之后，直接离开了医院。她有些茫然地站在大街上，在身上摸了两下，似乎才发现身上没带钱。在医院大门口来回转了两圈，见杨枭还没追出来，又离开医院门口，向街对面走了过去。看崔允儿的样子，不只是没带钱，连手机也落在病房里面了。

接下来是崔允儿过马路，沿街向前走。一直走到一个小型百货商场门前，看样子她是想要抄近路，直接进了商场。目前为止并没有发现任何异常的地方，不过这已经是最后一张照片了。尤阙等了几分钟，见后面没有照片发过来，于是又打了一个电话过去。

电话接通之后，尤阙直截了当地问道："何队，后面的照片呢？我只看到女孩进了××商场，她从商场里面出来的照片呢？还有后面——监控就到这里了？什么意思……女孩进了商场之后就没有出来……那商场里面的监控呢？商场马上就要歇业了，监控探头下午刚刚拆除了……不用，这件事你们重案大队暂时不要参与。案子比较复杂，上面下了封口令，何队，你明白我的意思吧？行了，案子破了的话，我们孙局长会亲自向你们表示感谢……"

客气了几句之后，尤阙挂了电话。这时候车前子已经感觉出事情不对了，他急忙说道："赶紧告诉老杨，说不定碰上了变态……这都半个多小时了，戴个绿帽子总比出人命强吧？"

尤阙犹豫了一下，并没有给杨枭打电话，而是将电话打给了五室副主任萧易峰。电话通了之后，尤阙直接说道："萧主任，有急事我不废话了。杨枭家的女学生在你那儿留了本命符纸的吧？现在符纸有什么变化吗？没时间解释了，你先帮我看看……嗯，嗯嗯，杨枭也问过了对吧？没事就好，我回去之后再详细和你说……"

确定崔允儿还活着，尤阙这才松了口气，赶紧给杨枭打电话，将崔允儿进了××商场没出来的事情告诉他。

车前子在旁边看着，尤阙遇事沉着冷静，一个电话一个电话打出去，有条不紊的。最后通知杨枭之前，还提前确定了崔允儿是生是死。一旦崔允儿出了什么意外，那就不是现在这种处理方式了。没想到这个一直不显山不露水的小文员竟然还有这样的本事，一时间，车前子对尤阙有些刮目相看了。

等尤阙挂了电话，车前子这才说道："老尤，不行……这事是我闹出来的，祸闯下了我可不能就在旁边看戏。你留下来看着沈辣，我去××商场看看。"

听到车前子要去，尤阙急忙拦住了他，说道："这可不行……孙局长千叮万嘱让我和杨枭守着你，现在杨枭离开了，你再出去，万一出了什么事情，我怎么向孙局长交代？"

"我不就是去找杨枭的吗？"车前子朝尤阙笑了一下，随后说道，"孙胖子是让你们俩守着我，现在老杨不在我身边，万一有什么事情，老尤，你保得住我吗？"

趁尤阙犹豫的时候，车前子打开了衣柜，却没有找到自己的衣服。看样子是没有料到自己这么快醒来，孙胖子还没有为自己做出院的准备。衣服没有就没有吧，穿着医院的病号服也不是见不了人。

见自己拦不住车前子，尤阙又想到了一个问题："我们都走了，沈辣怎么办？万一这时候有人害他……"

没想到车前子已经想到了他的前面："所以说我一个人去，老尤你留下来看着沈辣。"

"你们去你们的，我还死不了。"这时候，沈辣竟然醒了过来。他在睡梦之中听到两人争吵，一使劲竟然睁开了眼睛。见车前子还在劝说尤阙留下来守护自己，沈辣忍不住继续说道："看着杨枭……他的小媳妇儿千万不能出事……老杨要是变回以前麒麟市的杨枭，那死的就不是一两个人了。"

车前子和尤阙都没想到会这么严重，尤阙见事情严重，又赶紧给孙胖子打电话。不过他不知道的是，部里开会的时候，孙胖子他们几个的手机是被收走统一保管的。因此，尤阙连续打了几次，始终没人接听。

没有得到孙胖子的允许，沈辣又说得十分严重，无奈之下，尤阙只能按沈辣说的，和车前子一起去看看情况。他们一路小跑着出了医院，直接横穿马路到了街对面，很快就到了那个即将歇业的商场。

因为即将歇业，商场里面只有几个上了年纪的售货员，一个顾客都没有。也没有看见杨枭，尤阙给杨枭打电话的时候，他已经寻出去老远，也不知道这时候他有没有赶回这个商场。崔允儿进来的时候，走的是后门，没有监控摄像头，也不知道她现在还在不在商场里面。

售货员聚在一起，瞧见车前子和尤阙进来，只扭头扫了一眼，又回过头继续聊天。

车前子直接冲他们走了过去，到了近前，向几个售货员问道："唉，大妈，有没有瞧见一个十五六岁的小姑娘进来？差不多这么高——哭哭啼啼的，好像刚死了男人一样。"

车前子说话了，这几个售货员却好像没有听到一样，继续讨论着商场歇业之后的工作问题："张姐，要不你跟我去超市垒货得了。一个月杂七杂八的加一起有三千二，还给交保险，再熬几年就可以退休了。"

"超市垒货我可干不了，我的腰不好，干不了那活儿。我都想好了，去儿子家看孙子去。儿子替我交保险，我那点积蓄吃到退休不成问题——唉！你们干什么的？瞎转悠什么？什么男孩女孩的，我们这里是百货公司，不是人贩子市场！"

见没人搭理自己，车前子和尤阙便在商场里面转悠起来。刚走了没几步，一个戴眼镜的中年妇女便叫住了他们。这女人说话的语气好像吃了枪药一样，车前子不干了。他猛地一回头，冲中年妇女说道："人贩子也不要你，猪肉没人买还能做成腊肉卖。你这样的，倒贴钱也没人要！"

几个售货员见车前子竟然骂人，纷纷凑上来要教育这个半大小子。

这时候，尤阙的手机响了起来。他一边拉架一边接听电话："是，我是尤阙……能确定吗？杨枭也失踪了？"

# 第五章　防空洞内

挂了电话，尤阙眨巴眨巴眼睛，随后凑到准备舌战一群中年大妈的车前子耳边，低声说道："事情不大对头，刚刚杨枭也失踪了。"

车前子愣了一下，这时也顾不上冲过来的几个老娘们儿了，对尤阙说道："老尤，没事你查老杨干什么？闲的！"

"不是我……"见车前子不满，尤阙急忙解释道，"是刑警队何队长，他调查崔允儿的过程中，查到了她和杨枭的关系。捎带手查了杨枭的行踪，结果发现他也来了商场，但没有进来，就在商场门口凭空消失了……"

车前子无所谓地说道："老杨消失有什么好奇怪的，他那样的本事还不跟闹着玩一样？"

这时候，几个售货员已经冲到了跟前，尤阙见势不好，在一阵叫骂声中拉着车前子出了商场。出来之后，两人走到角落里，尤阙说道："这次不一样，根据何队在电话里说的，杨枭好像是看到了什么，被吓退的……"

尤阙的话刚刚说完，何队长已经把杨枭消失之前的照片传到了他的手机里。发过来两张照片，第一张是满脸焦急，正在找人的杨枭，他已经站在了商场大门口。第二张照片杨枭推开了商场大门，脸上的表情却从焦急变成了惊恐……

尤阙在一旁解释道："照片都是从视频里面截取的，这是杨枭最后一帧视频。之后他就凭空消失了……什么人能将他吓成这个样子，连小媳妇儿都不要了……"

"想知道？简单。"车前子看了尤阙一眼，转身又进到商场里面。趁售货员还没有反应过来，车前子指着挂在墙上的 L 品牌电视机说道："先别骂街！我是来消费的……这样的电视给我来十台！还有那边的电冰箱，也要十台最贵的。"

墙上的电视机是几年前上市的，L 品牌，85 寸 3D 大屏。从上市起，一共也没卖出去几台，现在早已经停产了。售货员不信还有这样的傻瓜，以为车前子是来寻他们开心的，当下围拢过去又准备开骂。

没想到车前子伸手就把尤阙的钱包掏了出来，将里面四五张银行卡都扔在了柜台上，说道："是要我先付钱吗？随便拿一张卡，能把你们这里都买下来……赶紧的，家里孩子还等着看动画片呢。你们到底卖不卖？"

"卖啊，我们百货商场还怕顾客买东西吗？"见车前子真掏钱了，这几个售货员都眉开眼笑的。虽然马上就要歇业了，可是卖出去的商品依然有提成。电视机虽然过时了，标价却是当年上市时的价格，十台电视机加上十台冰箱的提成能有小两万呢。这半大小子身上还穿着医院的病号服，莫不是精神病医院跑出来的吧？

当下，几个售货员迅速换了一副笑脸，一个年纪大点的销售经理过来说道："小伙子你真有眼光，这可是最新款的。不过这个 L 品牌的就剩这一台了，要不你再看看别的？咱们凑一凑能凑出来十台……"

"能凑我来你们这里干什么？"车前子一瞪眼，继续说道，"我就要这个 L 品牌的，商场里面没有，你们就去仓库里面找一找……我知道你们干百货的臭毛病，就喜欢把好东西藏起来。实在找不出十台也无所谓，能找出来多少，我要多少。"

看在钱的分上，经理忍了这口气，继续赔着笑脸说道："这个品牌的仓库里面也没有了，我们这儿的商品都有库存清单的。你听老姐姐的，咱们再选几台别的品牌的，尺寸也够大，也是超清的，您拿回家看动画片，倍儿有面子……"

车前子翻了翻白眼，说道："我信你个鬼。明明是你们把好电视机藏起来了，现在又想以次充好，想把那些没人要的电视卖给我们顾客，你就忽悠吧……"

"你这孩子怎么不听劝？有货不卖我们不是傻子吗？"销售经理终于有些火气了，面对这个比她儿子还年轻的半大小子，被他一番夹枪带棒质疑的话气到，偏偏她不好发作出来。当下销售经理也是有些急了，掏出来仓库的钥匙，对车前子说道："你自己跟我来看，要是仓库里还有 L 品牌的电视机，我不要钱白送你……"

车前子等的就是这句话，他骂骂咧咧地跟在销售经理身后："你们这样的套路，我见得多了。顾客看中一样东西，你们非要给推荐别的，非说别的怎么怎么好，其实就是不想把好东西卖给顾客……"

尤阙在后面跟着，看着前面的车前子，心里对他的感觉大为改观。之前以为他就是一个有孙德胜和吴仁获做后台的愣头青，没想到还有这样的心眼。几句话就激得销售经理主动带他们去仓库，如果崔允儿真在商场里面被人掳走的话，仓库无疑是最可能藏人的地方。

销售经理连同另外一个售货员，带着车前子和尤阙两人下到了地下仓库。打开仓库大门，就见偌大的仓库里面，只存放了少量的货品。这些天，商场已经把大部分积压商品都运走了，只剩下一些长年滞销没人要的老古董。

开了灯，销售经理指着仓库里面说道："你们自己看，只要能找到 L 品牌的电视机，老姐姐做主直接送你们了。如果找不到的话，你们就得听老姐姐的，咱们还是挑挑其他品牌的电视机，到时老姐姐再给你们打个九九折。"

"谁知道你们这里有没有暗门什么的，都把好东西藏里面了。"车前子说话的时候，就要往里面走。尤阙犹豫了起来，凑到小道士耳边，低声说道："还是再等等吧，连杨枭都被吓退了，我们不知道里面的深浅，咱们找找六室的人，要是吴主任能来的话……"

"等姓吴的到了，老杨的绿帽子就算是焊头上了。"车前子无所谓地看了尤阙一眼，继续说道，"你要是害怕了，就留在这里等着吧。长这么大，除了被姓吴的欺负过以外，老子干架从来没有输过——看我干什么？买完电视我就去干架，有什么问题吗？"

这时销售经理心里更加确认车前子精神有问题，不过只要能把钱挣了，是不是精神病和她没有关系。销售经理不敢激怒车前子，顺着车前子的话说道："那你赶紧去找吧，别耽误你们约架，那可是大事。"

车前子也不理她，慢悠悠地进了仓库。尤阙犹豫了一下，他是文职，身上也没有调查员的装备。但是他也不能眼看着吴仁获的儿子孤身犯险，最后只好给孙胖子发了条信息，让他赶紧派人过来。

发了信息之后，尤阙硬着头皮跟在小道士身后，一步一步向仓库的深处走去。仓库里面的灯有些小毛病，一闪一闪的，这让尤阙心里更加紧张了。

由于仓库里面没有多少货物了，也不怕车前子他们偷拿什么。销售经理和另一个售货员并没有跟过去，两人就在仓库门口聊天，等着他们出来。

尤阙好歹也是调查员出身，一边跟着车前子往前走，一边小心观察着四周的情况。他拉着车前子避开了煞位，却引起了车前子的不满，回头对他说道："老尤，我就不明白你在怕什么。不就是老杨的眼神不对吗，你就不能往好处想想，说不定他就是中风了呢？"

说着，车前子回头看了一眼，见销售经理和另一个售货员正有说有笑的，完全没注意自己这边，继续说道："别听风就是雨，老杨亲口和你说这里面有什么了不得的东西，就连他也惹不起吗？你说老杨逃跑我信，这样的事不稀奇，可是他能连自己的小媳妇儿都舍了，这不大可能吧？"

车前子说的也不是没有道理，不过刚才何队长传递来的信息又不能不考虑。只看照片上杨枭的表现，怎么看都是他看到了什么人或者事物，直接将他惊走了。

不过尤阙更加不敢看着车前子出事，这半大小子可是吴主任和孙局长点名让自己护着的人。退一万步讲，自己真要在保护他的过程中出了什么意外，孙德胜那边先不说，就连吴主任都会欠自己一个天大的人情……

想到这里，尤阙给自己鼓了鼓劲，继续跟着大大咧咧的车前子向前走。这仓库一眼看到底，确实没有什么不对的地方。二人快走到仓库尽头的时候，车前子眼尖，在一排废纸箱子后面，真被他找到了一个三合板打造的暗门……

"哎！这怎么回事？怎么仓库里面还有暗道？"车前子回头朝守在仓库门口的售货员喊了一嗓子，随后用脚踹了踹暗门，继续说道，"还说不是把电视机藏里面了？等我们走了，再把电视机拿出来对吧？我早就看透你们了……"

见车前子发现了暗门，销售经理急忙走了过来。她边走边说道："你千万不要进去——里面可不是我们商场的仓库，里面是六十年代挖的防空洞。经常有领导来检查的，你要是进去了，我们说不清楚。"

"拉倒吧，什么防空洞？分明就是你们藏电视机的秘密仓库。"车前子一副认定了暗门后面也是仓库的模样，继续说道，"是不是怕我们没钱买不起？老尤，你先去刷卡！一台一万多少块来着？不管了……十台电视机、十台冰箱，先把钱给他们！"

真刷啊——尤阙可不是孙德胜，他一个文职，原本就没有多少钱。现在一刷就是二十多万，尤阙还是有些肉疼的。

看尤阙磨磨蹭蹭的样子，车前子冷哼了一声，说道："看看你那个没出息的样子，回头我给你补上。"

有了车前子这句话，尤阙才又将银行卡掏了出来。不过这次销售经理犹豫了起来，她仍在不停地解释："你们听老姐姐一句话，里面归三防工程管的。咱们平头老百姓不能进去，就是上级领导来检查，也得带着武装部的授权书。"

"别拿武装部来吓唬我，真是防空洞的话，就拿这么个破三合板当门？"另一个售货员没跟过来，车前子便把尤阙的银行卡塞到销售经理手里，继续说道，"今天我还就较真了——这样，你让我进去看一圈。如果有电视机的话，我掏钱买十台。没有电视机算我倒霉，十台电视机的钱归你了！"

听了车前子的话，销售经理有点不敢相信自己的耳朵，十台电视机加一起可有十多万，够自己二三年的工资了。这败家子真这么豁得出去？

瞧见销售经理心动了，车前子继续说道："我今天就置这个气了。买不

第五章　防空洞内

031

买电视机无所谓，但不能让你们蒙骗我。"

十几万的诱惑实在太大，销售经理犹豫了一会儿，还是点了点头，说道："那行吧，不过里面深着呢，我去给你们找两把手电筒。千万别走太远，里面四通八达的，连着好几个其他地方的防空洞，真迷路了可就回不来了。"

车前子打了个哈哈，说道："这不就行了嘛。老尤，你跟这位大姐去刷卡，我就在这里等着你。刷完卡赶紧回来。"

原本尤阙不敢让车前子一个人留在这里，这个愣头青胆子大得很，什么事都做得出来。但现在不给钱，还真打发不了这个销售经理。无奈之下，尤阙只能反复叮嘱车前子千万要等他回来一起，这才跟销售经理回了上面的商场。

他们刚刚离开，车前子便打开了暗门，露出来一个黑漆漆的洞口。一阵阴寒之风迎面吹来，车前子不由自主打了个哆嗦。探头看了一眼，他急忙转身，从不远处的货物里面，找出来一个大号的氙气灯。刚刚查看仓库的时候，车前子就注意到了这个，现在果然派上了用场。

试着打开氙气灯，直接就能用。车前子也不等尤阙了，提着氙气灯走进了洞内。这里面越走越宽大，走出去百十来米，竟然发现了一条宽阔的马路。看来还真如销售经理所说，这里面是一座五六十年代建成的防空洞。

这时车前子心里有一种感觉，杨枭的小媳妇儿就在这个防空洞里面的什么地方。说起来崔允儿也是因为自己才和杨枭置气，然后失踪的。自己惹的祸，就得自己找补回来。甩开碍手碍脚、拖后腿的尤阙，说不定还能早点找到这个小姑娘。

在防空洞里走了一阵，车前子有些后悔了。他没想到这里面竟然这么大，好像永远走不到尽头一样。

不能这么干走着了，车前子一边走，一边喊道："姓崔的丫头，你爷们儿知道错了。他让我跟你说，以后什么事都听你的——他还说了，谁要是敢动你一根手指头，以后他什么都不干了。他发誓一定要弄死伤你的人，这一辈子都不算完，下辈子再找到他再弄死……"

又走了好一阵子，始终没有任何回应。车前子的信心没那么足了，也许崔允儿不在这防空洞里面？刚才忘记问那个销售经理了，上面的商场是不是还有其他的后门。也许崔允儿早就从后门离开了，现在都被杨枭寻着了，正抱一起起腻呢，就剩自己一个人在这里干着急。

正当车前子准备回去的时候，却发现了一个严重的问题，他发现自己好像迷路了！

刚才是走过了几条岔路，可哪条岔路是回去的，车前子一点都记不得了。车前子硬着头皮凭感觉往回走，他原本就不分左右，又胡乱进了几条岔路，突然发现眼前的路从来没有走过。完了，这回彻底迷路了。

好在车前子不笨，站在原地愣了一会儿，很快反应过来——这个防空洞多少年没人走过了，地上积了厚厚的灰尘。自己一路过来的脚印清晰可见，虽然不认识路，但只要跟着自己的脚印往回走，绝对万无一失。

当下车前子打定了主意，跟着自己的脚印往回走。还真回到了之前他发现自己迷路的地方，顿时心里信心大增，继续踩着脚印往回走，又穿过了几条岔路，当他从一个弯道拐出来时，突然傻了眼——前面的脚印突然没了。

这还不是最糟糕的，就在车前子发愣的时候，他手里的氙气灯闪烁了几下，随后便熄灭了。

# 第六章　兽头塔

照明的氙气灯冷不丁灭了，车前子半天才反应过来。这时候，不知道从哪儿吹来了一股阴风，凉飕飕的，小道士不由自主打了个激灵。

就在这时，车前子周围传来一阵"沙沙"的脚步声，这声音由远至近，最后就在小道士身边来回响着。

有几次车前子已经感觉到什么人的衣袖拂过他的身体，但他伸手去抓的时候，对方又突然消失了，抓了个空。

不只是衣袖拂过身体的感觉，车前子又感觉到好像有人在他脖子后面吹凉气。和之前一样，当他伸手去抓时，什么都没抓到。

被戏弄了几次之后，车前子大怒，忍不住破口大骂起来："装神弄鬼的狗东西！有本事出来弄死我，弄不死我——你就是我养的！"

但无论车前子怎么骂，始终不见任何回应。又被戏弄了几次之后，小道士突然听到黑暗之中，传过来一阵低声说话的声音。只是说话之人的口音太重，听不懂对方说的什么。

就在这时，车前子脑海当中传出另一个车前子的声音："往前跑！快跑！"

自从车前子醒来，一直没能感觉到，或者联系上另一个车前子。没想到这时候竟然听到了"车前子"提醒自己的话。自己是不会害自己的，车前子没有丝毫的犹豫，抬腿向前方拼命跑去。

几乎就在车前子跑出去的一瞬间，身后响起来一阵破风之声。随后就听到刀刃之类的利器砍在地上，溅起来一串火花。借着这点亮光一闪，小道士发现他四周竟然都是模模糊糊的人影。

车前子刚才所处的位置，站着一个手拿长刀的人影。刚才就是这个人影一刀劈了下来，如果不是另外一个车前子示警的话，现在车前子已经被砍成两半了。

转瞬之间，火花熄灭，周围再次陷入无边的黑暗。车前子脑海中不断响起"车前子"提示的声音："不要管其他的，继续往前跑……向你拿着氙气灯那只手的方向跑……能跑多快就跑多快……向另外一个方向跑……趴在地上！向拿着氙气灯那只手的方向翻滚。快！"

车前子按照"车前子"的提示，趴在地上，使劲一打滚，感觉自己好像滚进了一个夹层里面。他微微一抬头，头顶便撞到了什么东西。现在上下不得，周围又一片漆黑，车前子心里有些恐慌，于是又想翻滚出去。

就在这个时候，脑海中又响起来"车前子"的声音："不要乱动，外面都是邪祟。现在它们看不到你，但只要你有点什么动静，它们马上就能找到你……你我就是一个人，不用说话，想对我说什么，心里想一下，我就知道你要说什么了。"

听到"车前子"的话，小道士心里对"车前子"说道："身体你拿去用，替我弄死这些王八蛋！"

"不行。""车前子"叹了口气，随后说道，"上次我用身体的时间太长，已经受到了伤害。最近我都没有办法操控身体，只能靠你自己了。你来对付它们。"

"我？别闹了。"车前子心里苦笑了一声，随后继续说道，"我什么都想起来了，老登儿用你封印了种子的力量。只有你控制我身体的时候，才能施展出那股力量。我自己——完全感觉不到种子力量的存在。"

"你错了，那是之前。现在你也可以控制种子的力量。""车前子"说完这句话之后，沉默了片刻，随后继续说道，"上次姓吴的打伤了我们，同时也破除了孔大龙的封印。现在身体里面到处都是种子的力量，虽然微弱，不过解决这些邪祟还是没有问题的——屏住气息，来了个难缠的……"

说到这里的时候，一股强大的气息从车前子身边掠过。小道士藏身的地方很隐蔽，这股气息的主人没有察觉到他要找的人就在脚下，四处转悠了一圈，便匆匆忙忙地离开了。

感觉到气息走远之后，车前子这才松了口气。脑海中"车前子"的声音又响了起来："你要赶紧学会怎么操控种子的力量——不然的话，今天恐怕出不去了。"

"不能吧，他们弄死咱们俩，不怕姓吴的报复他们吗？"车前子摇了摇头，这也是他敢一个人下来防空洞最大的依仗。别看小道士嘴上说不认吴仁荻，内心深处还是把吴仁荻当作了靠山。

"你还不明白吗？""车前子"叹了口气，继续说道，"上次是在医院里，有孙德胜几个人陪着我们，自然是安全的。无论谁把我们杀了，都会露出破绽，那个幕后推手的真实身份也会因此泄露。现在就只有我们，把我们俩杀了，再把祸水引出去并不难。"

说到这里，"车前子"顿了一下，随后继续说道："临时抱抱佛脚也好，先找到那股力量，然后再运遍全身……"

就在车前子准备按"车前子"的话试试，看看能不能感觉到种子的力量时，远处突然出现了一个亮点，紧接着亮点越来越大，车前子终于看清那个亮点是一盏灯笼。而提着灯笼的人，竟然是不久前失踪的崔允儿。

"崔允儿"脸上没有任何表情，她蹦蹦跳跳地到了车前子头顶站住，对空气说道："找到车前子没有？你们的时间不多了。再过一阵子的话，杨枭、吴仁荻他们到了，那时就不是我们去抓车前子了，而是吴仁荻、杨枭来抓我们了。"

这时，之前消失的强大气息陡然出现。随后一个有些沙哑的男人声音说道："我可以感觉到车前子的气息，可就是找不到他的人——我也不想耽误到现在……"

这两人说话的时候，"车前子"的声音又在脑海中响了起来："不要分神，

崔怆魅影

继续感觉种子的力量，最起码你要做到能在黑暗的环境中看得见……"

车前子刚想再说点什么的时候，"车前子"突然说道："不要动，千万不要动！"

没等车前子反应过来，头顶上又响起来第三个人说话的声音："让我过来，还以为你们抓到吴仁获的儿子了，结果却是你们让他跑了……民调局的人马上就要来了，你们打算怎么办？"

"刚才差一点就迷惑住他了，不过那小子也不知道怎么了，一下子就跑开了。"崔允儿的声音响了起来，咯咯笑了一声，继续说道，"还有这个小丫头，她的魂魄不稳，我不能在她身体里待时间太长。真伤到了这个小可怜，杨枭发起疯来……"

那个沙哑的声音响了起来，说道："杨枭？他发疯又能怎么样？这些年如果没有吴勉在后面给他撑腰，他就算是长生不老的身体，也早死多年了。"

"那你就太小看杨枭了。"第三个人的声音响了起来，顿了一下，继续说道，"民调局六室里面，就数他的牵挂最多。为公家办事他向来出工不出力，就算翻盘也有吴勉收拾，不用真拼命……你们想想看，当年的鬼道教是什么样子？杨枭可是创教教主，他离开之后，鬼道教才一落千丈的。"

这个声音刚说到这里，远处突然闪过了一道光亮。随后尤阙的声音远远地传了过来："车前子！你在哪里？这可不是闹着玩的……赶紧出来啊……车前子！车秘书……"

沙哑的声音说道："是跟着车前子的那个人，民调局的小文职，之前去过小茂村，没什么能耐。"

第三个人的声音接着说道："跟着这个人，车前子听到他的声音，一定会出来的。到时候一个也不留，这个姓尤的直接魂飞魄散，车前子毁了肉身，拿住魂魄作为我们对付吴勉的筹码……"

这句话说出来，"崔允儿"和沙哑声音都愣了一下。两个人沉默了片刻，"崔允儿"试探着说道："不是说不能杀车前子吗？把他的肉身毁了，吴仁获发起疯来可不是我们能不能承受得起的问题了……这件事太大了，要和上面……"

没等"崔允儿"说完，第三个人冷笑了一声，直接打断了她的话，说道："你以为这么大的事情，我一个人就敢做主？这就是上面的意思，毁掉车前子的肉身，再把祸水引到地府去。"

这句话刚刚说完，三个人的气息陡然消失了。直到远处举着氙气灯的尤阙走了过来，他以为车前子只是迷了路，依旧边走边喊："车前子……听到的话回一声……不能再闹了！孙局长已经打电话问过你……他部里的事情都顾不上了，你出来吧……"

尤阙已经走到了车前子头顶上，刚才那三个人站着的地方。不过听到了那三个人的对话，这时候车前子哪还敢出来？尤阙的脚步声越走越远，小道士心里对"车前子"说道："那三个狗东西也不怎么样嘛！咱们就在他们的脚下，愣是一点都没察觉出来……哎，你怎么不说话？"

车前子喊了好几声，"车前子"才虚弱地回答道："你以为他们为什么没有发现我们……是我，我拼了命用种子的力量屏蔽了咱们的气息……不行了……我得睡一下……后面就要靠你自己了……记得，你不能指望我……要学会控制这股力量。"

说完，"车前子"的声音便彻底消失了。任凭小道士心里怎么呼喊，"车前子"都没回应。

种子的力量，你这话说得容易，我都感觉不到它的存在——车前子有些无奈地摇了摇头，听声音尤阙已经走远了，想来那些想要杀自己的人也跟着走远了，现在就是离开这里最好的机会。

车前子从夹层里面翻滚出来，用手摸了摸，头顶上没有东西了，这才小心翼翼地站了起来，摸索着向尤阙刚才过来的方向走去。车前子心里明白，那些人的目标是自己，抓不到自己的话，也不会对尤阙下手的。

没有另一个自己帮忙，黑暗环境下，车前子很不适应。他硬着头皮一直往上走，心里祈祷前面别再有什么岔路，最好一条直线回到上面的仓库。

差不多走了二十几分钟，撞了无数次脑袋之后，前方终于出现了光亮，应该就是上面的仓库了。

终于看到了希望，车前子加快脚步向前面跑去。一口气跑到了光亮的源头，冲进去之后小道士却心里一凉……

这哪是什么商场的仓库？里面是什么地方，车前子也说不出来。这个房间很大，原本应该也是一个仓库，角落里还码放着一些几十年前的三防物资。远端摆了几张行军床，每张行军床上都躺着一具干尸……

房间中心位置是一个用野猫、野狗的头搭建成的兽头塔，为这个塔也不知道弄死了多少猫狗，塔身几乎快赶上车前子的身高了。在兽头塔的周围，是已经干涸的血水。借着头顶上昏暗的灯光看过去，地上还有厚厚的一层苍蝇尸体……

就算车前子没有什么洁癖，看到这一幕也感觉十分恶心。这里真是一秒钟都待不得，不过也不能白来一趟，小道士想找找有没有手电筒，如果再能找到点防身的器具就更好了。

在房间里面找了一圈，远端一张行军床上的干尸手里攥着一个老式的手电筒。车前子绕过兽头塔，走到干尸旁边，伸手去掰它手里的手电筒……

就在这时，干尸突然睁开了眼睛！它一把抓住了车前子的手腕，张嘴用微弱的声音说道："救救我……我是阎永孝，地府阎君之子……你救了我，阎君会给你增福增寿——我认得你……你是车前子……快救救我……带我离开这里。"

阎永孝？阎君的儿子？是总统套房里的鸭蛋脸吗？他怎么变成这个样子了？车前子稳了稳心神，用力抽回自己的手，随后又抢过了手电筒，才对干尸（阎永孝）说道："我救你可以，先说说是谁把你弄成这个样子的。"

阎永孝正要回答的时候，门口响起来那个沙哑的声音："你为什么不直接问我？"

# 第七章　我生气了

　　声音响起来的同时，车前子猛地一回头，将手里的手电筒朝发出声音的方向扔了过去——现在有了光亮，我还能再让你欺负了？车前子心里发狠，手电筒扔出去的同时，人也跟着扑了上去。

　　转身之后才发现，站在门口的竟然是个只有一米多高的侏儒，车前子的判断失误，手电筒从侏儒的头顶飞了过去。小道士冲上去的一瞬间，侏儒竟然原地消失。还没等车前子反应过来，一道细长的钢丝已经缠住了他的脖子，随后立刻绷得紧紧的……

　　小道士的脖子被勒住，直接摔倒在地。侏儒拽着钢丝，将车前子拖到兽头塔旁边。这时候小道士的脸色憋成了猪肝色，伸出双手向脑后一阵乱抓，想要抓住侏儒。但他们俩隔着一条钢丝，车前子使出了吃奶的力气，也不能把侏儒怎么样。

　　到了兽头塔旁边，侏儒用力一甩，将车前子甩到了兽头塔上，直接将用几百个猫头、狗头搭建起来的兽头塔撞塌了，露出来最下面一个人类的骷髅头。

　　"你说说看，你爸爸吴勉看见你的脑袋做了阵胆的时候，会是什么样的表情？"侏儒嘎嘎地笑了几声，随后从背后摸出一把短剑来。

　　侏儒一手拽着钢丝，另一只手握着短剑，慢慢走到小道士身后。随后举起来手里的短剑，准备将车前子的人头斩下。

这时候小道士被勒得双眼充血，看东西已经有了重影。勒住他脖子的钢丝也古怪，车前子浑身的力气好像被抽干了一样，纵然他还有和侏儒拼命的念头，却浑身无力，只能眼睁睁看着短剑斩下来。

只要这一剑落下来，车前子就要和这个世界说再见了。小道士不甘心就这样死了，伸手抓住了脖子上的钢丝。车前子原本是想用尽全身的力气将钢丝扯断，没想到他一发力，手心里面突然迸发出来一股巨大的力量，好像电流一样沿着钢丝向侏儒冲了过去。

"噗"的一声闷响，很像猛地砸开一个西瓜的声音。随后，一片"血雨"从车前子身后喷洒过来，淋得他满身满脸。与此同时，勒住他脖子的钢丝也松开了，小道士终于可以大口呼吸不怎么新鲜的空气了。

车前子躺在地上大口喘气的时候，他身后的侏儒轰然倒地，就摔在了他身边。这时候侏儒的模样惨不忍睹，他的脑袋炸开，后脑勺已经看不见了，里面的东西溅了一地。就算是见过点世面的小道士都忍不住干呕了起来。

侏儒的脑袋怎么炸开了？死里逃生的车前子不知道发生了什么事情。他从地上爬了起来，原地转了一圈，想要搞明白刚才怎么回事——到底是谁敲碎了侏儒的脑袋救了自己呢？

转了几圈，房间里面只有他一个活人。无奈之下，车前子重新回到了阎永孝身边。从它的角度，正好可以看清刚才发生了什么事情。

车前子用脚踢了踢干尸躺着的行军床，说道："别装死了，刚才那个小矮子是怎么死的，你看到了吧？有没有什么想对我说的？"

"我什么都没看见——别让我魂飞魄散！"阎永孝会错了意，以为车前子要对它下手。不过它不明白车前子为什么要杀它灭口。弄死个把邪祟算什么？话说回来，到底是吴勉的儿子，这小子还真有点本事。难怪自己的老子，让自己去和他交朋友。

"什么都没看见？不可能。"车前子皱了皱眉头，他虽然性格冲动，却不是傻子。阎永孝不可能什么都没有看见。这次小道士直接用脚踹了踹干尸，说道："既然你什么都看不见，继续留在世上也没什么意思了，要不我送你去见你爸爸吧——不对，你已经是魂魄了，那就免去你再受轮回之苦吧。我做做好人，让你魂飞魄散好了。"

发现是自己想多了，阎永孝急忙大声喊道："看到了！刚才我什么都看到了……匡无为想杀你，你趁他没有防备……突然打出来一股力量，反败为胜……那股力量是通过钢丝传导过去的，碰上匡无为正低头……就打爆了他的脑袋……这个邪祟早就该死了，我的魂魄就是被他拘来的……他罪大恶极、死有余辜……"

"等等，你说是我弄死的这个小矮子？不可能！"车前子有些迷茫地摇摇头，随后说道，"别的我不知道，我能吃几碗干饭自己还不知道吗？要是刚才没被小矮子制住，兴许我还能掏了他的裆。但是我被钢丝勒住了脖子，连气都喘不上来。想要扯断钢丝——诶！刚才我真的拉钢丝来着……"

车前子回忆了一下前面的情形，自己确实拉了一把钢丝，不过那时候他已经濒临死亡，垂死挣扎，完全不记得自己做过什么了。难道误打误撞真使出了种子的力量？怎么一点感觉都没有？

这时候，阎永孝说道："吴少爷，看在我爸爸阎君的面子上……你救我出去吧。到时候我让我爸爸——吴少爷……你带上我啊……你把我留下来，他们一定会杀我灭口的，会让我魂飞魄散的……这不是闹着玩的……救命啊……"

想起来阎永孝在酒店欺负自己的情形，车前子并不打算救他出去。当下他没有搭理阎永孝，转身就向外面走去。没走几步，听着身后阎永孝的哀求声实在太凄惨，小道士还是动了恻隐之心。他转身回到了干尸旁边，看它的模样还是有些恶心，说道："先说好了，要是让我这么把你背出去，那你还是魂飞魄散吧。"

"不用整个背出去。"见车前子终于松了口，阎永孝发出来哽咽的声音。随后他继续说道："他们把我的魂魄封印在这个人头里面了，这具干尸和我没任何关系，你只要把它的人头带出去，交给地府的阴司鬼差就行。到时候我爸爸一定会念你的好……"

"闭嘴！"车前子受不了阎永孝的絮叨，伸手拍了拍干尸的嘴巴，随后说道，"他们说你是阎君最喜爱的儿子？是你爸爸眼瞎，还是你那些兄弟长得比你还寒碜？"

说话的时候，车前子跳到行军床上，一脚将干尸的脖子踩断，提着它的脑袋，在房间里面转悠起来。转了一圈，小道士向手里的人头问道："这里哪儿还有手电筒，你知道吗？"

"这里的东西都是几十年前剩下的，就算有手电筒也不能用了。不过要什么手电筒？我是鬼魅，可以在黑暗中视物。"阎永孝讨好地说了一句，顿了一下，它继续说道，"您带着我就好，我给您当眼睛……有了灯光反而不好，容易把其他邪祟招来。"

阎永孝说得也有道理，当下，车前子提着人头走出了房间。在黑暗之中，阎永孝给他指路，说道："您一直往前走，左边有个土坑要小心一点……前面再走五十米的样子是一个弯道……一直往前走就行……"

在阎永孝的指挥下，车前子一直向前走着，又走了十五六分钟，前面终于又看见了光亮。

走近之后，车前子隐约见到了之前被自己打开的三合板大门。他悬着的一颗心这才放了下来，小道士紧走几步，向防空洞入口的方向跑了过去。

一直跑到了门口，瞧见了站在仓库里面的销售经理，这位老大姐正一脸焦急向他这边张望。见到门口有人影闪动，急忙开口问道："是姓车的小伙子吗？跟你一起的那个人进去找你了……我说什么来着？说了不让你们进去，现在一个回来了，另外一个又——你手里拿着什么东西？"

销售经理上了点年纪，眼神不行加上背光，车前子都到了她面前，她还没有看清车前子手里拿着的是什么。

怕吓到了这个老大姐，车前子将身上的衣服脱了下来包裹住了人头，随后对销售经理说道："我在里面捡到的一块石头，拿回家压酸菜去——这个你先别管，一会儿会有很多人来检查防空洞，老大姐你赶紧准备准备。"

听到车前子的话，销售经理急得直拍大腿，说道："怎么还有人要来？不是都和你们说了吗？想要进防空洞，得有政府武装部的批文……让你们进去我就担着责任呢，现在好嘛，你们还要带人进去……不行啊，等和你一起的那个小伙子回来，你们赶紧给我走人！刚刚刷的十万块钱就算是罚款了，听到没有？"

"不就是政府的批文吗？一会儿给你不就完了嘛！"车前子有些无奈地看了销售经理一眼，一边进到仓库里面，一边继续说道，"实话和你说，我们就是政府部门的……"话还没有说完，车前子突然发现"崔允儿"也在仓库里面，就站在不远处，正笑吟吟地看着他。

"崔允儿"抿嘴笑了一下，冲愣住了的车前子说道："姐姐等你好半天了……小猴子你真是调皮，我们找了你半天都没有找到。没办法，姐姐只能在这里等着你了。"

既然"崔允儿"在，那和她一起的销售经理肯定也有问题！车前子立刻明白过来。当下，他用手里的人头当作武器，跳起来抡起人头向离他最近的销售经理的脑袋砸了过去。

销售经理早就防着他了，车前子跳起来的时候，她伸手叠指朝小道士的胸口虚弹了一下。一道劲风袭了过来，击中车前子的胸口，直接在小道士的胸口开了个洞。车前子手一松，砸向销售经理的"武器"掉到了地上，人头从衣服里面滚了出来。

发现被这两个煞星堵住了，人头里面的阎永孝大声喊道："是我，阎永孝！我把这小子骗过来了……我知道两位大姐会守在这里，就把他骗来了……我绝对不是想逃跑……"

销售经理一脚将人头踢回防空洞里面，等她再说话的时候，变成了男人的声音："你刚才藏在哪里？我们在里面好一顿找，都没有找到你——你不用害怕，我们不会把你怎么样的，只打算拿你和孙德胜交换几个被民调局抓住的人。"

这声音正是车前子藏在夹层的时候，头顶上第三个人说话的声音。这个声音的主人就连另一个车前子都恐惧，没想到竟然是这个销售经理。不过这样一来，倒是能说得通了——毕竟防空洞里面那些不可告人的地方，总要有人看守着。

车前子捂着胸前的伤口，忍着疼痛向销售经理啐了一口，随后说道：

"拿我跟孙德胜换几个人？老变态，你把你妈压民调局了？用你爸爸去换你妈？刚才哪个王八蛋说的，找到我之后直接毁了我的肉身，再扣住我的魂魄，用来对付姓吴的？"

"原来那时候你就在我们身边，还真有点小看你了，近在咫尺我都没有察觉……"销售经理微微一笑，继续说道，"这么久了，去追你的匡无为还没有消息。要是我没猜错的话，他已经在你手上超生了，是吧？"

"你说那个小矮子？"车前子挑衅地看了一眼销售经理，随后说道，"我们俩干了一架，小矮子输了，我把他……"

车前子的话还没有说完，从防空洞里传过来阎永孝的声音："他胡说！两位大姐不要听他胡说……我都看见了，这小子可以操控种子的力量。匡无为就是被他暗算了，脑袋都炸开了……你们千万要小心……"

这时车前子非常后悔没将干尸的脑袋踩成肉泥，让阎永孝魂飞魄散，现在什么都晚了。这个销售经理可是连另外一个自己都害怕的人物，只会流氓打架招数的自己更加不可能是他的对手了。

听阎永孝说车前子可以控制种子的力量，连匡无为都被车前子杀死了，销售经理和"崔允儿"对了一下眼神，两人不约而同向后退了几步。

见这两个人有些忌讳自己，车前子心里明白了过来。他冷笑一声，朝两人的方向跨了一步，说道："托那个小矮子的福，我刚弄明白怎么使用种子的力量。原本不打算和你们一般见识，不过现在你们要害老子，那就别怪我打女人了。"

说话的时候，车前子突然做出来一个动作，好像在空气中抓了一把什么。随后将这一团空气在手里揉捏了几下，接着大吼了一声："你们俩谁也别想好了！这就是种子的力量了！"说话的时候，扬手将手里的空气向两人抛了过去。

销售经理和"崔允儿"见状大惊，赶紧从原地闪开。当他们以为接下来必定地动山摇的时候，结果什么事情都没有发生，刚才还装模作样的小道士已经撒腿向商场那边跑去了。不是说这小子是疯狗脾气，从来都是直来直去的吗？怎么还学会撒谎骗人了？

已经到了嘴边的肉，怎么能让他跑了！销售经理和"崔允儿"同时在原地消失，车前子快跑到仓库门口的时候，他们两个陡然出现在车前子面前。没等销售经理出手，"崔允儿"先向小道士吹了口气。

车前子闻到了一股说不出来味道的香气，随后他脚下一软，直接摔倒在地上。这时候，小道士顾不上这个女人是杨枭的小媳妇儿了。他伸手抓住"崔允儿"的脚踝，想像对付匡无为一样，用种子的力量爆掉这个女人。

但这次无论他怎么发力，始终没法施展出种子的力量。还惹得"崔允儿"咯咯一笑，她一抖腿，甩开了车前子的手，笑骂道："你个小色坏子，不管怎么说这个身体可是杨枭的女人的，你这样不怕他吃醋吗？"

"别废话了，民调局的人就要来了。赶紧了结车前子，然后拘走他的魂魄。完事我们赶紧离开这儿，谁也找不到我们。"销售经理有些心神不宁，担心拖下去夜长梦多。说话的时候他还扭头看了一眼外面死一般寂静的商场，好像民调局的大队人马随时都会出现一样。

"崔允儿"不敢得罪销售经理，正要扭断车前子脖子的时候，仓库门口响起来一个声音，说道："刚才你们对我可不是这么说的，你们承诺过不招惹我老婆身体的——那现在是怎么回事？"

话音未落，白头发的杨枭出现在"崔允儿"身后。他凑到女人的耳边，用他特有的腔调，低声说道："我从来没有这么生气过！"

# 第八章　�骨人体

"崔允儿"没想到杨枭会回来，之前她用崔允儿威胁过杨枭。只要杨枭答应不通知民调局的人、不进入商场，明早天亮之前，就把崔允儿完好无损地还给他。当时杨枭亲口答应了的，现在怎么突然来了，真不要他女人的命了吗？

"我也很生气！""崔允儿"咯咯一笑，随后说道，"我生气的时候会把火撒到离我最近的魂魄身上，现在你那个小宝贝距离我最近。那样柔弱的小玩意儿，轻轻揉捏几下就会碎。"

说话的时候，"崔允儿"转过头来，伸出舌头在杨枭脸上舔了一下，随后笑着说道："真是有了新人，就把我这个旧人忘了。杨枭，你之前也说过不负我的。"

"我怎么可能忘了，我生气是因为你竟然不在乎我了。"这时候，杨枭好像变了个人似的，他轻轻地咬了咬"崔允儿"的耳垂，继续说道，"这样，你把这个小丫头放了，我离开民调局……我们俩找个没人认识的地方，到时候再给你找个身体。一起厮守几十年，兴许你还能给我生个一儿半女……"

杨枭提议两人一起远走高飞、生儿育女的时候，"崔允儿"的眼神亮了一下，不过很快又黯淡了下来。她惨然一笑，看着杨枭说道："你还在骗我！"说话的时候，她手里多了一柄匕首，直接刺进了杨枭的小腹里面。

杨枭哼都没哼一声，就好像什么事情都没有发生一样，继续说道："之前我骗过你很多次，但这次没有骗你——这么多年过去了，我心里只有两个人一直放不下，一个是我舅舅林火，另一个就是你了。我舅舅林火已经死在沈辣手里，现在就剩下你了。这次我真不骗你……"

杨枭这几句话说得情真意切，"崔允儿"听了，身体开始微微颤抖起来，眼眶里面噙满了泪水。她猛地转身，紧紧抱住杨枭，哭着说道："对不起……对不起……我没想过要害你的，刚才我是一时冲动……我也不知道自己做了什么……原谅我，你原谅我好不好？"

"又说孩子话了，我怎么可能怪你。"杨枭反手搂住了"崔允儿"，继续说道，"你把这个小丫头放了，我们这就走……你喜欢名山大川，我就带你去阿尔卑斯山。我在那边住过几年，还亲手建了一座小木屋……"

这时候，一直没说话的销售经理突然说话了。他拍了拍巴掌，说道："太让人感动了！我都快要哭了，林燕，既然杨枭打算和你归隐山林了，那这个丫头的皮囊也没用了，送我吧——正好我还缺一双人皮鞋，这便有现成的材料了。"

销售经理说话的时候，眼睛一直盯着杨枭，没想到杨枭无所谓地点了点头，说道："喜欢就拿走，我已经下定决心和林燕归隐了，以后也不用再受这个丫头的气了……如果还有多余的材料，也给林燕做一双。"

杨枭说话的时候，"崔允儿"的耳朵贴在他的胸口，杨枭的心跳没有一点变化，好像说的事情与他无关似的。

销售经理也有些意外，但他还是不敢相信杨枭的话。他眨了眨眼睛，笑着对杨枭说道："做鞋的事情一会儿再说，杨枭你还得交个投名状——吴勉的儿子，你送他一程吧，要不然的话，我是不会放心把林燕给你的。"

"你大爷的投名状！"车前子虽然站不起来，嘴巴还是好用的。见销售经理挑唆杨枭害自己，他张嘴破口大骂起来："你爸就是你姥爷的投名状，才和你妈生的你！你们家世世代代交投名状。我 × 你姥姥的！你个不男不女的母猪精！"

车前子越骂越难听，但销售经理就像没听到一样，眼睛仍直勾勾地盯着杨枭，说道："你连这个小崽子都不敢下手，我怎么敢把林燕交给你呢？这样，你杀了这个小崽子，林燕归你不算，这个小丫头我不要了，任你处置……你还要犹豫吗？"

"我早就看他不顺眼了。"杨枭狞笑了一声，随后掏出来一枚铜钉，向倒在地上的车前子射了过去。车前子以为自己死定了，这时也懒得去骂老杨了，干脆闭上眼睛等死……

没想到，铜钉飞到半途中突然爆开，化作一团烟雾将他笼罩了起来。

销售经理冷笑了一声，说道："早就知道你不敢对这个小崽子下手——林燕，把小丫头的魂魄捏碎！林燕，你倒是动手啊！"

销售经理这时才发现，被杨枭搂在怀里的"崔允儿"目光有些呆滞，好像被点了穴道一样，站在原地一动不动。"没事了。"杨枭将"崔允儿"轻轻放倒，让她躺在地上。

见状，销售经理冷笑了一声，吹了一声口哨，想将商场里面的同伴叫进来。和他们联手，一起对付杨枭。

"你在叫外面的人吗？"杨枭抬头看了销售经理一眼，随后从衣兜里掏出来几只耳环，扔到销售经理面前，说道，"加上躲在办公室的，一共九个人——这就是我给你的投名状！"

销售经理见到这几只一模一样的耳环之后，深深地吸了口气，随后扭头向防空洞里面喊道："都出来吧！把杨枭撕成碎片，给你们的主人报仇！"

说话的同时，销售经理化掌为刀向防空洞的方向虚劈了一下，一阵金属断裂的声音响了起来，防空洞门口好像有一道看不见的锁链被砍断。随后无数的人影潮水一样从里面涌了出来，向杨枭的方向扑了过去。

"你是想和我比纵神弄鬼的本事吗？"杨枭大喝一声，不退反进，迎着无数的人影走了过去。这时候，他的手里凭空出现了一支赤红色的绳镖。杨枭一边走，一边将绳镖抡了起来。向他跑去的人影只要接触到绳镖，瞬间便消散在空气中。

杨枭抡起绳镖的同时，另一只手开始不停地比画圆圈。他每画一个圆圈，仓库便剧烈地震动一下。他越画越快，整个仓库就像遭遇了强烈地震一样，一直震个不停。将最后一个圆圈画完，他一口鲜血喷在圆圈中心。随后鲜血好像烟雾一样扩散开，接触到烟雾的人影纷纷转身，改向销售经理冲了过去。

笼罩在铜钉烟雾之中的车前子将整个过程都看在眼里，就在他以为杨枭赢定了的时候，突然听到杨枭一声大吼："住手！都给我住手！"

这时，已经倒在地上，被人影层层压住的销售经理怪笑了一声，说道："你终于发现了。"

销售经理说话的时候，杨枭已经回头看向躺在地上的"崔允儿"。就见一个人影不知道什么时候到了她身边，手里握着一根不知道什么动物的黑色骨头。骨头一端被利器削断磨尖，散发出淡蓝色的光芒。此刻骨头尖端正顶着"崔允儿"的心口，只要销售经理一示意，人影便会将这半截骨头刺进"崔允儿"的心脏……

"这是瞽骨！"销售经理推开压在他身上的人影，从地上爬了起来，对杨枭说道，"人死为鬼，鬼死为瞽。瞽骨刺进人体的话，魂魄立即烟消云散。这方面你是行家，不用我多解释吧？"

杨枭回头看了销售经理一眼，说道："你这么干的话，林燕也会魂飞魄散的。"

"事到如今，我还顾得上她吗？"销售经理一边说话，一边拍打着身上的尘土。嘴里继续对杨枭说道："千万不要乱来，我怕你吓着它……它一害怕，手上就会没有分寸，伤到了你夫人的魂魄，那就不好了。"

销售经理说话的时候，杨枭再次回头，盯着跪在"崔允儿"身边的人影。目不转睛地看了片刻，说道："不是鬼物，是瞽！"说到这里，他猛地一回身，对销售经理说道："你把瞽引上来了！"

"我也是没有办法，只有瞽才可以触碰瞽骨……"销售经理说话的时候，眼珠在眼眶里转了几下。随后又冲杨枭笑了一下，继续说道："为了把它带上来，我也是下了一番苦功夫的。你是纵神弄鬼的行家，知道鬼物是最怕瞽的。我要掩藏住瞽身上的气息，还要把它混到鬼物里面，这个难度实在大得很，都超越了我的想象，我也是很辛苦才做到的……"

说到这里，销售经理向"崔允儿"身边的覃挥了挥手，说道："先破点油皮——让杨枭知道我们不是在开玩笑。"

　　听到销售经理的话，人影用覃骨在"崔允儿"身上划出来一道血槽，吓得杨枭大喊道："你想干什么！别动她……你要我做什么，我做就是了……别动她……"

　　"我要你的投名状！"这时销售经理也大喊了一声，他指着仍被烟雾包裹着的车前子，继续说道，"你杀了吴仁荻的儿子，我才敢把你夫人还给你……听懂了吗？"

　　"听懂了。"杨枭看了一眼烟雾当中的车前子，犹豫了一下，还是挥手散掉了小道士周身的烟雾。他叹了口气，对车前子说道："没办法，现在只能二选一了，无论怎么选，我也不会选择我老婆以外的选项。不光是你，就算面对的是吴主任，我也会这么选的。"

　　"明白！老杨你动手吧。给个痛快，别让我遭罪。"车前子明白是怎么回事，他闭上了眼睛，继续说道，"你放心，我死了变成鬼，也不会说是你干的。"

　　说完，小道士突然想到了什么，他睁开眼睛瞪着对面的销售经理说道："听你爸爸我一句劝，弄死我之后直接让我魂飞魄散喽，要不然我就算变成鬼，也不会饶了你的。你这个母猪精，你等着我的！"

　　销售经理没把车前子的话当回事，他催促杨枭说道："你还在磨蹭什么？想等民调局的人来吗？要是他们真来了，第一个倒霉的是你夫人……"

　　杨枭深深地吸了口气，随后手腕一抖，绳镖飞了过去，镖头刺进了车前子的心口。小道士的身体立即变得僵直，抖动了两下，之后便一动不动了。

　　杨枭铁青着脸收回了镖头，对销售经理说道："我的事办完了，你把我老婆还给我，车前子的魂魄归你。"

　　看着车前子身上的生气消失，销售经理笑着朝人影摆了摆手。覃站了起来，从"崔允儿"身边离开。与此同时，销售经理也向车前子走了过去。他一边走一边从身上取出来一根细长的绳子，将绳子缠了起来又打了一个结。走到车前子身边，他蹲了下来，作势就要去套车前子的魂魄……

销售经理伸手的时候，原本已经"死"了的车前子突然睁开了眼睛。他陡然出手，猛地探进销售经理的裤裆里，手里抓住了一个东西用力一捏，疼得销售经理大叫了一声，身子弓了起来，好像一只大虾米一样，同时惨叫道："啊！松手，赶紧松手——嗷！"

"你还真是个公的！"车前子狞笑了一声，随后手上又加力使劲一攥，拽得销售经理直接翻了白眼，随后直挺挺地倒在了地上。好像犯了羊痫风一样，不停地哆嗦起来。

一般人见到销售经理这副样子，肯定就松手了。不过车前子可没打算这样放过他，手里仍紧紧地攥着那一团东西。笑呵呵地说道："刚才你爸爸我怎么和你说的？有机会赶紧让你爸爸我魂飞魄散啊，现在后悔了吧？你爸爸我问你话呢！"

说话的时候，车前子的手来回扭动，原本已经疼晕了的销售经理这时又疼醒了。他想招手把覃唤过来救他，但小道士完全不给他机会，只要销售经理有一点点想要抬胳膊的意思，他便又增加力道攥着那一团东西来回扭动，将销售经理疼得死去活来，别说抬手了，连根手指头都动不了。

这时候，车前子想起另一个车前子对这个人很忌惮。他有些想不明白，就这样的货色，另一个车前子至于怕成那样吗？

那边杨枭已经到了"崔允儿"身边，他先是咬破了舌尖，一口鲜血喷到"崔允儿"脸上。被鲜血喷到之后，"崔允儿"的身体颤抖了一下。杨枭深吸了一口气，趁这个机会，他伸手飞快一攥，从崔允儿身体里拽出来一个模模糊糊的人影。

被拽出来的是林燕的魂魄，她有些歇斯底里地大骂道："杨枭，你不是人！还骗我要和我归隐山林……你是在利用我……杨枭你是个骗子！"

杨枭被她说得烦了，伸手插进了魂魄的身体里。他的手向下一拉，林燕的魂魄发出来一声惨叫，随后便魂飞魄散了。

没想到杨枭这么狠辣，刚才还对林燕山盟海誓，口口声声说要和林燕一起归隐山林。现在林燕没有利用价值了，他眼睛都不眨一下，就让对方烟消云散了。

杨枭这样的做法，车前子很有些瞧不上。小道士的疯狗劲头上来，完全不顾场合。他对杨枭说道："姓杨的你有病吧？那个女人怎么说也是你的老相好。吓唬吓唬骂几句就得了，干吗弄得别人魂飞魄散的——你做得也太绝了，有了新相好就弄死老相好，呸！"

杨枭也不理会车前子，他检查了一下崔允儿的魂魄。发现没有什么大碍，只是被封印在身体里面的一角，这才长长地出了口气，随后抱起来崔允就准备离开。

见杨枭要走，车前子的火还没撒完。他攥着销售经理的命根子，拖着他向杨枭那边走过去，边走边说道："你去哪儿？我还没说完呢，姓杨的你是陈世美吗？那女人好歹也跟你好过一段啊……"

说话的时候，他拖着销售经理路过覃身边。趁车前子没有防备，销售经理突然喷出来一口鲜血，喷到一动不动的覃身上。

# 第九章　密室藏身

这口血喷到瞽身上之后，车前子拽着的销售经理突然重了起来。小道士低头看去，销售经理已经翻了白眼，脸色死灰死灰的——身上的生气竟然瞬间消失了。

这就死了？薅命根也能把人薅死？你说你这么脆弱还出来捣什么乱？车前子心里骂了几句，不过即便确定销售经理已经死了，他还是不敢轻易松手。依旧拽着销售经理的命根子，拖着他继续向仓库门口走去。

这时杨枭抱着崔允儿已经出了仓库，进了商场里面。他完全没管车前子，一门心思都在崔允儿身上。进了商场之后，他又加快了脚步，抱着崔允儿向医院的方向快速跑去。

车前子手里拖着销售经理，速度比杨枭慢不少。快走到仓库门口的时候，他身后突然传出一阵'嘎巴嘎巴'的声音，随后又传来了一阵破风之声。这样的声音小道士不陌生，他还在老家的时候，别人想打他闷棍，就是这样的动静。

车前子来不及多想，松开了销售经理，身体前倾，飞快向前蹿了一步。

车前子的反应算是够快的了，但后背还是被尖利的物体划了一下。后背上火辣辣的，疼得车前子倒抽了一口凉气。等他转过来，就见原本一动不动的瞽正挥舞着手里的半截黑骨头，向自己扑了过来。

这玩意儿不是被销售经理制住了吗？怎么主子死了，它反而恢复自由了？不过现在不是想这些的时候，车前子刚才听到了，如果被覃手里的半截骨头刺中，会伤到魂魄的。自己刚才被它划了一道口子，也不知道会不会有什么后遗症。车前子不敢恋战，想着赶紧从仓库里逃出去再说。虽然他也清楚如果引得这只覃跑出去会后患无穷，很可能伤及无辜，不过现在保命要紧，也顾不得许多了。

但这时候再想冲出去，已经晚了——车前子刚刚冲到仓库门口，面前突然砸下来一道铸铁的大门，把他拦在了仓库里面。

杨枭你倒是回头看看啊！后面还有人没出来不知道吗？车前子见出口被堵住，只得放弃继续前冲，临时改变方向，围着仓库转圈，覃在他身后穷追不舍。看它的架势，不将车前子形神俱灭，是绝对不会罢手的。

好在仓库的面积不小，大部分货物都被运走了，剩下的空间足够车前子闪转腾挪，始终与覃保持一定的距离。不过覃的动作越来越灵活，几次差点追上车前子，要不是他及时闪开，已经被它用覃骨扎一个透心凉了。

也不知道跑了多少圈，车前子又一次跑回到仓库门口。见到地上已经僵硬了的销售经理的尸体，小道士突然反应过来，他一边跑一边向身后的覃骂道："原来是你这个母猪精！你借吐血的机会附到覃身上了。"

听了车前子的话，一直一声不吭的覃突然开口了，说道："小子，都是拜你所赐，我逼不得已才附到覃身上……你不要高兴得太早，一会儿我抓住你，会先拔了你那话儿。让你在临死之前，也尝尝我刚才所遭受的痛苦。"

见真是那个销售经理，车前子明白被他抓住指定好不了。当下也顾不得许多了，转一圈又跑到仓库门口的时候，他跳起来用自己的身体去撞那道铁门。

"嘭"的一声巨响，车前子被撞得七荤八素，摔到了地上。这一撞还牵动了车前子背上的伤口，疼得他一口气没上来，差点晕了过去。

见到车前子撞铁门，后面的覃说道："不用徒劳了，这道铁门别说是你了，就连杨枭都撞不开。"

也许是觉得车前子逃不掉了，覃放缓了脚步，一边慢慢向小道士走过去，一边说道："我改主意了，不要你的性命了——听说你和吴勉也不对付，这样如何，你跟我走，我有办法帮你治他！"

"我和你妈也不对付。"车前子爬起来，冷笑一声，脱掉了身上的病号服，将血淋淋的衣服卷成一坨攥在手里。随后又从地上捡起来一截螺纹钢条，光着上身对越走越近的礜说道："孙子，我没让你妈告诉你，别掺和我和你太爷爷之间的事情吗！"最后一个字说出来的同时，车前子举着螺纹钢条向礜冲了上去。

见车前子竟然向自己发起了死亡冲锋，礜摇摇头，收起了礜骨，摆好架势，准备生擒车前子。眼看着车前子冲到距离它十米左右，礜正准备出手的时候，冷不防小道士将脱下来的病号服向它扔了过来。被鲜血浸透的病号服在半空中展开，向礜的面部飞了过去。

小孩子的把戏！想用一件衣服吸引自己的注意力，然后再用螺纹钢条扎自己吗？礜心里冷笑了一声，完全不理会飞向它脑袋的衣服。按它心中设想，衣服盖到脸上的时候，根本无须理会，直接驱动尸火烧毁便是。空出来两只手，一只手抓住车前子刺过来的钢条，另一只手掐住他的脖子。一击即中，直接生擒车前子。却没想到现实情况与它的设想大相径庭，衣服盖到它脸上的瞬间，陡然传出来一股巨大的力量。突如其来一击重拳，直接将礜打倒在地。

车前子趁这个机会跑了过去，经过礜身体的时候，还没忘在它的裤裆上狠狠跺一脚。随后继续向防空洞那边跑了过去，等礜从地上爬起来的时候，车前子已经跑进了防空洞里，一路跑了下去。

这是什么力量！是吴勉给他儿子的护身法器吗？礜摇摇晃晃地爬起来，瞧见落到地上的那件衣服，这才明白过来——是血，车前子的鲜血蕴含着某种古怪的力量。

这时候车前子已经顺着防空洞跑了下去，进防空洞之前，他一把抓了两个氙气灯。小道士打定了主意，准备再找个之前夹层那样的地方藏起来。孙胖子他们应该很快就能赶来，只要他们到了，自己便算逃出生天了。

车前子提着两个氙气灯没跑多远，脚下突然被什么绊了一下，没站稳摔了个大跟头。这一摔，两个氙气灯都被扔出去老远，灯也给摔灭了。

趁著还没追上来，车前子急忙趴在地上寻找氙气灯。结果灯没找到，却摸到了一个圆滚滚的东西……

"哥！我亲哥，是我，阎永孝……"圆球一样的东西说话了，"我就知道哥一定能赢，刚才我是故意那么说的，用来麻痹那两个邪祟的……你看看，它们一个魂飞魄散了，另外一个也快了。"

原来是这个不要脸的墙头草！车前子正准备一脚将它踢飞的时候，阎永孝又说道："我知道什么地方可以藏人，我带你过去，你先躲起来，然后等民调局的人来就行……"

这个阎永孝倒是不笨，能猜到自己的想法。见它还有点用处，车前子决定再信它一次。当下也不找灯了，就在阎永孝的指挥下，向它说的那个可以藏人的地方跑了下去。

跑了没多久，前面突然出现了光亮，随后一个声音传了过来："车前子，你在哪儿？听到了吱一声，可千万别出事啊……"

喊话的人正是之前去追赶车前子的尤阙，他不知道车前子已经回过仓库了，还在防空洞里继续寻找车前子。尤阙嗓子都喊哑了，在防空洞里找了大半天，一无所获，开始对找到小道士不抱什么希望了。

听到尤阙的声音，车前子急忙冲了过去。他边跑边喊道："老尤你赶紧闭嘴！别再把狼招来了。"

原本尤阙已经有些绝望了，现在听到了车前子的声音，他喜出望外，赶紧迎着小道士跑了过来。

见到车前子，尤阙差点哭了出来，对小道士说道："我还以为找不到你了……你要是有个三长两短的，我回去怎么和——他们交代？没事就好，没事就好，咱们赶紧回去。杨枭的小媳妇儿八成不在这里，让他自己来找——你手里是什么东西？怎么还抓着个人头……"

车前子倒是不避讳，举起人头向尤阙扬了扬，随后介绍道："这个人头是前一阵子闹得鸡飞狗跳的阎君儿子的。姓阎的，赶紧的，和我朋友打个招呼。"

第九章　密室藏身

阎永孝经过这一段时间的磋磨，早没了还活着时候的跋扈。它冲尤阙龇牙一笑，说道："我亲哥的朋友，也是我的哥哥——两位哥哥，这里不是说话的地方。我带你们去个能藏人的地方，先避开那个邪祟再说。"

"老尤，你先把灯灭了，省点电池。"车前子让尤阙关了他的氙气灯，带上他一起，在阎永孝的指引下，继续向防空洞纵深处跑去。路上，他三言两语将刚才发生的事情跟尤阙说了一遍。

"你说这商场里面的售货员都是邪祟？不可能，这可是首都！"尤阙震惊无比，一边跟着车前子跑，一边继续说道，"民调局重启之后，孙局长把首都所有的修士都迁到了外地。进首都必须有民调局的批文，还要有人一路陪同，怎么可能让这么多邪祟聚集藏到商场里？"

车前子回头看了尤阙一眼，似笑非笑地说道："你是民调局的老油条了，你都不知道的事情，问我这个刚来半年的？"

这时候，阎永孝说话了："这个事情兄弟我知道一点——尤哥说的那都是登记在案的，他们不想也不敢惹事，才和你们民调局合作的。商场这些邪祟可不比那些修士，它们都是地府通缉的对象。这些邪祟都修炼了邪术，跟地府也经常捣乱的。尤其是领头的蔡诡，他极为擅长附身之术，可以随意附到他人身上，操控对方的身体，甚至还能附到鬼物身上。刚刚我亲眼瞧见了，敢情他连瞫都可以附身，难怪我爸爸提起他们'三蔡'的时候也有点头疼……"

车前子没听明白，向阎永孝问道："什么菜鬼？怎么还对酸菜头疼了？地府不让吃酸菜白肉炖血肠咋地？"

"哥，我亲哥，不是酸菜，是三蔡。"阎永孝赔着笑脸解释道，"'三蔡'指的是三个人，分别叫蔡瘟、蔡疫和蔡诡。你说的那个'母猪精'就是'三蔡'里面的老三蔡诡。从元朝那时候起，地府便开始通缉这三个人了。不过到现在，别说抓到人了，连他们三个是男是女，长什么样子都不知道——亲哥，前面往左边拐——左边，你拐错了，那是右……"

有关"三蔡"的事情，尤阙也是第一次听到。见走错方向了，他原地停了下来，等车前子回头，重新跟在车前子后面，这才向阎永孝问道："那这

'三蔡'是人是鬼，这个总该知道吧？是人的话，不应该被地府通缉啊！"

"就是不知道是人还是鬼。"阎永孝苦笑了一声，继续说道，"一开始是因为生死簿上有关'三蔡'的信息都被抹除了，当时我爸爸还是判官，专管这件事情。前前后后派了十几位阴司去捉拿'三蔡'，非但没抓到'三蔡'，那十几位阴司再也没回来。就为这个，我爸爸差点没能当上阎君——亲哥，这次往右拐，右——你拿筷子的手才是右手……"

在阎永孝的指引下，车前子和尤阙右拐之后，便看到前面不远有一根巨大的石柱。阎永孝继续说道："亲哥，柱子上面有个暗门，你找找看——是个木头门，不过外面做了掩饰，不知道的根本看不出来。你敲几下，听声音就不一样的。"

车前子在柱子上敲了几下，很快便找到了阎永孝所说的暗门。打开之后，里面是一个十平方米左右的暗室。这个暗室原本应该是用来储藏什么重要物品的，现在里面空荡荡的，只有一把椅子和一张床。

车前子和尤阙进了暗室，关好了门。经阎永孝提醒，才发现门上竟然还留有一个监视室外动静的小窗。这个小窗口伪装得十分高明，从外面看竟然一点都看不出来。

小窗的"玻璃"很是古怪，虽然看起来像是玻璃，却明显不是玻璃的材质，摸上去冰凉刺骨，也不知道是用什么东西制成的。暗室外面一片漆黑，站在窗口向外看，一切清晰可见。

通过小窗查看了一番，暗室外面一切正常，蔡诡还没有追上来。车前子将人头扔到椅子上，说道："现在说说看，你是怎么知道这里的？老弟，你可别把你亲哥当成傻子。你被他们抓住带到这里是被封印在干尸里面的，别告诉我你是瞎溜达的时候发现这个地方的。"

阎永孝赔着笑脸说道："我的亲哥，就知道这事瞒不住你。这个地方算是我们地府的一个据点，以前我在外面闯了祸，那次的祸事有点大，我爸爸很生气，我被关系好的阴司带来这里躲过一阵子。直到我爸爸气消了，我才从这里出去的。前些年这个防空洞上面建了商场，人来人往的，地府便放弃了这个据点。没想到这次他们拘走我的魂魄，封印在干尸里，又藏到了这个地方……"

这一番解释有些像那么回事，没有什么漏洞，车前子点了点头，说道："老弟，你可别骗你亲哥。大概其你也知道，我发起疯来，你爸爸也头疼的。"

"那是，那是！"阎永孝连声附和，随后继续说道，"暗门的窗户是我让他们后加上的，而且暗室里面加了阵法，无论里面有多大的动静，外面的人就算站在门口，也什么都听不到。对了，劳驾尤哥看看头顶上，有个暗格拉开一下。"

尤阙听了阎永孝的话，站到床上，查看阎永孝说的地方。果然找到了他说的暗格，拉开之后，露出来一颗镶嵌在天棚顶上的夜明珠。这颗夜明珠不是凡品，散发出来的光芒比普通的夜明珠要亮上数倍。有了光亮之后，车前子关掉了氙气灯。

有了光亮之后，阎永孝继续说道："墙上还有几个暗格，藏着几瓶酒，还有一些食物。不过时间太长了，酒应该还能喝，那些鱼子酱什么的应该早就坏掉了。"

"老弟，你活得还挺仔细，什么都有。"车前子根据阎永孝所说，又找到了几瓶美酒。正准备问问阎永孝还有什么东西的时候，突然听到窗口监视的尤阙说道："不好，有人来了。"

# 第十章 危险的感觉

听到尤阙的话，车前子飞快地冲到了窗口，尤阙很识趣地将窗口位置让了出来。就见在仓库里面追得车前子满处逃跑的覃已经追了上来，到了石柱附近之后，它好像失去了目标，变得有些漫无目起来。几次已经转到了石柱旁边，甚至都摸到了暗门上，这时它只要轻轻地一敲，就能发现石柱里面是空心的。

车前子和尤阙的心都提到了嗓子眼，幸运的是覃始终没有发现暗门，在附近转了两圈，终于离开去其他地方了。

等覃离开之后，车前子长长地出了口气，随后对尤阙说道："老尤，你不是说联系孙胖子了吗？他们什么时候能到？"

听车前子说到了孙德胜，尤阙有些意外地看了车前子一眼，说道："你怎么知道的？我那是怕你使性子不肯出来，瞎编的——你刚才听到了？怎么也不答应我一声，害我在这里面到处瞎转悠，两条腿都快走断了。"

"孙胖子还不知道啊？"车前子皱了皱眉头，随后继续说道，"那就只能靠杨枭想起来通知孙胖子了——老尤，要不你再给孙胖子打个电话，把这里的情况告诉他。"

"这里没有信号。"尤阙哭丧着脸掏出来手机，给车前子看了一眼信号，继续说道，"这防空洞里面手机信号覆盖不到，要不然的话，就算找不到孙局长，我也把民调局其他人叫来了。"

听到这里没有信号，车前子也有点无奈。他回头对阎永孝说道："你连夜明珠都准备了，怎么不知道连下网？你说你一个人躲在这里，既不能上网又不能出去，有什么意思？"

"我躲藏在这里的时候，网络还不流行。"阎永孝尴尬地笑了一下，继续说道，"不过想找点事情消磨下时间，总是有办法的。他们给我找了几个姑娘……"

"闭嘴！别在我面前说牙碜的话。"车前子瞪了阎永孝一眼，这时候他突然想起了沈辣的前女友。当下把话题引到了赵庆身上，问道："老弟，哥哥问你个事情……我怎么听说广仁和你爸爸联姻了，他把我二哥沈辣的对象介绍给你了？老尤也不是外人，你说说有没有和赵庆做过什么对不起我二哥的事情？"

"没有！"车前子都管沈辣叫二哥了，阎永孝哪里还敢胡说八道。他赶紧否认，随后苦笑了一声，继续说道："这都是长辈们自作主张，想政治联姻，不瞒亲哥你说，我和姓赵的丫头互相都看不顺眼。她嫌我没有五官，长得丑。我嫌她跟个木头一样，想要摸摸小手都敢和我翻脸。要是真结婚了，还不得天天给我脸色看？"

说到这里，阎永孝叹了口气，继续说道："实话实说，我是真不知道姓赵的丫头和咱二哥的事情。不过就算没有沈辣，我也得想办法把婚事搅黄了。姓赵的丫头心眼太多，我拿不住她。"

车前子古怪地笑了一下，说道："你真没占点便宜？老弟，这样的事情别瞒着你哥哥我。"

"我要是动了她一根手指头，就让我魂飞魄散！"当着车前子的面，阎永孝发起了誓。他继续说道："亲哥您也知道，虽然我长得是差点意思，不过比起你们来，也就差个眼耳口鼻而已。我是阎君的子嗣，身边从来不缺女人。姓赵的丫头那样的货色，我还真不放在眼里。赶明儿，从这里出去之后，弟弟我做东，咱们包一艘邮轮，带上三五百个美女，白的黄的黑的，胖的瘦的高的矮的凑上一船，咱们环游世界……"

"呸！真以为我像你那么不要脸？"车前子冲阎永孝啐了一口，还想再挤对他几句的时候，突然听到尤阙说道："外面的动静不对！不好，那个怪物要把这里烧掉！"

尤阙说话的时候，就见刚才在附近转悠了好几圈的覃提了一桶汽油回来。它直接将汽油泼到了柱子上，一边泼一边说道，"我知道你们就藏在这里面——你们藏得好，我找不到你们，不过也没关系，我可以一把火烧死你们，这样我也没什么烦恼了。"

见覃在泼汽油，车前子扭头向阎永孝问道："你这狗窝防火吧？"

"那是一定的。"阎永孝有些得意地说道，"别说一般的火了，就算地府的尸火、阴火都防得住——那次我闯的祸实在有点大，我爸爸又在气头上。说不准一个没忍住会大义灭亲，要了我的小命，给他手下的判官、阴司们看看。我不瞒着亲哥您，墙里面埋着避火珠呢。外面烧塌了天，这里面一点热气都感觉不到。"

这次阎永孝还真没有吹牛，外面很快燃起了大火，但暗室里面一点影响都没有。见到火势起来，覃便退了出去，看它的样子，是想赶在杨枭回来之前逃走。

石柱附近并没有什么助燃的东西，汽油烧光之后，大火也跟着熄灭了。暗室外面重归黑暗，又恢复了死一般的寂静。

趁这个空当，尤阙问阎永孝要了创伤药，打算给车前子背上的伤口抹点药。乍一看，车前子背上的伤口皮肉外翻，还挺吓人的。不过尤阙仔细查看后发现，车前子的伤口早已止血。那么重的伤竟然自己止血了，这就有点不可思议了。换作一般人受了这么严重的伤，早就流血过多而死了。而车前子，刚刚和覃干了一架，现在还有心思和阎永孝骂街玩。

车前子看破了尤阙的心思，他拍了拍尤阙的肩膀，说道："这就是老杨的手艺了，连外面的都覃糊弄过去了。我一点都没感觉到疼，他真是个好演员。"

与此同时，正在医院里等崔允儿身体检查结果的杨枭，对有些焦急的沈辣说道："别担心，那个小家伙不会有事的。我出来的时候，亲眼看到他控制住了局面。兴许这时候孙大圣已经带着人到了，他们正一起忙着收尾呢。"

沈辣做完手术刚醒来没多久，身体好像还有些不舒服，满头大汗的。他勉强抬头看了杨枭一眼，说道："老杨，你敢打包票就好。刚才听你说得太凶险——幸好你悬崖勒马，没有干掉车前子。要不然的话，吴主任面前，白头发长生不老的身体也扛不住……"

听沈辣说到这里，杨枭突然沉默了。半晌之后，老杨擦了擦额头上的冷汗，说道："实话告诉你，我就是奔着干掉车前子甩的那一镖。估计是吴主任给了车前子什么护身的法宝，要不然的话，那一镖的力量，十二个车前子排成一排，也都死定了。"

这时候，暗室里面的车前子突然连续打起了喷嚏："啊嚏！啊嚏！啊嚏——谁在背后说我坏话呢？我怎么有点冒虚汗了？"

也就在这个时候，远处突然出现了几道手电筒的光芒。紧接着，就听到有两三个人扯着嗓子喊道："车前子、尤阙！你们在哪儿呢？赶紧出来吧，孙局长已经到了，听说你们失踪了，他亲自过来找你们了……车秘书、老尤，你们听到了赶紧回答一声……"

声音由远至近，车前子趴在窗口，一眼认出来这几个人都是二室的调查员。走在最前面的那个好像姓元，具体名字叫什么记不起来了。

喊了几声，见没有回应，几个人便打算离开，去其他地方继续寻找。见他们要走，车前子直接打开了暗门。他刚刚迈出去一条腿，突然瞧见姓元的那个调查员向自己诡异地笑了一下。

其他两名调查员见到车前子从柱子里面走出来，脸上都露出来欣喜的表情，主动上前迎接小道士，他们边走边说道："何队长说你和老尤可能出事了，他不敢过来，就通知我们来看看。老元刚刚给孙局长打电话了，他老人家一会儿就到。还是老元说得准，说你只要听到孙局到了，立马就会现身。"

这两人完全没想到，他们口中的老元这时候已经掏出手枪来，对着两人的后脑勺连开了两枪。

"啪！啪！"两声枪响，两名调查员应声倒地。二人后脑中枪，都是一枪毙命。

看到"老元"干掉了两名同伴，尤阙最先反应过来。他一把拉住了车前子，想将他拉回到暗室里面。希望这个暗室真像阎永孝说的那样坚固，可以抵挡一段时间。

"原来你们藏在这里！""老元"说话的时候，浑身漆黑的覃已经冲了上来。在尤阙关上暗门的前一刻，它用自己的胳膊别住了暗门。尤阙和车前子两人一起连打带踹，都没能将这个鬼东西打出去。不过总算打掉了覃手里的覃骨，尤阙不敢伸手去捡，一脚将它踢出了暗室。

这时覃抓住了机会，一只手从里面攥住了门把手，另一只手按在门上，两下一使劲，直接将整个暗门掰了下来。

见到暗门被毁掉了，椅子上的人头又见风使舵地大声喊道："蔡三爷，又是我阎永孝！我把他们俩困在这里了，赶紧过来弄死他们……我就知道您老人家一定能找到这里的。刚才姓车的想顺着防空洞逃跑，这里面四通八达的，说不定还真让他跑掉了。我一听这哪儿行？就把他们骗到了这里了，心里那个着急哪，就盼着您早点来了……"

覃冲进暗室之后，立刻向车前子和尤阙扑了过去。两个人一只覃就在暗室里面打了起来，吓得阎永孝大声喊道："别让覃过来！救命啊！我的亲哥，要不你们出去打行不行？蔡三爷，您把覃请出去，我现在是魂魄，它在这里面，我受不了啊！"

两边都没把阎永孝当回事，车前子对着覃的眼睛、咽喉和裤裆一阵猛插猛踹。不过这些都不是它的要害，对覃一点影响都没有。倒是尤阙好像知道一点覃的弱点，他咬破舌尖，一口接一口舌尖血向覃的脑袋喷过去，多少让它的动作迟缓了一些。

"老元"见到他们三个混战在一起，冷笑了一声，举枪对准尤阙的后背扣动了扳机。"啪"的一声枪响，子弹击中了尤阙的肩头，尤阙应声倒在了地上。

原本车前子加上尤阙两个人对战覃都没有什么优势，现在尤阙倒下了，车前子就更加招架不住了，很快就被覃一巴掌扇倒。覃将车前子击倒之后，并未停止攻击，伸出手掌作势就要刺进小道士的心口……

这时，站在一边看热闹的"老元"急忙喊道："不行，不能伤了他的魂魄！你这样做的话，吴勉的儿子会形神俱灭的——让你住手！听到没有！"

这时候"老元"突然发现自己好像失去了对覃的控制，听到他的喊话，覃只是犹豫了一下。随后继续举起手掌，向车前子的胸口插了下去。如果车前子真的形神俱灭了，等待自己的只有吴勉无尽的怒火。对上那个白发男人，"老元"心里清楚得很，他一丁点儿胜算也没有。

是那个尤阙的舌尖血！对覃虽然没有什么杀伤力，却扰乱了自己对它的控制。这时候"老元"再想阻止覃对车前子下手已经来不及了，只能眼睁睁看着车前子死在覃手里。

就在这个时候，原本已经倒地的尤阙突然蹿了起来。他两只手死死拽住了覃的手臂，随后又用脚将还在哇哇大叫的人头扫了过来。人头滚过来之后，将它送到覃的手掌上。随着一阵撕心裂肺的喊叫声，人头里面的魂魄就烟消云散了。

阎永孝魂飞魄散的同时，覃的心口突然颤抖了起来。虽然只是一瞬间的工夫，尤阙还是抓住了这个机会，他伸手探进了覃的胸口，撕开了上面的皮肤，随后一团黑烟从里面涌了出来。烟雾与空气接触之后，立刻化成了飞灰，随后散落在地上。

与此同时，覃也一声不吭地倒在了地上，随后它的身体开始慢慢龟裂，裂出来无数道细微的缝隙。尤阙一脚踩在覃的头上，整只覃瞬间化成齑粉散落一地。

"老元"原本以为车前子死定了，没想到覃就这样被一个名不见经传的民调局小文员干掉了。他一脸不可思议地盯着尤阙，说道："本以为只有我们三兄弟知道覃的死穴，没想到你这个小东西也知道，小看你了啊！"

这时候，车前子从地上爬了起来，喘了几口粗气之后，对"老元"说道："你又上了老元的身，母猪精，除了上身之外，你还有其他的本事吗？"

老元确实是被蔡诡附身了，他和尤阙之前找过的何队长关系不错。何队长见车前子和尤阙进了商场之后，一直都没有出来，担心他们出了什么事情，便联系了他在民调局的另一个熟人老元，让他带人进去看看。如果有需要的话，何队长也可以带人去帮忙。

进了商场之后，一个人都没见到，老元他们四处搜查的时候，不小心着了蔡诡的道，被蔡诡附身。蔡诡利用这几个调查员，成功骗得车前子打开了暗门。

现在覃意外地被尤阙干掉了，这让蔡诡有些为难。他的真身不在这里，真正的本事没法施展出来。不过就这样放过车前子，他又有些不甘心。

蔡诡也想过直接附身车前子，不过车前子身体里面有一种让他不寒而栗的力量，还有另外一个魂魄正虎视眈眈地盯着他。如果他真上了车前子的身，就算不被那股力量吞噬，估计也逃脱不了被车前子两个魂魄围殴的命运。

既然不能上车前子的身，那就上另外一个人的身好了。到时候来个出其不意，杀死小道士再拘走他的魂魄。

打定了主意，蔡诡举起手枪做瞄准状，借此分散车前子和尤阙的注意力。实际上他的魂魄已经偷偷移动到了尤阙身边，正打算鸠占鹊巢的时候，突然发现尤阙的魂魄竟然伸出手来拉他，想把他拉进自己的身体里面。

这样诡异的场面，蔡诡还是第一次碰到。就在这时，他心里突然莫名其妙地恐慌起来——不对！这里面一定有问题，这里不能再留了，赶紧走！

当尤阙的魂魄就要接触到蔡诡魂魄的时候，蔡诡临时改变主意，使出来保命的术法。他的魂魄瞬间消失在原地，回到了千里之外的真身之中，老元的躯壳接着瘫软在地上。

千里之外的一个房间里面，躺在床上的蔡诡睁开了眼睛。他的心脏还在怦怦乱跳，冷汗遍布全身，就好像刚洗完澡一样。这时他还有些后怕，心中危险的感觉越发强烈——刚才再晚一点点，只怕就别想再回来了。

蔡诡喘了口粗气，刚想从床上爬起来的时候，突然发现自己的身体被钉在了床上。就在他纳闷的时候，一个小老头出现在他面前。

第十章　危险的感觉

067

# 第十一章　还是没逃脱

见到蔡诡醒来，小老头呵呵一笑，对他说道："没想到你这么快就回来了，再等等，我这边马上就好了。"说话的时候，小老头拿起一根细长的钉子，另一只手拿着锤子，对着蔡诡的左腿钉了下去。

蔡诡感觉到了有什么东西扎进了腿里，却没有疼痛的感觉，难道自己是在梦里吗？

"别怕，我刚给你打了全身麻药。不会疼的，起码现在不会……"小老头三下两下将手里的钉子钉好，接着又取出来一根钉子，在刚才那根钉子往下一个巴掌距离的地方，举起来锤子又钉了下去。他一边钉，一边对惊恐之极的蔡诡说道："是不是发现那个尤阙不对劲了？没错，那个尤阙就是吴仁获假扮的。有他亲爹在，估计你也为难不了我那个老儿子。"

这不是梦！蔡诡反应了过来，冲面前的小老头说道："我知道你是谁，你是孔大龙！你想干什么？放了我，你要什么我都可以给你。要钱我给你十吨黄金——你不能把我怎么样，如果你杀了我，蔡瘟和蔡疫不会放过你的……"

小老头正是许久不见的孔大龙，听到蔡诡用他俩哥哥来威胁自己，他龇牙一笑，说道："你怎么知道我想问你什么？我就是想知道你俩哥哥的下落——我也不骗你，是这么回事，有人托了人情找我帮忙，想弄清楚你们三兄弟的底细……"

趁孔大龙说话的时候，蔡诡想要上他的身。没想到他引以为傲的本事，现在竟然施展不出来了。

小老头好像看穿了蔡诡的心思，一边继续给他钉钉子，一边说道："是不是在琢磨你拿手的本事怎么不好用了？不用瞎猜，我直接告诉你就好了嘛。其实也没啥，刚才你还没回来的时候，我在你的冲虚宫里也放了个魂魄。它锁着你呢！小东西，现在可以出来了，和你大哥打个招呼……"

孔大龙的话刚刚说完，蔡诡一张嘴，变成了另外一个人的声音，说道："政府，我坦白！我要举报……我同监那个叫老四的，身上还背着两条人命。一五年小白岭和一七年师大附中的奸杀案都是他干的，他自己告诉我的……还有旁边监舍的张亮，一六年凤凰山挖出来的死尸就是他弄的，抢劫、杀人……"

说到这里，"蔡诡"突然呜呜地哭了起来。边哭边说道："政府，我真后悔啊……我得了绝症，想自杀又没胆子，这才拉上长海一起去跳河……结果长海死了，我自己游上岸了……我对不起朋友啊，我死了就没人照顾他爸妈、老婆孩子了。"

"晚了。"孔大龙从口袋里掏出来一张照片，放到"蔡诡"面前，随后说道，"今天中午你已经被执行了死刑，你死前过于恐惧，把自己已经被枪毙的事情忘了——我刚好路过，就借你的魂魄来用用。和你身体里的大哥打个招呼，乖。"

看到照片里面自己的尸体，孔大龙又找来一面镜子，让这个魂魄看到它现在的样子。看完之后，"蔡诡"号啕大哭了起来："我不想死啊……癌症就癌症吧，起码还能再活个一年半载……爹妈，我对不起你们……长海，我的亲兄弟啊，我对不起你啊。你知道我得了癌症，还介绍俩老妹儿给我认识……"

蔡诡的魂魄已经蒙了，怎么自己的身体被个死刑犯控制了？这是不可能的事情，自己附身的本事天下数一数二，怎么可能出现这样的情况？它数次想要抢回身体，却始终没有成功，身体被这个死刑犯控制得死死的。它只能听着这个魂魄不停哭喊诉说，自己是怎么得了癌症，怎么害死了朋友……

任凭"蔡诡"哭闹了一阵，孔大龙呵呵一笑，将最后几根钉子一股脑都钉在了蔡诡身上。最后一根钉子钉在他命根子上，几锤子将钉子砸结实之后，他突然扇了"蔡诡"的脸一巴掌。

挨了这个嘴巴，死刑犯的魂魄瞬间失去了对身体的控制，蔡诡重新接管了自己的身体。他一脸惊恐地看着小老头，说道："不可能……你对我身体做了什么？一个死囚不可能控制得了我的身体……"

"除了把它放进你身体里面之外，我什么都没干。"孔大龙抱着肩膀，冲蔡诡笑了一下，继续说道，"刚才忙着钉钉子，我也累了半天了。你们俩先聊聊，我出去抽口烟，一会儿就回来。"

说话的时候，小老头笑嘻嘻地走了出去。任凭蔡诡怎么叫喊，他都没有回头的意思。

孔大龙刚刚离开，死刑犯在蔡诡的身体里说道："大哥，这是你的身体？这是咋回事？我是不是死了……我死了怎么到你身体里面了？我脑子有点乱……你说我是不是在做梦？你和那个老头都是我做梦梦出来的……指定是做梦，我根本没害死过长海……长海你认识不？那是我最好的朋友，他知道我得病了，还专门给我介绍了俩老妹儿……你说长海是不是也是我做梦梦出来的？兴许我现在还在上学，学习压力太大了，所以才净做这样的噩梦……我想起来了，我中学老师长得老带劲了，你说她是不是也是我做梦梦出来的……大哥，你蛋子儿怎么还钉着根钉子……"

原本蔡诡的脑袋就跟乱麻一样，现在被这个死刑犯的魂魄一阵唠叨，惹得他心火大盛。对死刑犯骂道："闭嘴！你死了，枪毙死的……你害死了最好的朋友，你死有余辜，想死就去自杀！现在就去……"

听了蔡诡的话，死刑犯又号啕大哭起来。它边哭边说道："我就知道不是做梦……我的命苦啊，我还不到三十，怎么就得了癌症了？我不抽烟、不喝酒的，每天晚上九点就睡觉……我怎么就得了癌症了。"

蔡诡吵得脑袋都大了，想要开口训斥死刑犯几句。没想到自己的声音也被它压制住了，他们俩共用一个身子，死刑犯从他小时候遭受的委屈讲起，一直讲到害死最好的朋友，将这些事情来来回回地讲了一遍又一遍。

不管蔡诡愿不愿意听，他都得听着。听到后来，他忽然觉得死刑犯讲的事情，是他亲身经历的一样，而且经历了一遍又一遍。

孔大龙也不知道抽的什么烟，几个小时都没有回来。一开始蔡诡还能忍，过了两三个钟头之后，他觉得自己快要疯了。精神开始恍惚起来，自己是不是就是那个死刑犯？至于什么蔡诡都是做梦梦出来的。

孔大龙抽烟竟然抽了两天两夜，到第三天一早，满身烟味的孔大龙终于回来了。小老头一边剔牙，一边对蔡诡说道："你这里也太偏僻了，想找个吃饭的地方都找不到。我打了个小摩的，跑了一个多小时才找到一家。回来的时候还迷路了……怎么？有什么想对我说的吗？"

蔡诡红着眼睛，对孔大龙说道："我到底是谁？是蔡诡、长海，还是老四？"


两天之前，商场地下的防空洞里，车前子看到举枪准备射击的老元突然翻了白眼，随后轰然倒下。一开始还以为他又在耍什么花样，没想到老元晕倒之后，又慢慢醒了过来。他一脸迷茫地看向四周——刚刚自己还在商场里面，怎么莫名其妙就到这里来了？

这时候，孙德胜终于到了。部里问责刚刚结束，他便看到了尤阙发来的信息。孙胖子明白崔允儿的失踪肯定有古怪，当下急忙联系了杨军和屠黯，一起赶了过来。

听完车前子和尤阙的讲述，孙胖子少见地收敛了笑容。他冲车前子叹了口气，说道："民调局死了两个调查员，阎君的儿子魂飞魄散了，酆化成灰了，那个什么蔡老三也跑了。兄弟，哥哥我刚刚被问责完，看来很快又要被问责一次了。"

"胖子，这黑锅也能扣到你头上？"车前子不以为然地说了一句，随后指着正在接受二室调查员询问的尤阙说道，"这次多亏老尤了，不然的话，我不死也得脱层皮——那个谁，问两句差不多得了，别没完没了的。"

这时候，孙胖子脸上才有了点笑容，他向询问尤阙的调查员摆了摆手，说道："行了，小尤的笔录让他自己写，反正谁看了也不会相信的。"

孙胖子刚刚说到这里，便看到杨枭来了。杨枭来商场之前，先给沈辣打了个电话了解情况。得知这时候车前子还没有回来，杨枭心里清楚这回八成惹了大祸。他赶紧把崔允儿送回家，随后急忙赶了过来。

见到车前子仍活蹦乱跳的，杨枭这才松了口气。他擦了擦额头上的冷汗，走过去说道："我还以为你搞定蔡老三了，没想到害你差点丢了性命——这次算我欠你一个人情，日后有机会我一定还上。"

对杨枭，车前子倒是不记仇。他打了个哈哈，说道："没你说的那么严重，我这不好好的吗？再说了，在仓库里面你手下留情饶了我一命。那么危险的状况下，你还能对我放水，我这心里还是知道好歹的。"

听了车前子的话，杨枭的表情多少有点不自然。孙胖子看出来一点什么，他嘿嘿一笑，化解了老杨的尴尬，说道："不是我说，一码归一码，关于这件事情，老杨你怎么也要表示表示。哥们儿我做主了，老杨你得给车前子做三个月的保镖。阎君的儿子到底还是魂飞魄散了，别最后他把这笔账算到我兄弟头上。"

听到孙德胜让他给车前子做三个月保镖的时候，杨枭心里并没有什么多余的想法。对车前子他原本就有些愧疚，给车前子做保镖也没什么。但等听到事情牵涉到地府的时候，杨枭脸上的表情就有些不自然了。对看家本领是纵神弄鬼的杨枭来说，一旦牵扯到地府，他总是有些忌讳的。

看到杨枭有些犹豫，孙胖子又笑了一下，说道："老杨，这个还要犹豫吗？不是我说，回头吴主任看到你在他儿子身上留下来的疤瘌，你猜猜看他会作何反应？"

见孙胖子似乎看出了自己的破绽，杨枭的脸色微微有些发红。他勉强笑了一下，说道："不用麻烦吴主任了，这三个月里面，车前子的安危就包在我身上了。不过周末和节假日不行，对了，还有半个多月就是我老婆的生日，生日前后各一天，这三天也不行。"

"不用老杨，我受不了他们家小媳妇儿那脾气。"车前子打断了杨枭的话，他指着尤阙继续说道，"老尤陪着我就行，这次多亏他了。不过话说回来，老尤，你是怎么知道覃的死穴的？刚才我问杨枭了，他都不知道……"

这时候杨枭才知道覃竟然被干掉了，而且是被名不见经传的小文员尤阙干掉的。尤阙竟然知道覃的死穴？杨枭自己就是纵神弄鬼的顶尖高手，他都不知道覃还有死穴……

一瞬间，杨枭好像明白了什么。他偷偷瞧了一眼那个对谁都赔着笑脸的尤阙，随后擦了擦额头上冒出来的冷汗。

这时候，尤阙对车前子说道："这个是之前民调局的萧顾问告诉我的，我刚进民调局的时候，有一次和他聊天，他告诉我覃的死穴……"

已经死了多年的萧和尚说的，真是死无对证了。杨枭心里明白了八九分，瞬间身体好像在水里泡过一样，里外几层衣服都被冷汗浸透了。

"对，我想起来了，老萧大师也和我说过。"孙胖子笑嘻嘻地给尤阙打了圆场，随后说道："那就听我兄弟的意思，小尤啊，这几天你就跟着车前子。他去哪儿你就跟着去哪儿，忙完这阵子之后你也别去二室了，跟车前子一起去我那里。之前我答应过你的，让你做我的助理……"

不管如何，这次的事情总算是结束了。估计现在地府也收到阎永孝魂飞魄散的消息了，就看地府打算怎么处置了。如果地府中别有用心的"人"想要借题发挥，把黑锅扣到车前子头上，身为主要证人之一的"尤阙"定然不会答应的。

留下几个调查员处理善后事宜，孙胖子带着车前子、尤阙和几个白头发离开了防空洞。返回途中，杨枭趁没人注意，凑到孙胖子身边，低声说道："大圣，你说我现在带着崔允儿去国外躲几年怎么样？过个五六年再回来，吴主任差不多也该消气了吧？"

"那谁知道？"孙胖子苦笑了一声，随后说道，"不过老杨你以为自己真能跑得掉吗？敢不敢打个赌，你这样都到不了机场。"

刚回到上面的商场仓库，就见一个身穿黑衣的年轻男人站在仓库门口。看了一眼面前这些人，年轻人微微一笑，冲孙胖子说道："是孙局长吧？在下地府阴司曹正，奉阎君之命，想跟您打听一下永孝殿下的魂魄怎么突然消失了。"

# 第十二章　冥君玉牌

　　见这个年轻人自称阴司，孙胖子身边的调查员纷纷识趣地找借口回避了。就连杨枭都假装打电话，拿着黑屏的手机走到了一边。

　　只有车前子无所谓地跟在孙胖子身边，斜眼看着这个叫作曹正的阴司，说道："怎么个意思？你们家阎王的儿子找不到了，向我们要人？少来这套！我们是给他看孩子的吗？他给过看孩子的钱吗？"

　　车前子说得很不客气，曹正却没有一点动怒的样子。他笑眯眯地上下打量了一番车前子，说道："您就是车前子吧？孙局长的秘书，久仰您的大名了，原本早该去拜会您的——刚才是我没有说清楚，阎君让我来打听一下殿下的事情。别因为这件事情，引发我们地府和民调局之间的误会。"

　　说着，曹正从怀里摸出来一块打火机大小的玉牌，双手递给车前子，同时笑着说道："这是阎君让我一起带上来的，是送给车秘书的小玩意儿。阎君还让我带话，之前因为殿下年少不懂事，惹了车秘书不开心，这个就算是赔罪的。"

　　车前子大大咧咧地接过了玉牌，看到玉牌正面密密麻麻刻着十座宫殿，背面则刻着他完全看不懂的文字。一旁的曹正介绍道："这是地府的冥君令牌，只要有了这块牌子，十煞阎罗殿都可以畅行无阻。携令牌者如同阎君亲临……"

说着，曹正竟然向车前子跪了下去，恭恭敬敬地磕了三个响头。爬起来后继续说道："自阴阳划分以始，以生人身份得到玉牌的，只有当年的大方师徐福，以及车秘书你了。日后如果遇到阴司鬼差，只要出示令牌，便可以用阎君的身份，命他们做任何事情。"

　　原本车前子还没把这块玉牌放在眼里，现在听到有了这玩意儿，自己便和阎君平起平坐了，立刻觉得这件礼物有些沉重，不过这个对自己好像没什么用。正犹豫要不要还给这个曹阴司的时候，一旁的孙胖子开口说道："阎君的手笔就是不同凡响……和这个一比，黄胖子那点雪茄、洋酒什么的就不值一提了。兄弟，你可得把这个宝贝收好了。等到哥哥我寿终正寝的那一天，给你列个清单，你带着烧纸、童男童女下去，面对面地烧给哥哥我。不是我说，古往今来大概也就哥哥我托你的福，才能有这样的机会……"

　　车前子没心没肺地笑了一下，说道："那没得说，要不我给你烧个千军万马。胖子，你就在下面闹革命算了。"

　　"兄弟你这玩笑说的，再吓到了曹阴司。"孙胖子嘿嘿一笑，对曹正说道："是这么回事，我们民调局查清楚了，'三蔡'里面的蔡诡绑了殿下的魂魄，哥们儿我急忙带齐了大队人马前来解救，却没有想到蔡诡如此凶残……他当着我们的面，将殿下的魂魄打散了。不是我说，殿下真是个好人啊，凶手的屠刀都架到他脖子上了，还让我们不要管他，让我们一定要抓住幕后元凶交给阎君陛下——当他烟消云散的时候，我这心里难受极了……"

　　听了孙胖子的话，曹正也很是感慨，说道："永孝殿下这般大义凛然，也是阎君教导有方——凶手蔡诡如何了？抓住他了吗？"

　　"就差一点点，蔡诡那孙子会移魂的手段……"孙胖子装模作样地叹了口气，继续说道，"当时也是因为他挟持了殿下的魂魄，我们投鼠忌器不敢贸然出手。没想到殿下的魂魄没能保住，只能眼睁睁地看着蔡诡移魂逃走了……你说再过一百几十年，我寿终正寝下去的时候，有什么脸去见阎君他老人家……"

　　曹正配合着叹了口气，说道："阎君明白殿下的死和民调局无关，这才派我上来和孙局长说清楚。别两家再有什么误会，让宵小之辈钻了空子……

既然话说开了，那我不打扰孙局长您处理公务了，我回去向阎君交旨。"

说到这里，曹正又掏出来一面黄金打造的金牌，将它交到了孙胖子手上，说道："这是我的阴司牌，孙局长有什么事情需要我帮忙的时候，可以通过它找我。虽然在下只是一名小小的阴司，能力有限，但只要孙局长您交代了，曹正必定全力相助。"

说完，曹正又客气了几句，随后施展遁法在孙胖子、车前子二人面前消失。

等曹正离开，孙胖子笑眯眯地收好了金牌，随后自言自语地说道："曹正，这哥们儿有点意思，什么时候地府里面又出了这么一号人物。"

"这个姓曹的不就是会来事儿吗？这有什么？"车前子一边摆弄着手里的玉牌，一边继续说道，"胖子，不是我挑事啊，阎王没拿你当回事……我听说地府里面有判官、大阴司、鬼王什么的，都比阴司官大。就派这么一个小阴司来找你，也太不给面了。"

"兄弟，这次你说错了。"孙胖子眼睛盯着小道士手里的玉牌，笑着继续说道，"能在这个时候过来传话的阴司，一定是阎君的亲信，日后的前途不可限量。看起来阎君还有别的一些想法——兄弟，这块冥君令牌你可千万收好了，日后说不定会用得上。"

听了孙胖子的话，车前子将手里的玉牌塞到了孙胖子手里，说道："那还是你收着吧，别日后要用的时候找不到了，你再埋怨我。"

这段插曲结束，孙胖子、杨枭及尤阙一起陪着车前子回到了医院。沈辣听说后来又发生了这么多的事情，惊讶之余又用怜悯的眼神看了看杨枭。只有车前子还被蒙在鼓里，依旧和尤阙嘻嘻哈哈的。

这时候已经折腾到了早上，刚刚上班的院长带着几位主任一起过来查房。给车前子做了检查，都对这个半大小子身体的恢复能力表示惊讶。这时的车前子已经完全恢复健康，随时都可以办理出院手续。

沈辣还得继续留在医院，只不过他也不用继续留在 ICU 病房了，可以转到一般的病房。

小道士已经在医院待得快有后遗症了，当下急忙让尤阙帮他办理了出院手续。孙胖子又联系人给车前子送来了新衣服，穿上之后小道士立刻离开了医院。

原本孙胖子还想让车前子继续住他家里的，不过有他老婆孩子在，车前子住进来确实有点不方便。这时想起来沈辣正住着院，他家里是空着的，于是安排车前子先去沈辣家里住几天。趁这个空当，孙胖子找人给他收拾好宿舍。

沈辣家里毕竟比孙胖子家方便许多，车前子住进来之后，困劲上来，直接在沈辣的床上睡了一整天，直到天黑才醒来。

车前子从厕所里出来，正准备从冰箱里找点吃的。就在这个时候，突然听到了一阵敲门声。

一开始车前子并没有打算开门，自己只是在这里借住，谁知道沈辣这边有什么事情？自己替他做主也不合适，只要不是什么要紧的事情，对方敲几下门也就走了。

果然，敲门声很快就停了，但敲门的人没走。没一会儿，门外传出来女人哭泣的声音。车前子一听便来了兴趣，抓了个面包塞进嘴里，又拿了瓶牛奶，蹑手蹑脚地到了门口。将耳朵贴在门上，想听听门外的女人会说什么。

女人抽泣了一阵，带着哭腔说道："我知道你在里面，也知道你不想见我。是我把你伤得太深了，但我也是身不由己——我九岁就被广仁收作弟子，是他把我养大成人的……一开始师尊派我接近你，我心里也是抵触的……没想到慢慢对你有了感情……当时我还在想，如果师尊要对你不利的话，我，我豁出性命不要，也要保全你……"

门外的女人是赵庆！没想到还有这样的意外收获，车前子继续趴在门上，听门外的赵庆哭诉："你记不记得在杭州的时候，我问过你，我们都放下所有，就我和你两个人，找个没人的地方隐居起来……当时我是真的想和你在一起的。可是从杭州回来之后，一切都变了……

"先是孙德胜查出来我是广仁的弟子，后来师尊让我离开你，把我许配给了阎君的私生子……我恳求过师尊的，但师尊不肯答应……我回来找过你，可是孙德胜一直在你身边，我没法现身……

"没有你的日子，我一直闷闷不乐，也想过放下所有的一切，一个人去到谁也不认识的地方躲起来。可是，可是我可以放下父母，也可以放下师尊，就是放不下你……沈辣，我知道你在里面，你开开门……就算你真的不打算和我在一起了，起码我们当面说清楚……"

听到赵庆悲伤欲绝的声音，车前子想起来阎永孝说起过的他和赵庆的事情。这个赵庆从来没有给过阎永孝机会，也许真像她说的那样，发自内心地真喜欢沈辣。

虽然车前子也到了谈情说爱的年龄，不过他对男女之间的那点事情不怎么感兴趣。小道士的爱好点都在打架、骂街上面，也就骂人的时候喜欢说几句伦理梗，除此以外，对男女情爱完全处于不可理解的状态。

现在听到门外的赵庆哭得悲悲切切，车前子心里竟然生出来同情的感觉。小道士叹了口气，隔着门说道："哭两声得了，还没完没了了。沈辣不在家……我说小赵，看在你差一点就成了我二嫂的分上，我和你说一句，上次就是因为你，沈辣差一点就被人弄死了。他捡回来一条命，现在正在××医院的护理病房……"

听到房间里面传出车前子的声音，赵庆立马止住了哭声。不过当她听到沈辣受了重伤还在住院的时候，又忍不住哭了起来："怎么会这样……他的身体不应该受伤的，你是不是在骗我……沈辣不可能会受伤。"

"你有工夫在这里哭，还不如去医院看看辣子。"车前子没好气地说了一句，顿了一下，继续说道，"别说我没提醒你，我们家胖子也在医院。我最多说话难听点，他为了辣子，可是什么事情都做得出来……"

"我能看一眼沈辣，知道他没事也就知足了。"听了车前子的话，赵庆道了声谢，随后便离开了。

"成不成就看你自己了。"车前子叹了口气，这时候他饿劲上来，就靠着门，一口面包一口牛奶地吃喝起来。

车前子正是年轻能吃喝的年纪，加上一天多没吃东西，一个面包下去，反而把饿劲儿勾了上来。当他准备再去冰箱里找点吃食的时候，身后又响起来敲门的声音。

车前子原本就不是好脾气，加上饿劲上来，当下疯狗脾气了作了，冲门外大声骂道："没完了是吧？你相好的在医院！三更半夜一个劲地敲老爷们儿的门，想搞破鞋啊！"他一边骂，一边气呼呼地打开了房门。没有见到梨花带雨的赵庆，却看见他师父孔大龙正笑嘻嘻地站在门口。

"你这里怎么还有搞破鞋的事情？老儿子，你才来首都几天啊，学坏了哪……"孔大龙一脸的坏笑，冲有些发愣的车前子挤了挤眼，继续说道，"过来搭把手，这都是给你带的东西。"

"你这一阵子死哪儿去了？我就差全国各地挨个给火葬场打电话找你了。"车前子一边接过孔大龙手里的包裹，一边用他独特的语言表示对孔大龙欢迎，"你那些破事终于忙完了？前一阵子我还在想，是不是你和哪个老娘们儿搞破鞋的时候，被人家男人抓住，现在正吊起来打呢——你这大包小包的都什么破烂儿？对了，你是怎么找到这里来的？"

车前子是孔大龙养大的，小老头早就习惯了他说话的风格。他呵呵一笑，说道："我去了你们民调局，结果人家说你住院了。等我去到医院，见到了孙德胜，他说老儿子你搬到这里来了，还让他司机开车送我来的——刚才我在电梯口见到个小姑娘，哭哭啼啼地走了。你小子老实说，是不是你把人家肚子搞大了，还不肯认账……"

听了孔大龙的话，车前子瞪着眼睛说道："你以为我是那个姓吴的？他生儿子没屁眼——呸！呸呸！在我面前别提他，倒胃口……老头儿，这次回来就不走了吧？孙胖子帮我存了笔钱，回头我把钱拿出来。你收收心娶个后老伴，说不定还能再生个一儿半女——别怕过两年你死了孩子没人养，生下来我替你们老两口养活着……"

"要不是我亲眼看着你小子长大的，就凭这两句话，我就得和你拼老命。"孔大龙苦笑了一下，继续说道，"我待不住，明早就得回去。家里多了个吃闲饭的，我把他钉床上了，和你说完话，还得回去把他起下来……"

说到这里，孔大龙仔细地端详了一番车前子，比量了一下他的身高，说道："又长个了，老儿子，孙胖子喂你饲料了？这才几天不见，又长个了……听说你这一阵子遇到不少事情，我就过来看看。"

话还没说完，门外又响起来敲门的声音，随后尤阙的声音响了起来：
"车秘书，你醒了吧？一天都没吃东西了，孙局让我给你送饭来了。"

叫了几声，见里面没有答应，尤阙便用钥匙开门。刚拉开门，就瞧见笑眯眯的孔大龙正冲他乐……

# 第十三章　去而复返

　　见车前子就在门厅里，身边还跟着个小老头，尤阙微微愣了一下，随后马上反应过来，笑着说道："车秘书你醒了啊，中午我过来一趟了。看你睡得香我就没敢打扰，给你留了几道广式点心，都吃完了吧？"

　　"给我留点心了？我刚刚醒，没注意到。"说话的时候，车前子往餐桌上看了一眼，果然见到几个用保鲜袋蒙住的碟子，都是虾饺、烧卖一类的广式点心。刚才自己睡得迷迷糊糊的，竟然没有发现。

　　"别动那些凉透了的点心了，我在楼下的饭店里叫了几道江浙菜，刚出锅我连盘子一起端上来了。"说话的时候，尤阙将一个老式的食盒端了进来。打开之后，将里面的菜肴一道一道地摆在了餐桌上。

　　"不知道你还有客人，我只叫了两菜一汤。"说话的时候，尤阙冲小老头笑了一下，继续说道，"你们两位先吃着，我下去添几道菜。他们家的鳝鱼腰片面很地道，也来两碗吧。"

　　"老尤你别忙乎了，这也不是什么客人，是我师父孔大龙，从老家来看我的。一会儿我们爷俩出去转转，我请他吃烤鸭去。"车前子打了个哈欠，又向孔大龙介绍尤阙，说道："这可是我的救命恩人尤阙，民调局的老人儿了。昨晚上我被杨枭摆了一道，幸亏老尤帮我干掉了鼍，老头，鼍你知道吧？"

"啥贱不贱的，我哪儿知道你们的黑话。"孔大龙呵呵一笑，随后对尤阙说道，"我这老儿子嘴巴不好，爱干仗不说，还容易得罪人，能有你这样的朋友，也是他们家祖坟冒青烟了。"

"可别这么说，我也是运气好，帮了车秘书一点小忙而已。"尤阙笑了一下，随后说道，"说起来是我沾了车秘书的光，被孙局长调去做助理了——这附近有家便宜坊，正经的焖炉烤鸭。我带你们去吧。"

孔大龙笑着摆了摆手，说道："别忙活了，我就是来看看我们家老儿子的。一会儿还得赶火车，我坐会儿就得走。"

"老登儿，你什么毛病？跟我住几天，你能死在这儿？"车前子听到孔大龙要走，脸色立马沉了下来。也不管身边还有外人，又对小老头说道："指不定你又想去哪个娘们儿家拉帮套去了，老登儿，你也不看看自己多大岁数了，你这岁数，也不怕马上风把命都丢了……"

"这多少日子不见了，刚刚见面你就和我说这个。"孔大龙也沉下了脸，看了尤阙一眼，继续说道，"你救命恩人还在，你小子胡说八道什么呢？我拉扯你这么大，就是让你这么和我说话的？"

"老登儿，咱们凭良心说说，自打我六岁开始挣钱，到底是谁拉扯谁？"车前子的疯狗劲上来，当着尤阙的面，继续对孔大龙说道，"我不管你到底是我师父，还是我舅公，你说你这么大岁数了，还在外面瞎混。我不管你，还有谁管你？今天说什么也没用，从今往后你就跟着我吃香的喝辣的，想找后老伴我也不拦着，起码你得让我看得着吧，让我知道你人还活着吧？

"我不怕你拉多少饥荒回来，能还我就替你还了。还不了咱们爷俩一起跑路，可是你总得带上我吧？你养我到十八岁，然后一声不吭就走了。和我商量一下不行吗？万一你被账主子堵路上，再挖坑把你活埋了——我他妈怎么办！"

"车前子说着说着，眼睛红了起来。长这么大，他和孔大龙最亲，小老头连说都没和他说一声就跑掉了，这件事小道士一直耿耿于怀。这次终于借着发疯的机会，把心里的郁结说了出来。

说到这里，孔大龙有些尴尬地看了车前子一眼。他长长地叹了口气，随后对车前子说道："我再忙最后一次，等这次的事情办完了，我心愿一了，就来首都享享清福。你赶紧找个对象生个娃娃，我还能替你们看看孩子。"

听孔大龙服了软，车前子这才破涕为笑，对孔大龙说道："不行，我得跟着你一起去。有什么事情我还能搭把手——别那么看我，我知道你藏着本事没露出来。但我不跟着就是不放心，自打我九岁，你被李蒯的老头举着菜刀追得满屯子跑，那时候我就坐下病了。只要看不着你，就觉得你指定是被谁家的老头整死了。"

孔大龙有些尴尬地笑了一下，又对同样尴尬的尤阙说道："这孩子嘴不好，好话不会好好说。明明是关心人的话，偏偏说得这么膈应人。"

尤阙赶紧打了个圆场，岔开了话题："这不是车秘书关心您老人家嘛，现在时间不早了，咱们得赶紧动身了。那家饭店晚上顾客很多，去晚了指不定什么时候才能吃上。"

孔大龙看了一眼客厅的钟表，摇了摇头，说道："时间真来不及了，小尤你也不用折腾了。我晚上是吃了饭过来的，这小子吃一口你带的饭食就行，我陪着……小子，这次我真是办正事，你跟着不方便。我保证办完事情就回来，跟着你好好享享清福。"

知道自己劝不回来这个老家伙，车前子也只能放他走。孔大龙这才拿过来自己的包裹，对车前子说道："小子，我有点儿东西先存在你这里。明天一早你就把这些东西存到你们民调局的地下三层，最好藏到吴仁获的私人物品里。最晚三五个月，就会有人来取。来取东西的人，会报我的名号……"

"老登儿，敢情你是来找我存东西的。还以为你良心发现，想起来还有个徒弟了。"说话的时候，车前子就准备打开包裹，看看孔大龙要藏什么宝贝。没想到，他的手还没摸到包裹，就被孔大龙一巴掌打到了手上。

孔大龙一本正经地说道："现在还不是你看的时候，要是过了五个月没人来拿的话，这里面的东西就归你了。"

车前子吐了吐舌头，说道："就像我多想看似的，里面指不定是什么脏东西，看了眼睛都要长疮的……老——师父，你也别大晚上赶火车了，我让孙胖子给你买张飞机票。你今晚上睡这里，明天一早我送你去机场，回来就把这包袱送民调局去。"

"你的好意我心领了。不过我的事情就是要在火车上办，不能耽搁。"说话的时候，孔大龙轻轻拍了一下车前子的脸颊，随后继续说道，"这次我说话算话，等我回来的，兴许还有机会去法国，看看你妈妈……"

车前子沉默了片刻，说道："算了吧，我跟着你一起挺好，别给我折腾爹妈了。大家各过各的日子，就挺好。"

小道士说话的时候，孔大龙又看了看时间，等车前子说完，他立马跟着说道："不说了，我现在就得走……小子你别送我，看好了这个包裹就行……记得，除了我之外，不管谁问你要这个包裹，都不可以给……有些话不用我多说，小子你明白的。"

孔大龙匆匆忙忙地来，又匆匆忙忙地走了。车前子见留不住他，只好拜托尤阙开车送小老头去火车站。没想到孔大龙连尤阙都拒绝了，他笑呵呵地对尤阙说道："别折腾了，要是昨晚上的你送我，那我指定不会客气。现在的你，还是算了吧。"

这句话说得尤阙有些不自然，一旁的车前子没听明白，说道："啥昨天、今天、明天的，没事少看点小品，里面一帮小老太太，进了眼里就拔不出来了。"

孔大龙笑了一下，没再说话，跟自己的徒弟摆了摆手，一个人离开了。

孔大龙离开之后，车前子突然回过味来，扭头向尤阙问道："老尤，我们家老登儿刚才话里有话啊……昨天晚上的你和现在的你不是一个人吗？他这么一说，好像确实不大一样。老尤，昨晚上你是怎么弄死那只蠹的？"

尤阙赔着笑脸说道："还不是趁它阎君儿子魂魄的时候，分神漏出来心口的死穴吗？这个秘密是多年前，萧顾问告诉我的。"

车前子点了点头，说道："我就说老登儿神神道道的，还昨天、今天、明天的……下次他回来高低得送他去医院检查检查，别再得了老年痴呆了。老尤，你坐下陪我吃点吧。"

尤阙说道："我不吃了，给你送完饭还得回家去。不是客气……孩子病了，下午就送医院了，一直是孩子他妈看着。我得回去看看。"

"那赶紧回去啊，孩子都病了，还来我这里折腾啥。我一个大活人，还能饿死吗？对了，你等我一下。"车前子说话的时候，放下手里的碗筷，起身去了沈辣的卧室。

不一会儿，小道士抓着两个金元宝从卧室里走了出来。他将金元宝直接塞进尤阙手里，说道："拿回去给孩子压惊去，我小时候生病就是，老登儿把他的大金牙拔了，塞我手里一直攥着，第二天烧就退了。我长这么大，从来没去医院吃过药，一生病就攥着他的大金牙……拿着，别嫌少，要不我再给你拿几个。"

"不用，这俩元宝也算了吧，那啥，家里有……"尤阙看着手里的金元宝，脑袋有些发蒙。这不是沈辣的家吗？你把沈辣的金元宝给了我，这算什么？

车前子看出尤阙的疑虑，他无所谓地摆了摆手，说道："老尤，我和辣子，还有孙胖子那都是异父不同母的亲兄弟。除了邵——和小赵得分清楚之外，其他的东西都是大家的。他的就是我的，你放心拿着——记住了，让孩子攥在手里，一晚上病就好了。"

原本尤阙是说什么也不敢拿金元宝的，不过车前子十分坚持，他的面子不能不给，只能尴尬地收下了金元宝。心里想着这金元宝不能花，有时间得给沈辣还回去。

将元宝收起来，尤阙便离开了沈辣家。下楼进了自己的汽车，刚要发动汽车的时候，突然听到身后有人说道："孔大龙来做什么？"

尤阙被这凭空出现的声音吓了一跳，通过后视镜里看到，车后排坐着的是吴主任之后，他才缓过来这口气。回头赔着笑脸说道："什么事都瞒不过吴主任您。孔大龙刚到没多久，现在说是去赶火车了。他说是来看车秘书的，不过还带来一个包裹，让车秘书明天一早就将包裹存到民调局地下三层，您存放私人物品的专属区域。"

"包裹？"吴仁荻抬头看了一眼楼上沈辣房间的方向，随后问道："你们俩都不知道包裹里面是什么吗？"

尤阙回答道："孔大龙不让打开包裹，说三五个月内，会有人报他的字号去民调局取。至于包裹里面是什么，他没说。"

"想把包裹存到我那儿，还不让人知道里面是什么。这个老家伙……"吴仁获似笑非笑地又看了楼上一眼，随后打开车门准备离开。

这时候，尤阙急忙说道："吴主任您留步，还有件事情……孔大龙好像知道昨天您假扮我的事情，他虽然没有明说，不过车秘书开始有点怀疑了。下次您扮作我的时候，有些事情得告诉您——晚上我给车秘书带了响油鳝丝、杭帮菜的全家福，还有一碗腌笃鲜。车秘书知道我是回去看生病的儿子，他还拿了沈辣的两个金元宝给我，都是十两一个的。要是他问您，您好心里有数……"

"直接说你儿子病了，想要点药，听得懂。"吴仁获看了尤阙一眼，随后从身上摸出来一枚丹药，对他说道，"这个给你当传家宝存着，不用吃……把上面的蜡皮剥了，丹药放在屋子里，保你全家和邻居百病全无。尤阙，下次不要耍这种小聪明，有话就直说。"

吴仁获虽然没说什么重话，不过就这几句轻描淡写的话已经让尤阙承受了巨大的压力，压得他都快喘不上气来。吴仁获说完之后，将丹药留在车上，直接离开了。尤阙这才重重地喘了几口粗气，一阵凉风吹来，不由自主打了个寒颤——这时候他才发现，自己身上衣服已经被冷汗浸透了。

再说车前子这边，他也是真饿了，将尤阙送来的食物吃了个干净。随后一边剔牙一边盯着孔大龙的包裹，小道士就不是个安分的人，只犹豫了片刻，便想打开包裹瞧瞧。

他的手刚刚摸到包裹上面的死结，一阵电流便传了过来，车前子被电了一下，赶紧缩手。他明白这是孔大龙的手段，当下骂了一句："指不定里面是什么脏东西，让我看，我都怕坏了眼睛。"

当小道士准备把包裹扔到卧室里面的时候，门外又响起了敲门声，随后孔大龙的声音响了起来："老儿子你开下门，我想了一下，包裹还是我自己带着吧。"

"你说你这人，早叫你在这儿住一晚，你偏不肯，现在火车肯定赶不上了吧。"车前子打开门，就见笑呵呵的孔大龙站在门外。

被车前子让进房间，孔大龙一眼就看到了包裹。他一边去拿包裹，一边向车前子问道："那个谁，小尤哪儿去了？我以为他还在这儿陪你喝酒呢。"

车前子看着孔大龙说道："喝啥酒——他儿子病了，回去看儿子了。他也是，儿子都生病了还跑我这里来。辣子冰箱里啥都有，我自己弄口吃的也饿不死。"

孔大龙将包裹拿到手里，松了口气，顺着小道士的话问道："他儿子几岁了？小小子闹病可得小心，该吃药吃药，该打吊瓶打吊瓶。千万别小病拖成大……"

孔大龙的话还没有说完，车前子突然抄起身边的椅子对着他的脑袋猛砸了下去。孔大龙没有防备，直接被砸倒在地上。他刚想爬起来，就见车前子冲进了厨房，又举着两把菜刀冲了过来。

# 第十四章　三蔡书信

见到车前子举着两把菜刀冲了过来，孔大龙吓得躲到了餐桌后面，指着凶神恶煞般的小道士说道："你想干什么！我是你师父孔大龙！"

"我想一刀劈死你，我是你爷爷车前子！"小道士抡起菜刀就往下劈，被孔大龙躲开之后，他继续说道，"你说你是孔大龙，行，让你死个明白。咱们老家屯子东头老孙家和我一边大的孙狗剩子排行第几？"

这是挖了坑让我跳啊！"孔大龙"心里飞快地盘算起来。车前子这岁数的半大小子多数都是独生子女，不过农村就不好说了——不过他既然开口问这个孙狗剩子排行第几，那就没有那么简单了。

"孔大龙"脑袋飞快地运转起来，最后说道："老孙家的孙狗剩子——他是独生子！小子你诈谁呢？"

"还以为你是假的。"听到这个答案，车前子松了口气，对"孔大龙"继续说道，"这个得怪你，老登儿，谁让你刚才说得那么严重。说着急赶火车怎么又跑回来了？我不得多留个心眼吗？"

见自己蒙对了答案，"孔大龙"也松了口气，说道："你可吓死我了，老儿子，就是因为包裹太重要了，我担心连累了你，这才赶紧回来带……"

"孔大龙"说话的时候，车前子已经走到了他身边。趁"孔大龙"放松了警惕，车前子举起菜刀对着他的脑袋劈了下去。不过"孔大龙"心里一直提防着，见到菜刀劈下来，身子猛地向后一退，人退到了大门口。

猜错了！"孔大龙"急忙补救道："我说错了，我把人记混了。你说的是孙狗剩子——我想起来了，他上面还有个姐姐！他是老二！没错了吧，再不就是老三……"

"我们屯子根本就没有孙狗剩子这个人！"车前子大吼一声，随后手一甩，两把菜刀向"孔大龙"飞了过去。

知道自己这戏演砸了，"孔大龙"却镇定下来。他一把接住了飞过来的菜刀，随后对要冲过来跟他拼命的小道士说道："我假扮成你师父来取包裹，不是怕你，是不想得罪你爸爸……没想到你不按套路来，那就没办法了。得罪吴仁荻就得罪好了……"

说话的同时，"孔大龙"手里的菜刀瞬间化成红色的铁水，从他的手指缝间流了下去。随后"孔大龙"手一扬，将手里剩下的铁水向车前子甩了过去。他想趁车前子闪躲的时候，抢到包裹就离开。

没想到的是，车前子的疯狗脾气上来，根本不理会泼过来的铁水。他竟然迎着铁水向"孔大龙"扑了过去，脸颊和胸前都被铁水溅到，房间里面顿时散发出一股肉皮被烧焦的味道。

车前子好像感觉不到疼痛一样，被铁水溅到的同时，已经冲到了"孔大龙"面前，抬手对着他的眼睛插了过去……"孔大龙"来之前早弄清楚了小道士干架的套路，无非就是插眼、封喉和踢裆。这种小孩子打架的招数，他完全没放在心上。

看在吴仁荻的面子上，"孔大龙"甚至都不准备还手，想着干脆让这半大小子使出吃奶的力气打自己几下。等他见识到自己的厉害之后，自然不敢阻拦自己拿走包裹了。

打定了主意之后，"孔大龙"一脸冷笑看着车前子，任由小道士的手指插进了他的眼睛。原本以为有术法护体，小道士这一下根本伤不了他。没想到手指触碰到眼眶的一瞬间，"孔大龙"的眼珠子疼得好像要爆掉一样，眼泪混着鼻涕当场流了下来。

还没等"孔大龙"明白过来，他的咽喉又是一阵剧痛，这一下像是要把他的脑袋砍下来似的。紧接着，让"孔大龙"终生难忘的"断子绝孙脚"到了……

"孔大龙"的裤裆就像被一列火车撞到，疼得他倒地蜷缩成一团，原地呻吟了起来。然而车前子还不罢手，对着"孔大龙"一阵拳打脚踢，这几下拳拳到肉，疼得"孔大龙"直翻白眼，几近晕厥。

车前子一边打，一边骂骂咧咧地说道："你假扮谁不行，偏偏假扮我们家老登儿。你这是想占你爷爷我的便宜，你爷爷我今天替你爹妈打死你……"

不对，这里面有问题，不能再这样挨打了，再让这小子这么打下去，弄不好真能把自己打死。还手吧！"孔大龙"被打急眼了，从地上跳了起来。他想要施展术法给车前子一个教训，却发现丹田好像被锁住了，术法根本没法施展出来……

这时候，车前子又扑了上来，一拳打在"孔大龙"的太阳穴上，打得他眼前金星直冒，身子晃了晃，又差点晕倒。

不行，不能再这么打下去了，跑吧！"孔大龙"大喝一声，说道："等一下再打，我有话和你说。说完你再打我也不迟。"车前子愣了一下，停了手，等他说话。

"孔大龙"用尽全身的力气，突然一把推开车前子，转身就跑，拉开门冲出去，直接跳下了楼梯，一溜烟跑出去老远。

车前子跟着追了出去，不过他只追了两三层楼梯，担心有人趁机偷走包裹，不情不愿地折了回来。如此，"孔大龙"才算逃过了一劫，

"孔大龙"一口气跑到了一楼，见车前子没有追下来，这才松了口气。他擦了擦鼻血，心里要多懊恼就有多懊恼。自他出生以来，从未遭受过这样的奇耻大辱。这时他还是想不明白，刚才到底出了什么事情。

不管怎么样，先回去再说。"孔大龙"捂着伤口，摇摇晃晃地向小区出口走去。穿过了小花园，又走了一阵，他突然站住了——眼前这栋大楼怎么这么眼熟，这不就是沈辣家那栋楼吗？怎么又绕回来了？

大楼门口还滴着一圈鲜血，这不是刚刚自己滴的血吗？这怎么可能？就

这么几步路，自己怎么又绕回来了？

"孔大龙"有些发蒙，他捂着脑袋重新向小区出口跑去。跑了一圈，却发现又回到了沈辣家的那栋大楼。

这是碰上鬼打墙了？不可能，自己可是有来历的，那些孤魂野鬼怎么敢找自己的麻烦？就在"孔大龙"搞不清楚状况的时候，前面小花园的凉亭里面突然多了一个从头白到脚的白发男人。他坐在凉亭里，似笑非笑地看着"孔大龙"，看得"孔大龙"心里一阵发毛。

是吴勉！"孔大龙"认出来白发男人，这下他什么都明白了。刚才就是他制住了自己，锁住了术法，让他儿子暴打了自己一顿。

吴仁获指了指对面的位置，对"孔大龙"说道："坐着，跟我聊聊——我儿子哪里得罪你了，你这样的人物都要亲自对付他。"

你说反了吧！我动你儿子一根手指头了吗？看看我这一身伤，都是你儿子揍的！

这样的话，"孔大龙"只敢在心里想想。吴仁获就在面前，别说说话了，他连大气都不敢喘。生怕哪口气喘错了，死在这个白发男人手里。

见到"孔大龙"连过来和自己说话的勇气都没有，吴仁获用他特有的方式笑了一下，随后继续说道："你还打算用这副模样和我说话？想在辈分上占我的便宜，是吗？"

听了吴仁获的话，"孔大龙"想解释自己的术法被封住了，无法变回原本的模样。他勉强张开了嘴巴，舌头却不听使唤了，上下两排牙齿哆嗦个不停。只发出"咯咯"的牙齿打架声，想说的话完全没法说出来。

这时候，吴仁获皱了皱眉头，正要说话的时候，突然听到"孔大龙"身后有人开口说道："请先生恕罪，我们九殿下小时候得过失语症，紧张的时候便无法说话。他并非是对您不敬，实在是想说却说不出来。"

说话的时候，一个身穿黑衣的年轻男人从"孔大龙"身后走了出来，不卑不亢地向吴仁获行礼，微笑着说道："森罗殿总管曹正，代阎君九殿下见过吴勉先生——今晚是一场误会，九殿下只是想和车少爷开个玩笑。不能当真的。"

"曹正。"吴仁获看了一眼面前的黑衣男人，随后说道，"你不是替阎君传话的阴司吗？什么时候做了森罗殿的总管了？"

"先生见过我？"黑衣男人正是昨晚出现过的阴司曹正。听到吴仁获说出来自己的底细，他微微地愣了一下，随后马上恢复了正常，继续微笑着说道："阎君刚刚升了我的官职，现在是森罗殿的总管，替阎君分担点杂事。"

"升官了。"吴仁获点了点头，继续说道，"既然你们九殿下失语了，那你替他解释，为什么这位九殿下要装成这个样子，去难为我的儿子。"

"实不相瞒，九殿下去找车少爷是为了两件事情。一是想认识认识车少爷，与车少爷结交一下，不过求功心切，颠倒了两件事情的主次，以致失了分寸。"说到这里，黑衣男人从怀里摸出来一封卷轴，走到吴仁获面前，双手呈了上去。又接着说道："这是地府所藏车少爷的生死簿副本，事关先生子嗣，地府不敢私藏。阎君差在下将它送与先生保管。"

吴勉看了一眼卷轴，接过来一边打开卷轴，一边对曹正说道："你继续说你的，第二件是什么事。"

黑衣男人微微一笑，说道："第二件事就是孔大龙老先生的包裹，包裹里面是地府通缉多年的蔡诡、蔡瘟、蔡疫三兄弟的来往书信。只要拿到书信，便可以知道'三蔡'多年来谋划的秘密，以及他们的落脚点。这些书信被孔大龙老先生得到了，我们地府十分想得到这些书信。"

说到这里，曹正叹了口气，随后说道："原本孔老先生已经答应将书信卖给地府了，不知道什么原因他突然变卦了——还将这些书信存到了车少爷这儿。九殿下也是立功心切，这才假扮孔大龙，想在不伤害车少爷的前提下，将这些书信取走，呈给阎君。"

"是。"这时候的"孔大龙"慢慢适应了吴仁获带给他的压力，终于可以结结巴巴地说话了，"我就、就是不敢伤了车、车、车前子，才想出这、这个办法，假扮孔大龙的……可、可还是被、被车前子看出来了破、破绽……吴先、先生，我就是看在您、您的面子上，他打我，我一直都没敢还手。结、结果他差一点打死我……我爸、爸爸都没这么打过我。"

"那我还要夸你几句，夸你没被我儿子打死。"吴仁获这话是对着"孔大龙"说的，不过他的目光一直停留在曹正的脸上。顿了一下，吴仁荻继续说道："这个幻阵是我早年间发现的。虽然不入流，不过也不是阴司鬼差能破解的，你叫曹正？"

"森罗殿总管曹正。"黑衣男人重复了一下自己的官职，随后说道，"在下的前世是河北术士米安然，正是创出这阴阳幻阵之人……投胎时没有抹除前世的记忆，这才侥幸可以破解自己前世创下的阵法。"

听到曹正前世是这幻阵的创立之人，吴仁荻也有些吃惊。不过吴仁荻喜怒不形于色，曹正和"孔大龙"都没有发现他的异样。

"我就当你说得是真的。"吴仁荻说完这句话，终于扭头看了一眼仍然很紧张的"孔大龙"，说道："回去和你爸爸说，不要再打包裹的主意了。从现在开始，包裹改姓吴了。想要的话，让他自己上来一趟，亲自问我要。"

"孔大龙"还想要再争取一下，却被曹正用眼神拦住，示意他不要乱说话。曹正对吴仁荻说道："是，我们记住了，这便回去向阎君复命。"

说完，曹正拉上"孔大龙"一起向吴仁荻行礼，之后和"孔大龙"一起离开了小区。他们的身影彻底消失之后，吴仁荻自言自语地说了一句："曹正，我记住了。"

打跑了莫名其妙的假孔大龙，车前子心里便不踏实了。老登儿这个包裹里面到底是什么东西？放到这里才多长时间，就有人假冒老登儿想骗走包裹，要不是自己看出来破绽，真被这人骗走了。

车前子越想越觉得没底儿，不怕贼偷就怕贼惦记着，放在家里总是不妥当的。被折腾得睡不着了，小道士换好衣服，拿着包裹离开了沈辣家。到了小区门口打了辆出租车直奔民调局，这玩意儿还得放在民调局才保险。

沈辣家距离民调局并不远，也就二十分钟左右的路程，出租车停在了民调局大院门口。付了车费下车，小道士拿着包裹正往民调局里面走，正好碰上打着哈欠从民调局出来的西门链。

见这么晚了，车前子还来民调局，西门链有些吃惊，问道："小车，这都快到后半夜了，里面就剩几个值班的。这时候你回民调局干什么？"

二室里面也就原来的主任熊万毅和车前子不对付，其他两位主任西门链和老莫还都能说上话。小道士有些无奈地叹了口气，说道："别提了，晚上的时候被我们家老登儿抓了壮丁……大官人，先别说我，你不是也才下班吗？"

"我还在整理上次医院事件的报告，这不是一直没弄好吗。"说到这里，西门链一把拉住了车前子，对他说道，"说到××医院，我还真有件事要请你帮忙。这里不是说话的地方，走，咱们先进去，我慢慢和你说。"

# 第十五章　失而复得

　　刚进了民调局大堂，西门链看到车前子脸上和胸前被铁水烫到的伤口。他被吓了一跳，对小道士说道："你身上这是被什么烫的？上面还沾着铁片——好家伙，兄弟你不知道疼吗？那边有镜子，你自己看看。"

　　"我说怎么脸上火辣辣的，刚才和假老登儿干架来着，我还以为是被他打的。"看到自己脸上和身上的烫伤，车前子这才回过神来。那个假孔大龙向他泼了铁汁，铁汁凝固成小铁片都挂在脸上了，看上去确实挺恐怖的。

　　车前子伸手去揭脸上的铁片，却被西门链拉住了，西门链急忙说道："兄弟你真是不知道深浅，这铁块就这么抠下来，连皮带肉都能扯下来一片。就说你是男人不在乎这张脸，咱们也不能太难看了。跟我走，今晚老莫值班，让他想想办法。"

　　说话的时候，电梯门打开，端着个箱子的老莫从里面走了出来。见到他们两个人，有些意外地问道："小车你怎么过来了？这深更半夜的……等会儿，你脸上是什么东西？怎么还反光，这是什么杀马特造型？"

　　"老莫你过来看看车前子这张脸。"西门链拉过来车前子，让老莫看他脸上、胸前的伤口，随后说道，"你想想办法，别耽误了，再把孩子这张脸毁了。"

　　老莫只看了一眼，便嘬起了牙花子，说道："这个有点麻烦了，怎么伤这儿了……小车，我可不是吓唬你，现在铁片下面是交感神经区域，处理不好的话，以后你脸这里时不时就会抽搐一下——知道《乡村爱情》里面的赵四吗？要是处理得不好，以后你就是他那样了。"

说着，老莫还学了几下赵四经典的抽搐动作。车前子不怕疼，也不怎么在乎他自己这张脸，不过想到可能变成赵四那样，他真接受不了。当下也认真起来了，老老实实等着老莫帮他处理脸上的伤口。

"小车，你跟我去一趟医务室，我得给你做个小手术。幸亏你遇到我了，只要手术及时，应该不会伤到交感神经。"老莫将手里的箱子交给西门链，说道："大官人，这个得麻烦你跑一趟了。这是从吴主任那儿借出来的法器，你把它放到地下三层吴主任专属区域，回来别忘了归档……"

没等老莫说完，车前子指着自己的包裹，对西门链说道："大官人，你顺便帮我把这个也送到地下三层去。那什么，明天你再让姓吴的打个收条，别让他把东西给咪了。"

"小车，你现在别说话了，交感神经连着嘴巴。"西门链走后，老莫带着车前子去了四楼的医务室。到医务室之后，发现手术器械不全，老莫又去二室取手术器械，让车前子在医务室里等他。

十几分钟过去了，始终不见老莫回来，车前子感觉有些不对劲了。于是去到二室找老莫，却发现二室的门关得严严的，里面也没有开灯，哪有半点老莫的身影？

小道士知道不对了，他急忙去了值班室，向里面正在打瞌睡的两名调查员问道："你们谁看见西门链和老莫了？"

两名调查员都愣了一下，跟着都摇了摇头，一名调查员有些奇怪地反问道："出什么事情了吗？两位主任今天都不用值班啊……"

这名调查员还没说完，车前子已经反应过来，掏出自己的手机给孙胖子打了过去。电话接通之后，传来了孙胖子那油腻腻的声音："兄弟你睡不着了？要不来辣子这边，不是我说，郝头、大官人他们都在，要不咱们去吃个夜宵？"

这时候，孙胖子那边还传来了西门链起哄的声音："别干吃夜宵啊，要不再找个夜店坐坐吧，大圣你请客……"

车前子的脑袋"嗡"的一声，直接对值班调查员说道："你们赶紧调监控，看看十五分钟之前，大堂那边的西门链去没去地下三层。"

"车秘书……地下三层是六室吴主任的私人区域，别说西门主任了，就是几位局长、书记都没有下去的权限……"这名调查员回答的同时，另一名调查员已经调出来了十五分钟之前民调局前门大厅的监控——大厅里面空荡荡的，根本不见任何人走过。

车前子指着监控画面，向值班调查员嚷道："不可能！刚刚我就是从这里进来的，怎么什么都看不到？"

这时候，手机里面传出来孙胖子的声音："喂，喂喂……兄弟你那边出什么事了？我怎么听着你是回民调局了？出什么事情了？"

车前子拿起来手机，才发觉自己忘记挂电话了。当下他对电话那头的孙胖子说道："胖子，我的东西在民调局被人偷走了。"

孙胖子听出来事情有些严重，不过还是安慰车前子说道："哥哥我知道了，你去我办公室等着。我给你配了一把钥匙，在走廊的第三盆花下面。没事，不管什么东西，只要在民调局丢的，哥哥我一定给你找回来。兄弟，你把手机给值班调查员……"

与此同时，一家五星级酒店的高级套房里面，两个男人将手里的包裹放在一个黑衣人的面前，其中一个男人笑着说道："姓车的小子就是个愣头青，我们三言两语就把包裹骗过来了。"

另一个男人跟着说道："现在车前子可能还在医务室里傻等着，等着我给他做手术。曹总管，这件功劳自然是您的，属下不敢和您争功。您吃肉的时候，给我们俩留碗汤就行。"

黑衣人正是不久之前和吴仁荻碰面的地府森罗殿总管曹正。此时他正盯着面前的包裹，缓缓地对两个男人说道："一个小时之前，我告诉过你们不取包裹了。你们怎么敢……"

曹正还没说完，从卧室里面走出来一个相貌古怪的男人。这个男人半边脑袋严重塌陷，乍一看，就好像只长了半个脑袋一样。如果不是亲眼所见，谁也不会相信脑袋都这样了，人还能活着。

这个男人出现之后，送来包裹的两人急忙向他行礼。塌脑袋男人摆了摆手，对曹正说道："是我让他们继续办事的，姓吴的父子打了我，不能就这么白打了吧？你们阎君都不舍得这么打我——曹正你也是的，有这样的妙计也不和我说。幸亏我留了个心眼，咱们把包裹交给我爸爸，功劳咱俩平分。"

曹正苦笑了一声，说道："卑职不敢邀功，既然是九殿下您的安排，那还按照您的安排办就好……阎君还有别的差事安排，卑职先走一步了。"

曹正走到门口的时候，回头看了一眼还在沾沾自喜的塌脑袋男人，犹豫了一下，说道："殿下，既然包裹已经到手了，那您还是尽早回地府向阎君复命吧。毕竟包裹里面的东西太过重要，时间耽搁长了总是有风险的。"

说完，曹正向塌脑袋男人行礼，随后头也不回地离开了房间。

看着曹正的背影，塌脑袋男人对两个手下说道："曹正这句话说得在理，咱们也别在这里磨蹭了。收拾一下，跟我回地府复命。"

就在这时，客厅里面传出来一个咬牙切齿的声音，说道："我怎么会生出你这样的无能蠢材，我费尽心思维持和民调局、吴勉的关系，都被你这个蠢材毁掉了！"


与此同时，民调局的值班调查员已经发现监控摄像头被人做了手脚，根本查不出来刚刚在大门口的"西门链"和"老莫"是谁。就在他们一筹莫展的时候，孙胖子带着几位主任回来了。

问清楚事情的原委之后，孙胖子打电话找人帮忙，调出来事发二十分钟之前，民调局周围道路的监控视频。最后发现在民调局西北方向一公里外，停在路边的一辆轿车很可疑。

轿车里面的两个男人正在交谈，孙胖子将画面放大、调清楚之后，将西门链叫到了身边，指着车里的两个男人说道："大官人你来翻译一下，他们在说什么。"

西门链会读唇语，他盯着视频，嘴里说道："总管说计划终止，让咱们赶紧回去，阎君那边他去说明。怎么办？"

崖惊魅影

"还能怎么办？总管见了九殿下也要行礼，那是咱们上司的上司，说话能不听吗？再说了，老曹顶天了也就做到左判的位置，九殿下虽然不是阎君的嫡子，可也是亲骨肉。兄弟，咱们两害相权取其轻吧……"

两人商量好之后，分别掏出来一张薄薄的人皮面具。戴上之后，面具竟然和他们脸上的皮肤融到了一起，随后两个人施展术法改变了各自的身高和体型，最后变得和西门链和老莫一模一样。

两人没敢开车，从车上下来，施展术法，直接在原地消失。两人消失后不久，车前子的出租车也到了民调局大院门口。

孙胖子将视频回放，定格在车内二人清晰的面容上，随后向身边的几个人问道："他们是地府的人，有认识这两个人的吗？"

"长条脸的叫何泽，圆脸的叫韩天放。他们都是地府的生人阴司。"杨枭上前一步，他指着画面上两个人继续说道，"他们和当年的鸦一样，活人预订了阴司的位置。不过这几年地府改了规矩，不需要禁言了。"

孙胖子冲杨枭嘿嘿一笑，说道："他们说的九殿下，应该就是阎君第九个私生子吧？"

"是，九子阎厉。"说出这个名字的时候，杨枭好像想到了什么。他轻轻地皱了皱眉头，继续说道："阎君没有嫡子，生的儿子都是私生子。阎君每个儿子天生都有缺陷，据说阎厉生下来脑袋就少了一半，因此从来不以真面目示人。"

听到和地府有关，民调局的人面面相觑，几乎都不说话了。遇事向来不积极，又对地府很忌讳的杨枭，这次却格外活跃。他对车前子和孙胖子说道："他们敢招惹车前子，跟招惹我杨枭没有分别。虽然我不太愿意和地府打交道，不过也不能眼见着他们欺负到车前子头上。"

百货商场的事情之后，杨枭心里一直惴惴不安，生怕吴仁获来找他麻烦，刚才他就是去找孙胖子帮忙说情的。听说民调局出事了，还和车前子有关，这么好的机会杨枭自然不会放过，急忙跟了过来。如果能帮上车前子忙的话，孙胖子再帮着说几句好话，这一关也许就过去了。

孙胖子知道杨枭的心思，他也不说破，只是嘿嘿地笑了一下，随后对小道士说道："兄弟，你丢的包裹里面到底是什么宝贝？让地府的人冒险进民调局骗走，这样的事情，自打民调局创立以来，可还是头一次。"

"我这不也纳闷吗？不过包裹我没打开过，也不知道有什么东西。"车前子的脾气不好，人却不傻。当着这么多人的面，车前子不太方便透露包裹是孔大龙给他的。

孙胖子明白车前子的意思，正打算把车前子带到自己办公室再说的时候，负责查看监控的调查员突然"啊"了一声，随后指着民调局大门口的画面，说道："你们看，孙局您看看大门口，突然间冒出来两个人……"

众人看过去的时候，就见民调局大门口多了两个浑身是伤的男人。二人赤身裸体绑着铁丝，面对大门跪着。虽然只是监控画面，但也可以清楚看到这两人鼻青脸肿的。

虽然两人被打得好像猪头一样，不过还是可以辨认出来，这两人就是刚刚冒充西门链和老莫的生人阴司——何泽和韩天放。

两人中间，放着刚刚被他们骗走的包裹。二人用身体夹着包裹，生怕它再被人抢走。

孙胖子见状，急忙率领众人跑了出去。见有人过来了，这二人扯着嗓子大声喊道："何泽（韩天放）昏了头，竟然骗走了包裹。在冥君的当头棒喝下，已经认识到错误。现在将包裹完璧归赵，希望车少爷大人大量，不要和我们蝼蚁一样的小人物计较。"

这是什么情况？怎么又把包裹还回来了？车前子有点想不通，不过他很快就反应了过来。小道士没有理会这两人，先去查看了包裹。发现包裹并没有打开过的迹象，他去解死结的时候，又被包裹里冒出来的电弧电了一下。

孙胖子也凑了过来，见小道士想把包裹拿回来，孙胖子嘿嘿一笑，搂着车前子的肩膀小声耳语了几句。听得小道士眼睛马上就瞪圆了，但等孙胖子说完，他又举着大拇指对孙胖子说道："胖子，你天生就是干缺德事的料。"

说完，车前子将手里的包裹扔回两人面前，说道："这什么玩意儿，你们扔这儿干吗？拿走拿走，你们送错人了。"

怎么个情况？这小王八蛋还拿乔了？不是刚才你快被吓哭的时候了？何

泽和韩天放愣了一下，反应过来之后，吓得爬过去抱住了车前子的大腿，说道："都是我们的错！我们俩也是被人挑唆的，这才糊里糊涂地骗走了你的宝贝——您大人有大量，饶了我们这次吧。"

车前子瞪着眼睛说道："你们别在这里装孝子啊，没用！你爷爷我不吃这一套！再说一遍，谁知道你们是不是把你们祖宗的骨灰盒藏里面了，存心来恶心你爷爷我。"

这样的结果，何泽、韩天放二人无论如何也想不到。他们继续缠着车前子，一把鼻涕一把泪地祈求车前子务必收下包裹的时候，孙胖子笑嘻嘻地走了过来。

第十五章　失而复得

# 第十六章　神秘档案

不管怎么说，何泽和韩天放这两人以后都是要做阴司的，不能当着这么多人的面，让两位未来的阴司丢人丢得太厉害。孙胖子笑眯眯地将两人带到了他的办公室，也不知道他们聊了什么。

差不多过了半个小时，孙胖子将民调局的医务人员叫去给两人治了伤，又给他们换了干净的衣服，还亲自送两人出了民调局。最后孙胖子亲自开车，出去大半天，才返回民调局。

民调局众人都知道孙局长这是和未来的两位阴司谈好了条件，不过谁也没敢问这么敏感的话题。

孙胖子回到办公室的时候，车前子正用他的电脑在玩游戏。孙胖子过去看了一眼，说道："你这技术不行啊，不行就上金手指吧——怎么样？包裹送去地下三层了吧？"

"老尤去找了姓吴的，要到了地下三层的权限——完了！最后一条命死了。"车前子退了游戏，继续坐在副局长的办公椅上，对孙胖子说道，"包裹我亲自放到下面的，还拍了照片，不怕姓吴的贪了……胖子，那俩王八蛋给你什么好处了？做你的线人，偷报下面的消息？"

"兄弟，不是我说，你能想到的，阎君早就想到了。"孙胖子嘿嘿一笑，继续说道，"在阎君那样的大人物面前，千万不要耍小聪明——哥哥我什么都没让他们做，就让他们欠了民调局一个人情。等以后他们做了阴司……"

"事情都办成这个倒霉样子了，他们还能做阴司？"车前子打断了孙胖子话，他摇了摇头，继续说道，"我要是阎王，打一顿就扔出去了。还想做阴司，做梦去吧。"

"所以说要帮他们一把。"孙胖子掏出来香烟，递给车前子一根，自己也点上一根抽了一口，继续说道，"下面的规矩大，定好的事情不会轻易改变。牵一发而动全身，像阴司更替这样的事情，阎君是不会轻易改变的。"

孙胖子明显隐瞒了什么，不过车前子的心思不在这上面。他凑到孙胖子身边，说道："胖子，你神通广大，想想办法找找我们家老登儿。昨晚上他来找我的时候样子有些不对，我从来没见他那样慌张过。要是他真遇上了什么硬碴子，你可不能见死不救。"

说到这里，车前子的表情变得古怪了起来。他顿了一下，继续说道："真到了那个时候，你得让什么姓杨的、姓屠的，甚至姓吴的都去帮帮忙……只要能保住我们家老登儿，让我做什么都行。"

听了车前子的话，孙胖子嘿嘿一笑，说道："兄弟，不是哥哥我说你。想请姓吴的出马，哥哥我说一百句，也赶不上你一个眼神——你就当看在咱们家老登儿的面子上，你去一趟六室，说一声：爸爸，你不去救孔大龙，我就死给你看。能有多难？"

"胖子，你让我去求他？拉倒吧！"车前子的脸色顿时涨红了，随后继续说道，"要是老登儿真在外面惹了什么事情，有个三长两短的……到时候我能给他报仇就报仇，报不了仇大不了就死那儿，也算对得起老登儿了——想让我找姓吴的说小话？办不到！"

"办不到就办不到，哥哥我也就是那么一说。"孙胖子笑了一下，随后岔开了话题，说道，"对了，有件事和你说一下。刚刚我开车回来的时候，接了老黄的电话。之前不是把熊玩意儿介绍给他了吗？老黄打算今晚上请我们吃顿饭，算是谢谢我给他介绍人了。怎么样？陪哥哥我走一趟吧？"

"这是黄胖子的鸿门宴啊！成，我跟你去吃他一顿。"车前子哈哈一笑，随后又对孙胖子说道，"我还有件事，之前你给我存的钱，我最近得花点了……我打算买个大点的房子，像辣子那样的就行。加上装修，买家具、家电什么的，在首都估计得俩钱。你先帮我准备个百八十万吧。"

"百八十万在首都买辣子那样的房子？还装修买家具、电视？兄弟，后面加个零都不一定够。"孙胖子冲车前子做了个鬼脸，随后在自己的办公桌上找到了首都地图。他指着地图对小道士说道："看好了哪个地段，和哥哥我说一下。剩下的事情就别管了，装修、家具、家电什么的就不是你应该操心的事情。"

"这个得看老登儿得意哪一块，我一个小屁孩懂什么？"车前子冲孙胖子笑了一下，突然想到了沈辣，随后说道，"晚上的饭局就咱们俩？是不是把辣子也从医院里拖出来？要不等他头发再变白出院的时候，会说咱们吃独食的。"

"这个哥哥我也想到了，一会儿咱们俩去趟医院，接上辣子一起去会会黄然。"说到这里，孙胖子突然收敛了笑容，正色对车前子说道，"说到辣子了，那我也说件事。老三，别瞎做红娘。辣子和赵庆的事情好不容易黄了，你就别再给他们俩续上了。"

"胖子你说什么？我怎么听不明白？"车前子知道自己让赵庆去找沈辣的事情败露了，但他说什么也不承认，笑嘻嘻的算是遮过去了。

看着时间不早了，孙胖子将尤阙叫了过来，由尤阙当司机，载着他和车前子去医院接沈辣，然后再一起去黄然请客的地方。

沈辣的伤虽然没有大好，不过他的衰弱期就快过去了。只要变回白头发的样子，再严重十倍的伤势也能不治自愈。沈辣一个人在医院正觉得无聊，孙胖子一说，他立刻同意了。

这么一番折腾，他们赶到饭店的时候，比约定好的时间足足晚了半个小时。饭店大堂经理将他们带到黄然定好的包房，黄然和熊玩意儿已经等候多时了。只是不知道为什么，这次没见到蒙棋祺和张支言。

见到孙胖子几个人，黄然立马起身迎了过来，和孙胖子握了握手，笑着说道："大圣，你帮助我们添了一员大将。这个我一定要感谢……"

"老黄你这话说的，民调局还看上谁了？只要不是我们哥仨和吴主任，你看好了哪个，哥们儿我都想办法把人弄出来给你……老熊，哥们儿我没说错吧，老黄是个好老板。"

这时熊万毅已经没有以前嚣张的精气神了，他苦笑了一声，说道："孙德胜，你和黄老板都是老熟人了。咱们也不用绕圈子，黄老板不方便那我说……他手头有个案子，需要咱——你们民调局的力量。"

这句话说得黄然没有防备，他有些尴尬地笑了一下，说道："这个不急，咱们先吃饭，吃完再说。"

"老黄，这方面你就不如熊玩意儿了。"没等孙胖子说话，车前子已经凑到了前面，继续说道，"你不说清楚，谁敢吃你这顿饭？吃完了再说干不了，谁知道你会不会让我们给饭钱？你请客这架势，好家伙——怎么也要十万八万吧？"

黄然笑了一下，说道："今天吃点简单的，说起来这件案子也是当年高局长没有办成的，遗留下来的悬案……"

黄然说话的时候，熊万毅已经取出来一个发黄的老式文件袋，递给了孙胖子。车前子瞅得清楚，文件袋上面印着《特殊案件处理办公室》的标识，标识上盖着个红色的大印，上面写着"绝密"两个字。

看着孙胖子接过了文件袋，黄然继续说道："去年一位在美国的华裔富商因病亡故，家人在整理遗物的时候，发现了这个——这位华裔富商非常低调，几乎没人知道他去美国之前在国内的底细。发现这份绝密档案之后，才知道他是当年高亮时期民调局第一任副局长宁解放。移居美国以后，改名叫作宁卜亮。"

黄然说话的时候，孙胖子已经打开了文件袋。里面除了一堆文件之外，还有一个老式的日记本。翻看了几眼日记，孙胖子眉毛一挑，向黄然问道："这个还有谁看过？"

黄然说道："我，还有宁卜亮老先生的侄子宁昊先生，碰巧宁昊是我的好朋友。因为宁老先生没有子嗣，他便是唯一的遗产继承人。按照美国法律，继承财产之前，需要先缴纳百分之五十的遗产税。宁昊凑不出来那么一大笔钱，他向我借了一笔钱。作为抵押，将宁卜亮老先生的遗物存在我这里，其中就包括这个档案袋。"

刚才翻看日记之后，孙胖子脸上便不见了笑容。黄然说完之后，他点了点头，说道："老黄，这次你给哥们儿我出了个难题——开个价吧，要钱还是什么宝贝，你才肯把剩下的档案给我？"

"还有剩下的？黄胖子你不地道啊！"听到孙胖子的话，车前子瞪起眼睛说道，"就拿一份出来吊我们的胃口，后面还藏起来一大堆。黄胖子，你憋着讹诈我们家孙胖子，是吧？"

黄然冲车前子哈哈一笑，说道："你误会了，说句大话，大圣未必比我有钱。要是真想卖掉那些档案的话，还不如直接送到拍卖会上。就凭档案袋上绝密字样的大红印，可以换来不少钱，我何必还要把你们约出来？是吧，大圣。"

孙胖子苦笑一声，将档案袋夹在胳肢窝下面，伸手揉了揉脸，随后坐到了主位上，这才自言自语地说道："怕的就是不要钱，这年头越是不要钱，代价越大……老黄，别瞎客气了，点菜吧。这次你也别请我们了，哥们儿我请你……辣子、小尤，你们都坐下，今天哥们儿我出点儿血，请老黄吃一顿……兄弟你替我点菜，点你爱吃的。"

没等孙胖子让，车前子已经坐在了他身边。从经理手里接过来菜谱，小道士想替孙胖子省点钱，不过看到菜谱上面的菜都是三位数，他吐了吐舌头，心里想着要不直接点主食得了。

看到车前子直接将菜谱翻到了主食一栏，孙胖子哈哈一笑，将菜谱抢了过去，扔给经理说道："懒得点了，你们看着办，把招牌菜都算上。再把酒柜推过来，我们想喝什么自己倒。不叫你们的话，你的人不要进来，我们谈点事情。"

说话的时候，孙胖子掏出来钱包，从里面抓了一把现金塞在经理手里。等经理千恩万谢地离开了包房之后，孙胖子笑嘻嘻地对黄然说道："老黄，自打咱们哥们儿认识，好像一直都是吃你的，也该吃哥们儿我一顿了……今天在座的都不是外人，一会儿喝多了容易耽误事，有什么话现在先说明白。老黄，你要什么直接说……民调局有的马上就能给你，要是局里没有的话，你得给我点时间。"

"大圣，看你这话说的，怎么还没喝就说醉话了？"黄然哈哈一笑，继续说道，"我说把你们六室借给我两年，你也不会答应。那我还有什么看得上的？大圣，你还是不了解我，我没有狮子大开口的意思。只不过这些档案我也是花了心思和金钱的，怎么着也该有点回报——档案里面的事情，我要参一股，这个要求不过分吧？"

"不可能！"孙胖子直截了当拒绝了黄然，他抓了抓头发，继续说道，"不是我说，老黄你是我的话，也不会同意。你说咱们哥俩儿这些年一直关系不错，还能为了这几个档案袋红脸吗？这样，哥们儿我替你开个价，民调局这些年收集的天材地宝，分你一半——还让你先挑，挑剩下的才是我们民调局的。这总可以了吧！"

黄然点上一根雪茄，抽了一口，说道："大圣，如果今天没给你看这个档案的话，里面的事情我自己也可以干。大不了挑点简单的，做好做坏都是我黄某人的。现在我把档案还给你，只要求参一股，怎么都不过分吧？"

"不过分是不过分，不过民调局不是我开的，它可不姓孙，我姓孙的不能做这个主。你就自己抽啊？分一根分一根。"说到一半的时候，孙胖子眼馋黄然的雪茄，岔开了话题讨要雪茄抽。

黄然笑了一下，掏出自己的车钥匙给了熊万毅，让他去自己车里拿一盒雪茄过来。看着老熊离开之后，黄然向孙胖子笑了一下，说道："大圣你是真正的聪明人，千万别做出傻事来，熊万毅不知道我把档案袋藏在什么地方的。"

孙胖子哈哈笑了起来，说道："你这话说的，好像我故意将熊玩意儿安在你身边当卧底似的。老黄，真找卧底也得找个精明的，你看看老熊，他分得出来哪个是真，哪个是假吗？"

"只要是大圣你经手的，我都当成假的看。不好意思，我得去趟洗手间。"黄然笑了一声，随后起身向洗手间走去。

等黄然去了洗手间，车前子凑过来打听，说道："胖子，里面什么玩意儿，你们两只老狐狸能争成这样？你不说明白，今晚上的饭我都没心思吃。"

沈辣也跟着说道："大圣，认识你这么久了，还是第一次看你在这种地方请客的。要是重要的东西，可以找人帮帮忙，大杨手里还有毛鬼。"

"知道你们俩指定好奇，自己看吧！"孙胖子直接将档案袋递了过去，车前子几下打开了档案袋，掏出里面一摞文件看了起来。

孙胖子见车前子看的东西不对，提醒道："错了，重要的是日记本。你们看看是谁写的日记！"

车前子急忙翻开了日记本的第一页，上面写着：

一九八〇年，七月十五号，晴。今天是个好日子，开响的时候多给了二十斤粮票。老宁不要脸借了五斤，说月底还我。我算了算，这孙子一共欠了我快三百斤粮票了。没办法，他家里人口多。

再说说周口的事情，定性为悬案了，山洞口被炸药炸塌了。这是八〇年第二十二起悬案，这样可不行，得想想办法了。我又和肖三达提了提吴勉的事情，说到一半他就急眼了，萧和尚过来和稀泥。拉架的时候，他瞟了周姐大腿好几眼，我看见了……

# 第十七章　旧年悬案

车前子还要继续往下看，日记却被孙胖子收了回去。孙胖子冲着卫生间挤了挤眼，示意黄然就要出来了。

片刻之后，黄然从洗手间里面出来，冲着桌子边上的四个人笑了一下，对孙胖子说道："大圣，档案袋放在你这里，你拿去鉴定一下真假。我不瞒你，好像这样的档案袋还有六十九个，里面的内容我看了都心惊肉跳。真是很难想象，四十年前会发生那么多的事情……"

听到这样的档案袋还有六十九个，孙胖子无奈地苦笑了一声，说道："没想到高老大也有写日记的毛病，不是我说，这年头好人哪有写日记的？"

"刚看到日记的时候，我也没有想到。"黄然说话的时候，熊万毅端着雪茄盒走了进来。黄然笑着给每人分了一支雪茄，继续说道："不过高局长的笔迹我还是认得的，又找了专业的笔迹鉴定专家，证实这些日记都是出自同一个人之手。我还找了一些当年的资料做对比，也证实了日记内容的真实性。"

孙胖子抽了一口雪茄，正准备试探黄然底牌的时候，包房门口传来了敲门声，随后大门打开，经理带着服务员来上菜了。

孙胖子闭上了嘴巴，伸长脖子看了看桌子上的菜肴，当瞧见黄然请客时必点的那几道招牌菜出现在桌子上时，他不禁嘬了嘬牙花子，苦笑着说道：

"之前点菜的时候，总是抱怨他们家的菜太少了。现在报应来了，怎么还没完没了了。最近身上有点刺挠，好像有点过敏，也不知道能不能吃海鲜。"

经理将摆满了世界名酒的酒柜推了过来，笑着说道："上次黄先生还存了两瓶罗曼尼·康帝，要不要一起拿过来？"

原本豪气惯了的黄然，这时候却摇了摇头，说道："那两瓶酒不要动，那是我朋友预订的。"

说着，黄然冲着孙胖子笑了一下，说道："说起来也不是外人，就是刚才和你提起过的好朋友宁昊先生。他今天凌晨刚到的首都，先让他倒倒时差，明晚上还是这间包房，约好了给他接风洗尘。酒是他提前送来的，就是为了明晚的饭局。"

黄然说话的时候，包房大门打开，一个胡子拉碴的中年男人走了进来。见到包厢里面还有其他人的时候，这人先愣了一下，不过他很快瞧见了黄然，又笑着走了过去，对也有些发愣的黄然说道："这几位都是你的朋友吗？黄兄你真是太客气了。还请了朋友来作陪——各位，我就是这次聚会的……"

"宁昊兄，我打赌你是记错日子了。"黄然站起身来，苦笑了一声，随后说道，"我的朋友，我们约的是明晚。今天你刚到首都，说要倒时差的。今晚我也请了几位朋友吃饭，明天才是我们……"

"哦，天哪！"中年男人这才反应过来，他拍了拍自己的脑袋，尴尬地说道，"我记起来了，是周五晚上六点，今天是周四……真是抱歉，我的朋友……我想我是睡糊涂了，好吧，祝你们有一个愉快的夜晚。我要回去继续倒时差了。"

见中年男人要走，孙胖子笑嘻嘻地站了起来，说道："别介啊！既然人都到了，哪有说走就走的道理。哥们儿你是老黄的朋友，那就是我孙德胜的朋友……经理，还不赶紧把那两瓶什么康帝拿来？哥们儿我得给宁昊老兄接风洗尘。"

听到"孙德胜"三个字的时候，宁昊微微愣了一下。他和黄然交流了一下眼神，黄然微微点了下头，示意这个胖子就是他们说起过的孙德胜。

随后，黄然开始给他们做介绍，笑着说道："还是我来介绍一下吧，刚刚才说起的，我的好朋友宁昊先生。现在宁先生是 CNC 商务顾问公司的高级合伙人，也是我在美国的生意代理人——这几位先生是我和你经常提到的，民俗事物调查研究局的局长孙德胜先生，旁边是沈辣先生和车前子先生，对面是尤阙先生。他们都是民调局的高级公务员……熊万毅先生，早上接机的时候你们见过了。"

"原来是孙德胜局长，久仰大名，久仰大名。"宁昊走过来寒暄道，"黄然兄经常和我提到孙局长，说之前你们一起共过事，他在您身边学到了不少……还有沈辣兄，听说您是一位神仙一般的人物，以后可能少不了麻烦您……"

轮到车前子的时候，宁昊的表情突然变得怪异了起来。看样子他想特别客气几句，不过车前子身份特殊，提到他总绕不开六室主任吴仁获。可黄然也提醒过他，当着车前子的面，千万别提吴仁获……

看到宁昊欲言又止的样子，车前子翻了翻白眼，说道："行了，知道我是从石头缝里蹦出来的车前子就得了。不该说的别说，说了别怪我掀桌子。"

宁昊被噎了一下，正不知道该怎么回答的时候，黄然哈哈一笑，过来打了圆场，说道："你在美国没见过这么耿直的小兄弟吧？车前子小兄弟就是这样，心里想什么就说什么，绝对不会藏着掖着。都坐下，宁昊兄你来得巧，刚刚上菜你人就到了，看来也是天意了，那就今天给你接风洗尘了。经理，赶紧去把那两瓶酒拿来。"

片刻之后，经理将两瓶年份酒取了过来。趁着醒酒的空当，孙胖子笑嘻嘻地窜到了宁昊身边，当着黄然的面，说道："老哥，刚刚老黄还说到你了。说你叔叔的遗产里面，有七十封早年流到国外的老档案，你打算把它们捐献给国家。好啊，宁昊老哥你境界高，有觉悟……"

"等一下，孙局长您说得我有点乱，我没说要捐献出来啊。"宁昊尴尬地笑了一下，随后冲着黄然继续说道："再说了，那些都是我抵押给黄然兄的抵押物。我已经没有处置的权利了，黄然兄才可以处置那些文件。甚至可以说，他就是烧了那些文件，法律上也没有问题。"

黄然笑了一下，向孙胖子做了个鬼脸，笑着说道："大圣你虽然认识宁昊兄晚了一点，不过也不要失望，起码我这边的大门永远向你敞开着。"

孙胖子笑了一下，说道："老黄你开的价太高，哥们儿我怕接不住——宁昊老哥，那些档案的事情咱们一会儿再说，我还想和你打听打听宁卜亮老爷子的事情。当年他是怎么出的国？又是怎么把这些文件都带出去的？这个能聊聊吗？"

宁昊说道："这个倒没什么不能说的，我叔叔当年好像是和谁闹翻了，国内容不下他，才去了美国。临走前我叔叔又担心和他闹翻的那个人让我叔叔替他背黑锅，便将这些档案带去了美国。这些年我和我叔叔并没有什么交流，就这些事情还是我看了他带回来的日记才明白的。"

说到这里，宁昊突然想到了什么，继续说道："对了，很多年前，有位叫作林枫的先生，曾经去美国找过我叔叔……"

听到"林枫"这两个字，孙胖子和沈辣两个人都紧张了起来。他们对视了一眼，还是由孙胖子问道："林枫？老哥你知道他们交谈的内容吗？"

宁昊摇了摇头，说道："当时我叔叔和国内的朋友已经不怎么联系了，林枫先找到了我，然后才联系上我叔叔。不过我叔叔对这个人有些抵触，说了没几句就把这个人赶走了。之后还埋怨我多事，没跟他说就把林枫带去见他，从那以后，我叔叔就不怎么联系我了。"

说到这里，宁昊叹了口气，继续说道："直到去年年底，叔叔的律师找到我，才知道他老人家已经往生了。"

得知林枫和宁解放没有过多的接触，孙胖子笑了一下，对宁昊说道："这么多年过去了，宁老爷子就没说过要回国看看？或者国内还有没有别的人去找过他，比如说姓高的？"

宁昊说道："两千年前后，我叔叔曾经想过回国，当时连机票都订好了。那时候他和我还比较亲密，让我给他订了酒店。不过就在计划回国的前两天，他突然接到了一个电话。他和电话里的人大吵了一架，随后就退了机票和酒店，之后再也没提要回国的事情。"

"两千年前后。"孙胖子跟着念了一遍，歪着头沉思起来。这时候，红酒已经醒好，经理敲门进来，给每个人都斟上了红酒。

黄然举起来酒杯，说道："这杯酒为宁昊兄接风，也感谢他带来的美酒。大圣，宁昊兄这次会在首都停留挺长一段时间，有你们聊天的时候。今晚上我们只喝酒，不谈论公事。来，干杯！"

宁昊手里的档案现在都在黄然的手里，老黄吃定了孙胖子。宁昊虽然也看过高亮留下来的日记，不过他对民调局的事情不感兴趣，现在基本上已经把看过的日记都忘光了，黄然并不担心孙胖子从宁昊身上得到多少信息。

黄然已经开了头，其他人纷纷举杯，向宁昊敬酒。这时候菜也上得差不多了，大家吃喝了起来。一边吃喝，宁昊一边讲点美国的小笑话，让没怎么见过世面的车前子听得哈哈大笑，不停地追问："后面呢？到底是金毛赢了，还是白毛赢了？"

这顿饭吃到了晚上十一点多，第一个喝趴下的是车前子。这几天他都没有睡好，昨晚上又受到了惊吓，刚刚缓过来就这么一顿山吃海喝，结果去卫生间吐了三四次，回来之后直接出溜到了桌子底下，抱着桌子腿呼呼大睡了起来。

看到车前子喝高了，脸色微红的孙胖子笑着对黄然、宁昊说道："不行了，老了。当年哥们儿可是能把老黄喝桌子底下的男人，现在我兄弟先去占地方了。今天就到此为止了，明天一早还要上班，再这么喝下去的话，就要误事了。那个谁，买单——能打几折打几折。"

经理没敢走，一直在门外等着。听到孙胖子喊要买单，急忙进了包房，拿着账单说道："黄总可以打八折，我们老板吩咐过，在折扣上再打八折。抹完零，一共是八万六千元整。"

"八万六啊，我们也没吃什么啊，怎么就八万多了。刚才吃鱼翅了？你不说我还以为是粉丝。"孙胖子接过来账单看了半晌，见黄然没有抢着付账的意思，唉声叹气地掏出银行卡给了经理。

每次黄然请客，都会给不少小费。见孙胖子没提小费的事情，经理也有些失望。刷了卡之后将银行卡还给了孙胖子，再说话的时候，经理脸上的笑容就没有之前那么殷勤了。

黄然笑了一下，说道："大圣，这次让你破费了，还让你花钱给宁昊兄接风。那件事你再想想，想明白之后，我们还可以继续聊聊。你们先回去休息，一会儿支言开车来接我们回去。"

钱也给了，孙胖子和沈辣拖着酩酊大醉的车前子出了饭店。这时候，提前出来取车的尤阙，已经把车开到了门口。将小道士塞进了车里，孙胖子和沈辣坐好之后，尤阙开车先把沈辣送回医院，再送车前子回沈辣家。

汽车开动起来之后，沈辣回头看了饭店一眼，随后对孙胖子说道："大圣，刚才吃饭的时候，我看见你在玩手机。是不是已经查到什么了？"

"知我孙德胜者，沈辣也。"孙胖子嘿嘿一笑，继续说道，"我找了海关的朋友，让他们帮忙查了一下。两千年前后，宁卜亮的确退过一次机票。不过一年之后，他又重新订了机票和酒店，于二〇〇一年回国，待了一个月。"

"不只是二〇〇一年，之后二〇〇三年、二〇〇五年和二〇〇八年，他都回过国。平均每次都会待一个多月，只是他那侄子宁昊都不知道。"

沈辣点了点头，随后他又问道："大圣，我还是不大明白，高局长留下的那些日记那么重要吗？我看你都想用半个民调局来换了。"

孙胖子说道："我看了几眼，上面除了一些家长里短，主要记录了一些当时民调局没能侦破的大案、要案。上面都有详细的记录，时间、地点，事件的经过都有记录，当时条件所限，侦破不了成了悬案，但现在可以拿出来攻克了。这些案件关联的好处是我们不敢想象的，所以无论如何都不能让黄然掺和进来。"

说到这里，孙胖子顿了一下，随后说道："有关这些悬案的事情，高老大在世的时候，还特意找我谈过。他打算由六室牵头，重新审理这些案件。不过那时候，六室只有吴主任一个人，主要精力都在民调局上。后来六室添丁进口了，可以解决悬案了，高老大却把自己豁出去了。"

"等到哥们儿做主了，之前的老档案已经被部里封存了。我想解决也没有办法，没想到这回柳暗花明又一村。"

沈辣又点了点头，不过他还是有点担心，说道："最近局里的事情也不少，一波未平，一波又起的，大圣，你还有精力管这些悬案吗？"

"这不是高老大的遗愿吗？一说起这些悬案，他就唉声叹气的，都成了他的心结了。"孙胖子叹了口气，还想说下去的时候，尤阙突然踩了刹车，回头一脸歉意地说道："孙局，可能有点麻烦了。你们看看外面。"

　　刚才孙胖子的注意力都在和沈辣说话上，听到尤阙的话，这才扭头看向车窗外。不知道什么时候开始，外面起了大雾，这雾大得，伸手不见五指……

# 第十八章  开个价吧

大雾是突然冒出来的，尤阙是调查员出身，马上看出来这雾气不对头，立即一脚刹车把车停住了。汽车停住之后，雾气当中隐隐约约出现了几个人影，人影出现之后立即散开，很快便将汽车包围了。

沈辣见到人影出现，冷笑了一声，对身边的孙胖子说道："大圣，这就是欺负我头发变黑了。"

孙胖子嘿嘿一笑，打开了车窗，对外面的人影说道："不是我说，有话快点说啊！这都不早了，别耽误我们回去睡觉。"

一个人影走了过来，虽然走到了车窗边，不过在浓雾笼罩之下，还是看不清这个人的相貌。

雾气当中的人影，嘴里发出来一阵嘶哑的声音："现在这么好的机会，来一场车祸意外怎么样？民调局副局长孙德胜回家途中，遭遇交通意外身亡——只要处理得仔细一点，应该查不出来什么破绽。"

孙胖子嘿嘿一笑，说道："要是其他什么副局长，意外也就意外了。不过哥们儿我这边的手尾就麻烦了一点，不是我说，这一车人的魂魄怎么处理？这里面还有吴主任的儿子、女婿和半个徒弟——不错，你们是可以把黑锅扣到阎君头上，不过早晚有真相大白的那一天。到时候吴主任带着姓屠的、姓杨的，姓赵钱孙李的一起杀到你们家门口，哥们儿你就该后悔了，那时会说：当初我惹那一车人干什么？"

孙胖子刚说完，车外的人影突然放声大笑了起来。他拍了拍巴掌，说道："难怪外面的人都说，民调局两个人不能惹，姓吴的和姓孙的，说得一点错都没有。"

说到这里，人影顿了一下，随后说道："那我就开门见山了，我要你们民调局地下三层的包裹，开个价吧。"

听到人影开口要包裹，孙胖子一点意外的表情都没有。他笑嘻嘻地点了点头，说道："民调局的天材地宝多得是，偏偏就这个包裹不行。不是哥们儿我驳你的面子，实在是那件包裹上面盖了吴主任的章，现在它姓吴了，我没胆子动它。"

"这世上什么都有个价，只要价钱合适，没有拿不出来的东西。"人影说话的时候，身后一个手下模样的人影走了上来，在他耳边低声说了几句。听了之后，人影沉默了片刻，随后开口对孙胖子说道："我开个价钱，现在世界官方黄金储量是三万五千吨。我给你一万吨黄金，只要孙局长你点点头。我可以先把黄金给你，以表示我的诚意。"

"一万吨黄金！"孙胖子笑着摇了摇头，说道："物以稀为贵，哥们儿，你给我一万吨黄金，天底下有人接手得起吗？就算有人能接手，那金价一下子冲成什么样了？到时候金价跌到了十块八块的还有什么意思？"

人影沉默了片刻，随后又说道："黄金你看不上，那钻石或者其他贵重金属恐怕也难入孙局长的法眼……我听说孙局长刚刚见了黄然，你们似乎也有什么交易。这样好不好，黄然那儿的东西，我想办法搞过来，然后我们来交换。"

人影这一番话说出来，轮到孙胖子沉默了。他眯缝起眼睛，盯着车窗外面的人影。沉默了差不多一分钟，孙胖子嘿嘿一笑，说道："不能伤害老黄，还有他身边的人。他们少了一根毛，包裹这辈子都和你无缘了。"

"成交！"雾气当中的人影笑了一下，随后，他和其他的人影同时转身走进了雾气深处。这时候，一阵大风吹来，将漫天的浓雾吹得干干净净。

尤阙重新发动了汽车，继续向前行驶。这时候，沈辣向孙胖子问道：

"大圣，你说老黄能顶得住吗？要不要给他打电话通个气？"

"老黄的事情用不着我们操心。"孙胖子笑了一下，继续说道，"说句实话，他的后台比吴主任都硬。而且老黄的心眼不比我少多少——你以为他不会防着我去偷那些档案啊！正好，有人替我们去蹚蹚路。"

说着，孙胖子笑眯眯地看着车窗外面的夜色，嘴里自言自语地嘀咕道："孔大爷，你这一步棋下得妙啊！我们所有人都是你的棋子了。"


孙胖子嘀咕的时候，孔大龙突然打了个喷嚏。他揉了揉鼻子，对床上那个被钉了一身钉子的人说道："你说你还能是谁？你就是蔡诡啊，外号长海，家里排行老四。"

蔡诡一脸迷茫地看着面前的小老头，想要说点什么，不过脑袋里一团糨糊一样，不知道应该说什么。

这时候，孔大龙走了过来，坐在床边，对蔡诡说道："老四啊，我也不难为你。你俩哥哥蔡瘟和蔡疫借了我两万块钱，一直躲着不见我。只要你告诉我，他们俩在哪儿，我就把你放了。还想办法帮你疏通关系，把你的死刑改成无期……"

听到蔡瘟和蔡疫名字的时候，蔡诡原本混沌的脑袋突然清醒了。他原本想要装疯卖傻，骗孔大龙放了他。不过他脸上一瞬间的表情变化，还是没有逃过小老头的眼睛。

"诶？明白过来了。"孔大龙呵呵笑了一下，继续说道，"那个谁，你怎么判的死刑，还记得吗？"

这句话一说出来，蔡诡身体里面另一个魂魄立马控制住了身体。他眼泪和鼻涕一起流了下来，边哭边说道："我不是人啊……我害死了我最好的朋友长海……我自己不敢死……结果害死了最好的朋友……"

蔡诡努力想保持头脑清醒，被这个魂魄一哭一闹，瞬间又变得混沌起来。他恍恍惚惚的又分不清自己是谁了，好像那个得了绝症，把朋友拖进河里淹死的人就是自己，心里一个劲地问自己："我到底是谁？长海还是老四？"

见到蔡诡的目光涣散，孔大龙不再理会这个人了。他背着双手在屋子里转悠了一圈，自言自语地说道："你们该谈判了吧？蔡老大你会开什么价？阎王爷你也应该参与进来了……我都有点好奇了，小胖子你会怎么应付？"

话刚刚说到这里，被钉子钉在床上的蔡诡突然抽搐起来。他一边抽搐一边顺着嘴角往出喷黑色的汁液，看到他这个样子，孔大龙皱了皱眉头，随后面无表情地盯着这个满身钉子的人。

闹腾了差不多一分钟，蔡诡脸上露出来一个陌生的表情。他冷冷地盯着孔大龙，说道："能谈谈吗？怎样你才能放了蔡诡？"

这是另外一个人的声音，孔大龙笑了一下，说道："那还不简单吗？你们两个做哥哥的过来一趟，我就把他放了。兄弟被人欺负了，做哥哥的要来给他报仇了……不过我真是没有想到，封了蔡诡周身的魂门，还是被你找到了办法……"

"蔡诡"冷冷地看了一眼孔大龙，说道："我不记得什么时候得罪过你，也不记得什么时候得罪过方士。如果之前无意中得罪过的话，我们兄弟可以向你赔罪——一百颗大冥珠，买我们互不相扰，如何？"

孔大龙笑了一下，说道："定尸的大冥珠，这个可是好东西。不过现在流行火葬了，这定尸有什么用？我总不能买个猪头塞它嘴里吧。"

听这个小老头话里有话，满身钉子的"蔡诡"再次说道："我手里还有一把息壤，拿这个跟你换蔡诡，怎么样？"

"传说当中，大禹之父鲧用来堵塞洪水的天土，播撒之后可以无限蔓延。这倒是样好东西，都可以在海上建岛立国了。"小老头笑了一下，继续说道，"不过这都是神话故事里面的东西，我六岁的时候就不信了。现在想用它来交换你弟弟，这笔账你算得好精哟。"

"是真是假，你看一眼就知道了。""蔡诡"见孔大龙松了口，立即跟着说道，"你告诉我把蔡诡藏在什么地方，到时候，我带着息壤来交换，你可以亲自查验息壤的真假。"

"当面查验息壤真假，这倒挺吸引人的……"孔大龙笑了一下，点头继续说道，"那也得你们哥俩亲自带息壤过来，不然我怕你们藏在暗处，当我全神贯注查验息壤的时候，突然冲出来给我一下就不好玩了。"

"蔡诡"沉默了片刻，说道："一言为定，我们兄弟俩亲自来接蔡诡。现在可以说你在什么地——你在蔡诡身上做什么了？孔大龙你连我的魂魄一起钉住了！松开！"

"陪你说了这么久的废话，才发现啊？"小老头捂着嘴巴笑了起来，他边笑边说道，"我钉魂痣的时候，心里还犹豫了一阵。蔡诡的哥哥真会那么疼爱兄弟，用魂魄来传话吗？现在看来，你们兄弟的感情还真挺深的。"

说话的时候，小老头手里变戏法一样出现了锤子和钉子。他慢悠悠地走到了蔡诡身边，拿着钉子在他胸口比量起来，只要这枚钉子砸下去，那这个魂魄也会困死在他弟弟身体里。

就在这个时候，"蔡诡"突然仰头喷出来一大口鲜血，鲜血回落到"蔡诡"脸上，他的脸被鲜血染红的一瞬间，体内一道气息消失得无影无踪。

"这也算是血遁了，了不起啊，还是第一次见到魂魄借血遁逃走的。"孔大龙说话的时候，还是将手里的钉子钉在了蔡诡的丹田上。他一边钉钉子，一边嘴里念叨："你哥哥比你机警多了，我也别惹这个麻烦了……还是老老实实等着我老儿子那边的消息吧，折腾一天了，也该有消息了。"

从钉子钉到蔡诡丹田上开始，蔡诡算是彻底和外界失去联系了。与此同时，距离此处百余里的一个山洞里，一个男人直挺挺地从石床上坐了起来。他心有余悸地看看周围的景象，确认自己从孔大龙手里逃脱了出来，这才长长地出了一口气。

他这口气还没有喘匀，身后传来一个嘶哑的声音："老大，你还是去了……中了孔大龙的埋伏，对吧？我说了他故意留下个口子，一定有诈的。"

男人擦了一把冷汗，不甘心地说道："这只老狐狸，老三不可能救出来了。老二，你那边怎么样了？孙德胜肯把包裹交给你吗？"

"白给他自然不会干，给我出了道难题，不过这个你不用担心，我可以化解。"沙哑的声音顿了一下，随后继续说道，"老大，你再仔细回忆一下，这些年和老三的书信当中，透露过自己的身份吗？我还是怀疑孔大龙那只老狐狸是在诈我们……如果真从书信里面知道了你的身份，他还费这个事做什么？"

"我就是不敢肯定，会不会无意中透露了什么。"男人有些懊恼地拍打着自己的脑袋，打了几下之后，他继续说道，"我和老三不见面，以前都是通过书信交代他事情，最近几十年才改成其他的方式联络。写了几百年的信，谁能想到他竟然把书信都收藏了起来。每次我都特意嘱咐了——阅后即焚，他一次都没有照做！"

看着男人懊恼的样子，嘶哑声音沉默了片刻，随后再次说道："那老三会不会受不了孔大龙的折磨，说出来你我的底细？老大，不能指望他守口如瓶，孔大龙的招数防不胜防啊。"

男人低头想了想，随后说道："老二，你直说吧，是想灭了老三的口吗？"

"现在如果是我被孔大龙制住了，你也应该这么干。"嘶哑声音叹了口气，继续说道，"我们好不容易才看到一点曙光，不能就这样毁了。就是亲兄弟也不行！老大，你要想想清楚，我和老三都可以付出魂飞魄散的代价来保你——你绝不能出事。"

听了嘶哑声音的话，男人脸上的表情纠结了起来。不过最后他还是摇了摇头，说道："不行！我不能对老三下手，老二你也不可以……事情没有那么糟糕，只要你想办法把那些书信带回来，老三的事情你不用管，我来处理。不会出事的——我们哥仨之前遇到过更严重的事情，不是一样活过来了吗？记住我的话，我不许你动老三。"

"是，我明白了，我不会动老三的。"嘶哑声音顿了一下，继续说道，"孙德胜给我出了道难题，我得想办法破解一下，这就回去了。老三的事情你不用担心，之前是我想多了，他能挺过来的。"

说完这两句话之后，嘶哑的声音便彻底消失。男人叹了口气，目光有些空洞地盯着洞顶天棚，嘴里喃喃自语说道："老三，你为什么不自杀呢……"

第十八章　开个价吧

121

# 第十九章　阎君驾到

　　第二天一早，车前子从宿醉当中醒来，发现自己竟然又回到了医院病房里面。他下意识检查浑身上下，全须全尾的，没有受伤啊！

　　就在小道士迷糊的时候，睡在另一张病床上的孙胖子也醒了。看到一脸莫名其妙的车前子，他嘿嘿一笑，说道："别瞎寻思，兄弟你这次是来陪床的。昨晚上你喝多了，把你一个人送辣子家，哥哥我不放心，于是带你一起来陪辣子了。"

　　昨晚上车前子听说宁昊带来的红酒十几万一瓶，他一个人就干了一瓶，后来又喝了不少洋酒，喝得酩酊大醉。孙胖子送他进医院的时候，护士还以为他酒精中毒了，就差给他安排洗胃了。

　　小道士喝断片了，记忆停在了就着鱼子酱喝香槟，结果被香槟气泡顶得将嘴里的鱼子酱喷到天花板上的那一刻，后面的事情就完全记不得了。看他宿醉未醒的样子，孙胖子只是笑话了车前子几句，也没提回来路上碰上大雾，遇到古怪人影的事情。

　　病房里有卫生间，车前子进去洗漱的时候，尤阙拎着一塑料袋早餐进了病房。见到孙胖子和车前子都醒了，他笑着说道："你们起来的正是时候，刚刚出锅的油条。没想到楼下的小摊竟然有羊肉口蘑卤的豆腐脑儿，等油条出锅的时候我喝了一碗，倍儿地道。"

"羊肉不是应该烤着或者涮着吃的吗？怎么还做成豆腐脑儿的卤了……老尤，你们首都人净糟蹋东西。"车前子从卫生间出来，接过尤阙递过来的豆腐脑儿，刚喝了一口，就被这羊肉卤的味道惊艳到了。他又抓起来一根油条，蘸着卤咬了一口，一脸满足地说道："羊肉这东西就应该做卤，用来烤啊涮啊的都算糟蹋东西了。"

孙胖子擦了把脸，笑嘻嘻地走出了卫生间，说道："话都让你说了……小尤，给辣子送去了没有？"

尤阙说道："他那边医生正在查房，一屋子的人，等查房的走了，我再送过去。"

吃了两根油条，喝光了一碗豆腐脑儿，车前子宿醉的感觉也好多了。想起来尤阙生病的孩子，他开口问道："老尤，你孩子怎么样了？照我的方法试了没有？要是还发烧，就加金子，别担心钱，回头我去辣子家里再给你拿几个金元宝。"

孙胖子这才知道，自己的三兄弟拿他二哥家的金元宝送人情了。当下他苦笑了一声，说道："要金元宝管我要，不是哥哥我和你吹，昨晚上有人要送我一万吨黄金，哥哥我都没答应。"

"胖子你就吹牛吧，现在金子都论万吨了？"车前子以为孙胖子在开玩笑。这半年他对黄金有概念了，一吨黄金就是天文数字了，后面再加四个零，完全无法想象了。

尤阙刚想要解释几句的时候，孙胖子的手机突然响了。孙胖子正在吃喝，看了一眼来电显示，直接按了免提接通电话。随后，黄然的声音传了出来："大圣，昨晚去我家闯空门的人，不是你派来的吧？"

黄然少有这么直截了当的说话，而且他这次说话的语气也不大好。顿了一下，黄然继续说道："我没想到你会用这种手段，大圣，这可不像你的作风啊！"

"可不就是我吗？"孙胖子喝下一大口豆腐脑儿，对电话说道，"老黄，真不是哥们儿我说你，你把我孙德胜想成什么人了？昨晚上去你家闯空门的人要真是我安排的，让他们不得好死，出门让压路机撞死，生儿子没……"

听到孙胖子一通发誓，电话那头的黄然也有些迟疑。按理说昨晚小偷进家的事情，只能是他孙胖子干的。不过这样的事情太低级，孙胖子应该不会干。难道自己真冤枉他了？就是个不长眼的小贼，闯空门偷东西？

这边车前子听到黄然"冤枉"孙德胜，他第一个不干了，对着电话说道："黄胖子，昨晚我和胖子在医院给辣子陪床。他哪有那个闲工夫？我给他做证，要是你家丢东西真和孙胖子有关，我他妈活不过二十五……"

孙胖子吓了一跳，没想到自己这三兄弟这么疯癫。里外都没他什么事情，你发什么毒誓？想要捂住他嘴巴已经来不及了，当下只能和尤阙对了一下眼神，说什么也不能让车前子知道昨晚上发生了什么事情。

怕车前子再说出什么来，孙胖子抢先对电话说道："老黄，家里丢什么了吗？报警了没有？不是我说，哥们儿你也算是个爱国华侨，不能让你受委屈了。回头我和市局说一下，要他们限期破案。"

车前子都把自己豁出去了，黄然也不好再说什么了。见孙胖子送来个台阶，黄然立马说道："倒是没丢什么，人被上善老佛爷吓走了。老佛爷游戏人间，也没去追那个小毛贼。大圣，不用麻烦警察了，也没丢什么东西，就这样算了吧。"

说到这里，黄然顿了一下，随后继续说道："还有件事我得你和说一下，我今晚上的飞机飞吉隆坡，去处理一些生意上的事情，可能要一两个月才能回来……大圣，我希望在我离开首都之前，我们可以把昨晚说的事情定下来。"

听黄然说到了这个，孙胖子眨了眨眼睛，随后笑着说道："这样，午饭之后，我给你个说法。老黄，我一定说动任局长和杨书记，不能让你吃亏。"

又客气了几句，孙胖子才挂了电话。看着时间不早了，他突然想起来早上还有例会，于是匆匆忙忙吃完了早餐，带着车前子去看了沈辣一眼。聊了几句之后，还是由尤阙开车，载着他们回到了民调局。

车前子还在休假中，陪孙胖子回到民调局之后，孙胖子跑去了会议室。他一个人觉得无聊，去餐厅要了半份烧鸡，随后溜溜达达地去了后院，拿着烧鸡去逗那只叫作尹白的大白狗。

可能是知道了车前子和吴仁获的关系，尹白这次没对小道士龇牙，还意思意思摇了两下尾巴。

车前子以为自己和这条大白狗混熟了，得意地牵着它去了前院。正准备去民调局再给它趸摸点口粮的时候，一辆崭新的劳斯莱斯开进了民调局大院，随后从车上下来了一个四十来岁的中年男人。中年男人见到车前子之后，微微一笑，说道："麻烦问一下，孙德胜孙局长在吗？请通知他一声，我姓阎，是来取走地下三层那个包裹的。"

原本车前子没打算搭理这个中年男人，不过听他提到地下三层包裹的时候，立刻停下了脚步，扭头看了一眼这个很有些气质的男人，眉毛一挑，问道："你姓哪个阎？"

中年男人微微一笑，说道："阎罗王的阎。"

"阎罗王的阎！"车前子刚刚明白过来。他牵着的尹白已经夹起了尾巴，躲到小道士身后打起了哆嗦。

小道士满不在乎地踹了大白狗一脚，骂骂咧咧地说道："小样儿你还有脸哆嗦上了？忘了以前把我扑倒那会儿了？一个姓阎的就把你吓成这个样子，要是再来个姓玉皇的，你还不得当场死这儿？没出息的狗东西。"

就在车前子训斥大白狗的时候，整栋民调局大楼突然响起来一阵警报声。随后，上百名全副武装的调查员从大楼里冲了出来。还没等小道士明白过来，民调局新三巨头任嵘、杨书记和孙胖子一起走了出来。

见到民调局的人来势汹汹，中年男人倒是一脸和气的样子，微笑着面对着众人。除了孙胖子以外，其他所有人都显得非常紧张。尤阙小心翼翼地走到车前子身后，低声说道："车秘书，咱们先避避——有人来砸场子，刚刚局里的测试仪都爆表了。"

没等尤阙说完，车前子有些不屑地说道："什么砸场子？不就是阎王爷来了吗？看你们一个个没见过世面的样子。人家还什么都没干，你们就要被吓死了。"

听到车前子说来的是阎王爷，尤阙先是愣了一下，随后急忙跑到了孙胖子身边，将从小道士这儿听到的话向几位领导汇报了。

三人简单地商量了一下，任嵘和杨书记带领其他调查员回到了大楼里。孙胖子在尤阙的引领下，笑嘻嘻地走到了车前子身边，笑着对面前的中年人说道："看这事儿闹的，陛下您吓着那些孩子了，他们没见过什么世面。刚刚我们正在开会，突然发现铺天盖地的压力袭来，开始还以为我们吴主任又生气了呢，没想到是陛下您到了。有什么吩咐您派个阴司来说一声就行了，怎么敢劳烦您亲自跑一趟。来，请到我办公室坐坐。"

中年男人笑了一下，主动过来和孙胖子握了握手，说道："我在地府久了，不过还知道握手是你们的规矩。我不大习惯控制力量，惊吓到你们了。"

说完，中年人又扭头对车前子笑了笑，说道："我这次上来还有件事，听说我那两个不成器的孩子冲撞了你。儿子犯了事，当老子的要给他们擦屁股。看在我的面子上，不要和他们一般见识了。"

车前子无所谓地摆了摆手，说道："看你这话说的，我能跟他们一般见识吗？不过话说回来，怎么听说你儿子不少，可就是没有全须全尾的？你这是上辈子造了什么孽，都报应到儿子身上了？"

听到车前子的话，一旁的尤阙脸都吓白了。这可是阎王爷，怎么敢这么和他说话？

好在阎君没跟小道士一般见识，他还解释了一句，说道："没办法，为了做阎君，影响了后辈子孙的福报。也是因为这样，我对他们才有些溺爱，结果把他们惯坏了。"

担心车前子再说出来什么难听的话，孙胖子拉着中年男人的手，笑着说道："别在大门口吹风了，到我那里坐坐去。小尤，你去任局长那儿，他有雨前的龙井，拿过来请阎君尝尝。顺便把尹白牵走，这小东西尿了。"

阎君跟孙胖子进民调局之前，回头冲身后的轿车点了点头。随后，从劳斯莱斯轿车的驾驶室里，走下来一名又高又壮的司机。这大块头一声不吭，跟在中年男人身后，看他的样子应该是阎君的贴身保镖了。

孙胖子亲自领着阎君去了他的办公室，车前子原本不想跟去凑热闹，但孙胖子需要他陪着壮胆。孙胖子多次用眼神恳求之后，车前子推托不掉，不情不愿地跟在后面进了孙胖子的办公室。

坐好之后，阎君开门见山说道："孙局长，你应该知道我这次来拜访的用意。民调局地下三层保存的包裹，可以割爱吗？"

　　孙胖子笑着说道："按理说陛下您亲自到了，别说什么包裹了，就是我们民调局大楼，您一句话也就姓阎了。不过大楼是民调局的，地下三层的玩意儿可是姓吴的。虽然我和吴主任沾着一点亲戚关系，也不敢替他老人家做主啊。说起来也是巧了，吴主任这几天还不在局里……要不您稍等一下，我这就打电话联系一下。只要吴主任点头，我立即就把包裹取来，交到您手上。"

　　说话的时候，孙胖子拿起办公桌上的座机，拨了吴仁获的电话号码。随后又按下免提，和阎君一起等电话接通。

　　电话一直没人接，最后变成了忙音。孙胖子有些尴尬地笑了一下，随后对阎君说道："真是，吴主任不知道又去哪儿了。不过陛下您别着急，最多两三天他老人家指定会露露面。不是我说，三天之后，您打发个阴司上来，我把包裹交给他……"

　　"三两天而已，我等得起。"阎君微微一笑，继续说道，"我难得上来一次，正好借这个机会，好好游玩一番。不过这几天的食宿，还请孙局长给安排一下。多年不上来了，看什么都很新奇，就听孙局长你的安排了。"

　　"陛下您要在上面待三天？"孙胖子眨巴眨巴眼睛，随后干笑了一声，说道，"这可是件大事，您得容我和局里的领导开个会好好商量一下。您这样的身份不能和一般人住一起，怎么也得包一座酒店。也不知道陛下您喜欢什么口味，爱吃辣的还是甜食……"

　　"没那么多讲究，你安排得再好，还能好过我在地府的排场？"阎君笑了一下，继续说道，"有一个遮风避雨的地方，一日三餐，一饭一菜就好。这副皮囊需要饮食，我是无所谓的。"

　　车前子受不了阎君假客气的样子，孙胖子一个没拦住，他抢先说道："阎王爷，你这话说得就太假了，我们家胖子能让你去住快捷酒店吗？你真住进去，天天有人往房间里面塞小广告你就受不了。别这三天你再整出来十个八个儿子，那就缺大德了。"

第十九章　阎君驾到

127

车前子这几句话，阎君听了并不当回事，站在他身后的大块头不乐意了。大块头盯着小道士，说道："住口！你敢对阎君无礼，我回去在生死簿上勾决了你。"

　　"别吹牛了！生死簿在你爸爸我的手上，你去勾决试试？勾决不了，你就是我生养的。"车前子的疯狗脾气上来，阎王爷在他面前都好像看不见一样。小道士抄起桌子上的烟灰缸，就要和大块头拼命。

　　就在这个时候，孙胖子办公室的大门被人轻轻推开。拿着茶叶罐和开水瓶的尤阙从外面走了进来，见到办公室里剑拔弩张的情形，吓得呆在了原地。

　　这时候，孙胖子一把拦住了车前子，阎君也喝止住了大块头，说道："琼窑，我们是客人，不要对主人家无礼——去和车先生道歉，然后你自己先回地府去吧。"

　　大块头琼窑急忙低下头，深深地吸了口气，竟然跪在地上给车前子磕了个头，随后说道："对不住了，你爱说什么就说什么吧。"

# 第二十章　被下毒了

大块头琼窑给车前子磕完头之后，阎君对他说道："这里没你的事了，回去吧。"

琼窑摇了摇头，对阎君说道："我是你在地上的影子，要我回去，除非你回到地府，或者我魂飞魄散了。没有第三种可能。"

这时候，孙胖子笑嘻嘻地打起了圆场，说道："给我个面子——再说我这边也需要个沟通的，这位琼大哥在这儿，我们接待陛下也轻松多了。兄弟，误会是因你而起的，你也帮琼大哥求求情。"

孙胖子的面子不能不给，车前子摆了摆手，说道："就这样吧，阎王爷你也别太较真了。这大块头也是替你说话，行了，要不我也说个小话……我年轻不懂事，别和我一般见识……这就可以了啊，别指望我像他一样，给你们磕一个头啊！"

看到孙胖子和车前子都替琼窑说了情，阎君这才叹了口气，对琼窑说道："这次是看在孙局长和车前子面子上，没有下一次了，明白吗？"

"明白。"琼窑站了起来，低头回到阎君身后站好。见局面缓和了，尤阙也松了口气，给几个人泡了壶茶。

喝了两口茶水，车前子开口说道："阎王爷，有件事我一直都想不明白。今天正好你来了，就跟你打听打听——怎么听说你们当阎王的也开始有任期了？我还以为阎王跟天上的玉皇大帝一样，永远都是地府最大的领导呢。"

"以前确实是这样的，不过自打当年毕冼阎君继位之后，定下了一任阎君两百年的规矩。毕冼阎君以身作则，做了两百年阎君之后，便去轮回了。"阎君冲车前子笑了一下，继续说道，"之前地府经常出些乱子，阎君有了任期之后，乱子就少了很多。只要能力足够，总有晋升之道，最后登上阎君大位也是有可能的。"

听了阎君的话，车前子眨了眨眼睛，说道："这还叫什么阎王爷？改叫地府大总统得了。"

车前子这句话说出来，阎君身后的琼窑又开始拿眼狠狠瞪他。不过阎君不发话，他也只能干瞪着车前子运气。

阎君笑了一下，说道："改名恐怕来不及了，我的任期快要到了。想要更名，只能由下一任阎君来决定了，到时候你可以和他提一下，也许他会答应。"

车前子说话的时候，孙胖子叫过来尤阙，两人在一起交头接耳，商量给阎君两人安排住的地方。车前子继续向阎君刨根问底："任期二百年，那我再多嘴问问，就不能连任吗？"

"这也是不可以的。"阎君摇了摇头，继续说道，"当年毕冼阎君定下了传位十诫，第一便是阎君之位不能连任。而且历任阎君也不可以转世之后再谋取阎君之位。就像我这样，这次大限以后，我转世轮回，再变成鬼物，也不能觊觎阎君之位。"

"那这就没什么意思了。"车前子听到阎君不像自己想象的那么风光之后，便有些兴趣索然了。

这时候，孙胖子那边已经找好了住处。他笑了一下，凑过来说道："陛下，刚刚我在全首都踅摸了一圈。您是万金之躯，实在不适合入住寻常酒店。也真是巧了，我有个朋友，前阵子买了一套四进的四合院，刚刚收拾出来，一天都没住过。想请您去那儿委屈几天，等我们吴主任回来。"

"我说过了，一切都听从孙局长你安排。"阎君微微一笑，继续说道，"我是地府的阎君，在人世间和普通人一样。有个能遮风挡雨的地方就行，不讲究什么排场的。"

"那就成了。"孙胖子笑了一下，继续说道，"不过您先在民调局稍稍停留一会儿，我还得安排一下厨子、佣人什么的。可惜时间太赶了，其实我还认识几个沙特王子，现在找他们借侍从也来不及了。"

阎君微微皱了皱眉头，说道："不用找那些乱七八糟的人，我不是来游玩的。我和琼窑能住就行，人多了反而麻烦，再传出闲话来，不知道的还以为我是来寻花问柳的。"

看阎君确实不要佣人和厨子，孙胖子想了一下，说道："那这样，我们民调局的人客串一下厨子和服务人员。陛下，您不要再推托了，这样已经很怠慢您了，就这样说定了。稍后，就安排您移驾四合院。"

见孙胖子这么说，阎君也不再坚持。随后，孙胖子安排几位主任先去四合院准备，随后带着车前子，上了阎君停在民调局大院门口的劳斯莱斯。指明了方向之后，由琼窑开车，差不多一个小时的车程，劳斯莱斯停在一座气势宏伟的四合院大门前。

孙胖子先下了车，亲自跑去给阎君开了车门。等阎君下车之后，孙胖子指着四合院，说道："这就是陛下您这几天的行宫了，这是清末宣统皇帝的父亲醇亲王载沣的外宅，宅子刚刚建成没几天，大清便亡了。载沣去了天津居住，这宅子便空了下来。"

说话的时候，孙胖子走过去想把门推开，推了几下，大门纹丝不动，像是锁上了。他正纳闷的时候，门打开了，黄然从里面走了出来，一边把钥匙递给孙胖子，一边看着站在后面的阎君。

黄胖子看出来中年男人不是一般人，当下微笑着冲阎君点了点头，随后又对孙胖子说道："这么急问我借宅子，原来是要招待贵客。行了，我还要去赶飞机。大圣，咱们说好的事情，你可别忘了。"

孙胖子以为黄然早把钥匙给了自己派过来的几位主任，没想到这胖子竟然一直在等自己。他笑了一下，接过了钥匙，说道："放心，晚上一定给你答复。那什么，我这边还有贵客，就不送你去机场了。"

黄然笑了一下，准备离开。与阎君擦肩而过时，阎君突然开口说道：



第二十章　被下毒了

131

"黄然……原来这里是你的宅子，我不白住你的地方。送你句话，晚上你不要坐飞机，留在这里吧。"

黄然愣了一下。这个中年男人认识自己并不奇怪，奇怪的是他这番话是什么意思？他忍不住问道："为什么不能坐飞机？是有什么……"说到一半的时候，黄然的目光转移到了阎君身后的大块头琼窑身上。他突然想到了什么……

"什么都别说，什么都别问。我不认识你，你也不认识我。"琼窑一句话就让黄然紧紧闭上了嘴巴，他脸色变得煞白，一言不发地离开了这里。

走到正等他的汽车旁，黄然对车里的张支言说道："帮我把今晚上飞吉隆坡的飞机票退掉，再和吉隆坡那边说一下，因为私人问题，明天一早的会我不出席了，让周律师全权代表我……"

黄然突然改了主意让张支言有些接受不了了，他从驾驶座走了下来，对黄然说道："老板，你没开玩笑吧？这次的并购案，我们五年前就开始谋划了。这一关过了，我们就可以签协议了。这时候你不去就等于放弃了。"

"我说的话你照办就好，我不是在征求你的意见。"说话的时候，黄然回头看了一眼四合院那边，这时阎君和琼窑已经进了四合院里面。他深深地吸了口气，打开车门坐了进去，对张支言说道："钱我们可以再赚，不过有些意外是谁都无法承受的。支言，这件事我也说不清楚，你照做吧，现在就和吉隆坡那边联系。"

与此同时，孙胖子、车前子正陪着阎君在四合院闲逛。看着面前一处雅致的庭院，阎君点了点头，说道："上下景致各不相同，地府里面很难找到这么雅致的地方。当年我做阴司的时候，也曾经住过一阵这样的房子。后来升了判官，便开府建牙住进了宫殿，再没住过这样小巧、雅致的地方了。"

车前子在旁边说道："现在我才听明白了，阎王爷你这是在炫耀啊。还是觉得这宅子太小，要不然让我们家孙胖子和上面商量一下，让你住故宫去，那地方够大……"

没等小道士说完，孙胖子赶紧过去，一下捂住了他的嘴巴，随后赔着笑脸对阎君说道："我兄弟闹着玩呢，故宫是对外开放的，人来人往的太闹腾了，比不上这四合院住着舒服。"

孙胖子真怕阎君打蛇随棍上，提出来要去故宫住几天，自己面子再大也大不到这种程度。好在阎君刚才说的是真心话，他住惯了宫殿，觉得这四进的小院子也挺不错。见阎君对这四合院挺满意，孙胖子这才松了口气。

这时候，民调局的几位主任纷纷走了出来。孙胖子给他们安排好了工作，两位郝主任负责门房、警卫，西门链和老莫加上尤阙三个人负责保洁。五室主任欧阳偏左负责四合院的电器、维修，副主任萧易峰会炒俩菜，被安置在了厨房。孙德胜自己，就算这四合院的大管家了。

所有人都安排好之后，剩下的车前子怎么安排让孙胖子犯了愁。阎君明显对这个半大小子高看一眼，也不好把他打发走。最后让他也做了房客，只要陪阎君说说话、聊聊天就好。

一切都安排妥当之后，孙胖子领阎君和琼窑看了他们的房间。这套四合院黄然打算自住的，里面的设施都选择了最高的标准。他的主卧室更是如此，让有些挑剔的阎君都没瞧出有什么问题。

出于特殊的原因，阎君要让身体休息一下，中午不需要午餐，给了孙胖子充足的时间准备晚饭。

阎君在卧室休息的时候，孙德胜急忙出来安排晚饭的事情。现做大餐是来不及了，只得找了家不错的海鲜餐厅，请他们送外卖过来。这家高档餐厅原本不做外卖业务的，看在孙胖子的面子上，才破例答应送餐。

等餐的空当，孙胖子又安排好了酒水和水果。看他忙得热火朝天的样子，车前子忍不住说道："胖子，怎么说你也是民调局的局长，背后还有姓吴的给你做靠山，有必要这么巴结阎王爷吗？"

孙胖子看了车前子一眼，说道："兄弟，我和你不同，你早晚会变成长生不老的白头发，不受阎君的管辖。可哥哥我不行，我早晚要下去再入轮回。不只是我，还有你嫂子、你大侄女，以后还有你大侄女婿，和他们的孩子。我们都是要入轮回的，就算看在吴主任的面子上，地府不会为难我们，不过你——他的脾气你也知道，指不定什么时候就把地府的人得罪了。哥哥我这叫作未雨绸缪。"

转眼到了傍晚时分，餐厅派专人送来了大餐。孙胖子收拾好之后，又亲自去请阎君和琼窑下来。看着一桌子丰盛的大餐，阎君笑了一下，说道："不是说了，一饭一菜就好吗？我是不用吃喝的，给这副皮囊预备点就好，不需要这么丰盛的。"

车前子又有些不太礼貌地说道："阎王爷，你说了好几次皮囊了。怎么你身上的皮囊不是原装的？"

无论车前子如何不懂礼貌，阎君好像都不会生气。他微微一笑，解释道："我是阎君，自然就是鬼物了。大白天上来也需要皮囊寄托，这些皮囊的主人都是正常人，我只是暂时借用一下。不过这不算冲体，也不算夺舍，回到地府之后，我也会好好感谢他们。"

这下车前子终于弄明白了，这时他又想起刚到四合院碰到黄然的事情，又继续问道："还有件事没弄清楚，阎王爷，你好像认得黄然黄胖子……上午在门口你跟他说的话，到底什么意思？怎么就不让他坐飞机了？"

阎君喝了一口孙胖子亲自倒的葡萄酒，笑着说道："这个不方便说……这一桌子饭菜我这副皮囊也吃不了多少，请你们的人一起过来吃吧。我也好久没有和其他人同桌吃饭了。"

见阎君岔开了话题，车前子也没有办法。他待着没意思，也不等孙胖子示意，站起来去找那几位主任，叫他们过来，阎王爷都发话了，那还和他客气干什么？

不多时，几位主任都被车前子拉到了餐厅。阎君指着一桌子美食，笑着说道："各位都请入座吧，今天我算是借花献佛了，借孙局长准备的美食犒劳一下各位。之后几天还要继续麻烦各位，我先多谢各位了……"

阎君一边说，一边端起酒杯，和几位主任碰杯，准备一饮而尽的时候，阎君的脸色突然变了，随后冷哼了一声，说道："下毒了，好手段。"

说话的同时，包括阎君在内，众人手里的酒杯同时炸开，里面的酒水洒了一地。见到众人莫名其妙的眼神，阎君解释道："刚刚举杯的一瞬间，各位的寿数同时归零了。这就好解释了，有人在酒里下毒了。"

众人面面相觑，不知道如何理解阎君这番话的时候，电视机里突然播放

崖怡魅影

了一段新闻:"插播一条最新消息,刚刚从首都飞往吉隆坡的第 ×××× 次航班,从首都机场起飞之后突发故障。在返航迫降时发生爆炸,机上乘客连同司乘人员 ×× 人,全部遇难……"

听到这条新闻,众人都记起来上午在门口,阎君对黄然说的那番话。

# 第二十一章　提殿大阴司

城市另一端的一个房间里面，黄然也看到了这条新闻。看着电视里面飞机爆炸的火光，坐在沙发上的黄然冷汗瞬间冒了出来。他不由得哆嗦起来，手里茶杯跌落，茶水溅了他一裤裆。

这时候，蒙棋祺急匆匆地跑了过来，对他说道："老黄，看到新闻了吗？原本你要坐的航班出事了——明天让支言陪你去看看前列腺吧……"

"我不是失禁，是茶水洒了。不过也要换条裤子了。"黄然急忙解释了一句，随后他擦了一把冷汗，继续说道，"让支言和熊万毅准备一下，一会儿我们就去四合院，那里来了大人物……"

黄然名下不止一个四合院，蒙棋祺开口问道："孙德胜借的房子吗？他能招待什么大人物？不是国外的归不归回来了吧？不能啊，那老家伙在首都有好几家酒店，不用管你借房子住……"这时候黄然心如乱麻，也没心思回答蒙棋祺的问题。他直接回自己的卧室换裤子去了。

四合院这边的震撼不比黄然小。众人放下了酒杯，除了阎君和琼窑，其他人脸上都是无比惊讶的表情。

欧阳偏左准备拿酒杯碎片验毒，却被大块头琼窑拦住，说道："里面的毒是针对魂魄的，闻到了魂魄也会受损。"

这时候，阎君拿起来桌子上的红酒，透光看了一眼。随后又拿起来一支空酒杯，放在鼻子下面闻了闻，这才说道："费了心思了……把介龙胆涂在酒杯上，又把魂草汁兑在酒里。单独一种都是无毒的，不过混在一起就成了可以魂飞魄散的毒药。这次你真是费心思了。"

将酒杯放下之后，阎君冲一脸紧张的众人笑了一下，继续说道："不用担心，这种毒与空气相克，十几分钟便会挥发掉，不会再有毒性……看来这次是针对我的，连累到各位了。"

说话的同时，阎君站了起来，向面前民调局众人微微鞠了一躬。孙胖子等人（车前子除外）见状纷纷回礼，孙局长挤出来一点笑脸，对阎君说道："陛下，不是我说，您得赶紧回地府主持大局。"

"我还没有拿到东西，那不白来一趟吗？"阎君微微一笑，继续说道，"我不可以言而无信，说好了要等吴勉回来，那就一定要等到他回来为止——要不这样，孙局长你先把包裹给我，等吴勉回来之后，再慢慢跟他解释。"

孙胖子苦笑了一声，说道："不是我不肯去拿，实在是民调局地下三层是我们吴主任的专属区域。别看我是民调局副局长，就是民调局的正局长或者书记，一样进不去地下三层。"

"那我就只能留在这里，继续等吴勉了。"阎君冲孙胖子笑了一下，随后说道，"不过这样一来，就得麻烦你们各位保护我的安全了。下毒的人不会轻易放过我的，对他们来说，现在是对付我最好的机会。"

听了阎君的话，在场几位主任的脸色都变得难看了起来。他们不过是来客串一下厨子、警卫和保洁的，怎么还莫名其妙地卷进地府的阴谋里面了？按说，这几位主任都不怎么怕死，大不了死了再入轮回。可今天这样的场面，如果真栽了，不知道还有没有轮回的机会。

冷场了片刻，车前子先开了口，对阎君说道："阎王爷，你是不是故意的？借着上来拿包裹为由故意卖个破绽，想把预谋弑君的幕后黑手引出来？我们都成了你的棋子，真出事的话，死的是我们这些二傻子，得利的却是你阎王爷……"

车前子这两句话说出来，众人都是一脸震惊的表情。一方面，车前子的话确实有道理，一个包裹而已，以阎君的身份，亲自来取已经有些耸人听闻了。现在为了这个包裹，竟然放下了手里的大小事情，愿意在这儿干等上三天，哪怕发现被人下毒，都危及性命了，仍没有一点改变想法的意思，这就不由得人多想想了。另一方面，是没想到车前子还有这样的脑子，竟然能想到这一层，一直以为他就是个愣头青，点火就着的疯狗。现在看来，大家都把车前子想得简单了，这个小家伙很有点他爸爸吴仁获的风采了。

阎君笑了一下，说道："我都是即将卸任的阎君了，何苦要这么麻烦？再过两年我就要再入轮回了，这两年清清静静的不好吗？像这样的事情，留给下一任阎君头疼就好了，我又何必自寻烦恼？"

这时候，孙胖子也站出来说道："阎君您是地府之主，这应该是有人想要借机挑起地府和民调局的冲突。不管怎么样，哪怕我们豁出性命，也要保护好阎君的安全。大家伙做好准备吧！"

说到这里，孙胖子又回头对阎君说道："光靠我们这些人，感觉还是不够。您看是不是也从地府调上来一点人马？"

"如果他们就等着我去调人呢？"阎君微微摇了摇头，继续说道，"如今的情形，我可以信任的只有差一点被毒死的诸位了。除了你们之外，我不会再相信任何人，也不会从地府调来一兵一卒。"

"看看，当老大也没什么好。"众人哑口无言的时候，车前子又阴阳怪气地说了起来，"都做了地府的老大了，还不能省心。时刻都得防着被人篡权夺位，晚上搂着老婆睡觉都睡不踏实……"

担心自己的三兄弟再说出什么不中听的话来，孙胖子赶紧打断了他的话，对几位主任说道："难得阎君这么相信咱们。这样，既然从地府调人不方便，那我们自己想办法，哥们儿我这就去叫老屠、二杨他们过来。他们在这里的话，撑个十天半月应该不成问题。"

说话的时候，孙胖子掏出来手机，分别给六室的人打了电话。孙胖子留了心眼，没说和阎君有关的事情，只说他给吴仁获找了套四合院，请他们过来看看，可以给他们的主任添点什么家具。

接着又给吴仁获打了电话，不过这次直接显示拨打的电话不在服务区。

看来这次是指望不上吴仁获了。

电话打完之后，众人也没心思吃这些山珍海味了。谁知道这些菜里面会不会也被下毒了？现在大家都不敢出去，想顺着餐厅这条线去查是什么人下的毒，也没办法进行。

好在四合院里存着一些矿泉水和泡面，孙胖子找出来，让众人和阎君凑合了一顿。只是黄然存的食物不多，吃完这一顿，基本就算是断粮了。

这时候，四合院大门外响起来敲门的声音，透过监控视频，看到是黄然他们到了。黄然是个讲究人，没有空手来，同时还带来了满满一车的礼品，一大半都是吃喝的东西。

郝文明见了，便要去开门将他们放进来，却被孙胖子一把拉住。孙胖子盯着显示屏上的几个人，对郝文明说道："郝头，你敢肯定这真是老黄他们吗？"

郝文明愣了一下，又仔细看了看监控视频，说道："应该是黄然吧？不是我说，上午他来过，兴许看出来什么了，这才匆忙赶过来给阎君上供了。"

"太巧了。"孙胖子似笑非笑地看了一眼显示屏里的黄然几个人，随后继续说道，"这边刚刚出事，他们人就到了。要说这几个人是真的，那也太——哎？这谁……这个小祖宗什么时候出去的？"

就在孙胖子和郝文明讨论黄然等人是真是假的时候，车前子听得不耐烦了，他和谁都没有打招呼，自己去了院子里，给黄然几个人开门。孙胖子见了，吩咐其他几位主任看护好阎君，他自己带着郝文明赶紧冲了出去。

孙胖子紧赶慢赶还是晚了一步，他们俩跑出来的时候，车前子已经打开了大门，正对面前几个人说道："你们几个大晚上的不睡觉，跑我们这儿来干啥？黄胖子，你不是来收房子的吧？过分了啊。"

天生和车前子不对付的蒙棋祺开口说道："你还知道这房子姓黄？真有意思了，又没问你们要房钱。见过不要脸的，还没见过你们这么不要脸的。我们过来看看房子不行吗？谁知道你们会不会偷着把黄然的房子卖了？"

车前子正准备回嘴的时候，气喘吁吁的孙胖子也赶到了。他一只手拉住了小道士，另一只手伸进了衣服里，好像没听到蒙棋祺的话一样，喘了几口粗气之后，对黄然说道："老黄，这大半夜的，我们都准备休息了。天也不早了，不是我说，有什么事情咱们明天再说。那什么，我就不送你们了，回去代我向大和尚请安，啊……"

说着，孙胖子还有些夸张地打了个哈欠，随后就准备顺手关上大门。

"别啊，大圣，我这么晚来什么意思，你还不知道吗？"黄然胖大的身躯倚着大门，随后笑着说道，"你说你这里来了这么尊贵的客人，也不说和我通通气。早知道是这位大人物的话，我就把香山的别墅给你了。你说那位陛下住在这里，会不会委屈了？要不咱们连夜搬家吧？"

孙胖子见关不了门，回头看了看同样把手塞在衣服里面的郝文明，向他使了一个眼色。扭回头看着黄然，继续说道："老黄，真不是我客气。客人自己说的，想安静点不想被人打扰……再说了，我怎么知道你就是黄然本人？"

最后一句话说得黄然愣了一下，他没想明白孙胖子这句话是什么意思。没等他做出反应，刚刚气没出来的蒙棋祺插嘴说道："孙胖子你是喝多了还是眼瞎？我们几个你不认识？这个是黄然，救过你好几次命的黄然。现在知道是不是本人了吗？"

这时候，站在后面的郝文明凑了过来，对黄然这几个人说道："你们误会大圣了，我们这边刚刚出了点事情……你们来得不是时候，黄然，你应该明白什么意思吧？"

黄然是极为聪明的人，郝文明几句话他已经明白了大概。沉默了片刻，他对孙胖子说道："大圣，前年你去美国的时候，来回头等舱机票都是我买的。去年，我去美国看你，你介绍了暗夜的林怀步给我认识。今年年初，你帮我在自由人俱乐部谋了个会员的身份……"

"别说这些，你说的都能查到。"孙胖子嘿嘿一笑，继续说道，"说点眼前的……上次哥们儿我请你吃饭，花了多少钱来着？"

黄然愣了一下，随后他努力地回忆了一下，说道："打了八折之后又八折，最后应该是八万六千块——大圣，你回去的时候查一下银行卡，刚才我已经把这笔钱打到你付账的银行卡上了。"

说着，黄然又从怀里摸出来两本老旧的日记本，将日记本塞进了孙胖子怀里，说道："还有这个，是用来表示对你的诚意的。"

孙胖子不看也知道，这是那七十个档案袋里的两本日记。黄然过来的时候，担心孙胖子会难为他，顺手补上了上次孙胖子请客的费用，还带了两本日记出来，没想到这么快就用上了。

"没错了！你不是黄然是谁？剥了你的皮，哥们儿我认识你的骨头。"孙胖子眉开眼笑地收好了日记本，随后继续说道，"赶紧进来，不是我说，老黄你们来了，正好帮哥们儿我参谋参谋，接下来怎么应对……"

当下，黄然几个人捧着礼物，跟在孙胖子三人后面，来到了一进院子的客厅。他们进来的时候，并没有看到阎君和大块头琼窑，只有二室的两位主任守在这里。见到了跟在黄然身后的熊万毅，西门链和老莫都默默地叹了口气。才几天的工夫，他们二室的铁三角已经少了一个。

来不及和熊万毅打招呼，西门链先对孙胖子说道："大圣，你刚出去，那位便说有点累了，和琼窑上楼休息了。郝正义主任、欧阳主任和萧副主任上去护卫，留下我们两个在这里守着。目前没有发现什么异常的情况。"

见几个主任如临大敌的样子，黄然放下了手里的礼物，向孙胖子问道："大圣，这是出什么大事了？刚才看你就不对劲，刚刚准备掏枪了吧？这是要打仗吗？"

"打仗就好了，起码知道敌人是谁。"孙胖子苦笑了一声，将晚饭时毒酒的事情说了一遍。随后又将剩下没使用过的酒杯和红酒都拿了过来，继续说道："那位说的，两种毒药分别涂在酒杯和红酒里。单种毒对人没有伤害，但两样混到一起，那就成了能让魂魄魂飞魄散的剧毒。刚才哥们儿我的酒杯都碰着上牙膛了，就差了那么一点点，你就看不见我了。"

黄然接过来酒杯和红酒，分别看了一眼，他并没有将红酒倒进酒杯里试试。既然是阎君说的，那就应该没错了。黄然对孙胖子说道："大圣，那你是怎么应对的？我一路走过来，可没见到你们摆下什么防御的阵法。"

"老黄，你以为我们这几位主任的阵法管用吗？"孙胖子看了黄然一眼，继续说道，"不瞒你说，哥们儿我已经调六室的人过来了，屠黯、二杨他们说话就到。要摆阵法也是他们去摆。"

说到这里,孙胖子转移了话题,继续说道:"老黄,不是我说,上午过来的时候,哥们儿看你和那位的保镖好像认识。你给介绍介绍,这大块头是什么来头?"

反正一时半会儿也见不到阎君,黄然索性说起来他们家和琼窑的关系:"大圣,那位是提殿大阴司琼窑。我外公家里有他的画像,当年我几位外公设立宗教委员会的时候,曾经得过他老人家的恩惠。后来听说他高升了,做了阎罗殿的总管,之后便再没有露过面了。"

# 第二十二章　绣春刀光

"老黄，看起来那个大块头认得你，要不然上午他也不会那么和你说话。"孙胖子说话的时候，又给屠黯和二杨发了信息，催他们快点赶过来。发完信息之后，他继续说道："既然这位大总管和你姥爷家有些交情，这些年暗地里或多或少应该和你们家还有联系吧。"

孙胖子刚说到这里，一旁盯着监控的郝文明突然回头，指了指四合院外面的几处监控画面。就见这几些画面一个接一个变成了黑屏，十几秒钟的工夫，墙外的监控摄像头画面已经全部黑屏。

这一下，客厅里的人都紧张了起来。所有人都牢牢地盯着客厅外面，就在这个时候，四合院突然断电，原本灯火通明客厅瞬间变成一片漆黑。还好今晚的月光明亮，将客厅外面的院子照得清清楚楚。

借着皎洁的月光，客厅内众人看到数不清的人影直接翻过了四合院的高墙，潮水一样向他们这边扑了过来。

孙胖子和几位主任没有犹豫，立即掏出手枪，向外面的人影扣动了扳机，"啪啪啪"一阵枪响之后，十几个人影中枪倒在了地上。

黄然他们几个没有带武器，不过这里毕竟是老黄的宅子。人影出现之后，黄然、蒙棋祺和张支言三人立即向客厅尽头跑去。黄然一脚端开了一个柜子，从里面摸出来几把大功率的手电筒。

拿到手电筒之后，黄然打开手电照向外面，一边给孙胖子他们照出目标，一边大声喊道："大圣！外面有发电机，你们保着我打开它……"

外面的电闸被人拉下来了，只有打开外面的发电机供电了。现在漆黑一片，确实不方便动手。当下，孙胖子等人换好子弹之后，由他们开枪掩护，黄然几人趁机冲出了客厅，冲到院子左侧的机房里面，启动了里面的汽油发电机。

发电机启动之后，四合院再次亮了起来。那些人影惧光，见灯亮了起来，纷纷退了回去。孙胖子这些人总算赢得了一些喘息的机会。

这时候，孙胖子带着几位主任冲了出来，和黄然汇合之后，就听黄然说道："大圣，汽油只够两个小时应急的，你得想想办法了，是冲出去，还是继续守在这里。"

孙胖子没有丝毫犹豫，说道："出去就是找死，待在这里等六室的白头发吧。只要能到一两个，就解决问题了。他们说话就到，再等等……你们还有多少子弹？怎么也要再坚持十几分钟的。"

听到孙胖子问子弹数量，郝文明、老莫和西门链三个人傻眼了。这次不是执行任务，他们只带了两三个弹夹。刚才见到数不清的人影，几乎将子弹都打光了。现在只能指望郝正义他们了，希望他们多带了一些子弹。

没给他们太多时间细商量，四合院外面突然响起来一阵长啸之声。随后刚才退潮的人影又陆续翻过高墙，向他们这边冲了过来。三位主任瞬间打光了子弹，接着将腰后的甩棍抽了出来，准备和人影近身肉搏。

就在这个时候，从客厅后面走出来一队人，其中三四个人向院子里开枪，将冲到近前的人影打倒——是阎君带着大块头琼窑和几位主任冲了出来。刚才突然停电，加上枪声已经惊动了他们。

这次人影没有再后退，见到又有人出现，他们分成两队，数量多的一队向阎君那边扑了过去。郝正义等三位主任很快也打光了子弹，当他们纷纷亮出家伙，也准备近身肉搏的时候，一直站在阎君身后的大块头突然大吼了一声："孽障！烟消云散吧！"

随着这一声大吼，琼窑从腰间抽出来一柄软剑。他迎风一抖，软剑瞬间变得坚硬无比，大块头将长剑抛到了半空之中，随着他的一声断喝："杀！"长剑变成一道厉闪，向人影劈了过去。

只是眨眼的工夫，大半人影便葬身在长剑之下。剩下的人影也吓破了胆，再次掉头向四合院外面仓皇逃窜。不过琼窑并不打算放过它们，驱动长剑一路追赶，竟然没让一个人影逃掉。这些人影倒地之后纷纷化成了青烟，消散在空气中。

等孙胖子、黄然等人反应过来的时候，四合院里除了他们这些人，一个人影都没有了。

解决了最后一个人影，长剑回到了琼窑的身边。剑气卸掉之后，又变回软剑盘在了大块头的腰间。难怪阎君离开地府，就只带了大块头一个保镖，现在看明白了，这一个"人"抵得上千军万马。

"暗杀不成，直接赤膊上阵了。就这点本事吗？"阎君叹了口气，走到孙胖子身边，说道，"这次让你们受惊了，看起来后面的日子也不会平静。孙局长，还是想办法请吴主任早点回来吧。"

"陛下，吴主任早晚过来，不过请您老人家放心，我们的增援说话就到。"孙胖子说话的时候，黄然轻轻地拽了拽他的衣角。孙胖子心领神会，指着黄然说道："再给您介绍一下这里的房东，这位就是黄然了。我——兄弟说漏嘴了，他听说阎君陛下到了，说什么也要过来给您请安……"

这时候，阎君也看到了黄然。他冲黄然点了点头，说道："不错，你还算听话没有去坐飞机……你的寿数又开始了，这次不用担心了。你横死的岔路已经被堵死了。"

"多谢陛下。"黄然恭恭敬敬地行了个礼，随后说道，"这次托了陛下的福，我侥幸捡回来一条性命，想想都害怕。"

"那也是你的运气好，遇到了我。"阎君笑了一下，正要再说话的时候，孙胖子的手机响了。孙胖子走到一边，接通电话："是，我可不是就在四合院里吗？有人报警四合院里面听到枪声了？这事不方便说，回头吧，等下次哥们儿我喝多了的时候，保不齐能透露给你一句两句……行了，千万别派人过来，这是民调局的特大案件，别让其他人牵扯进来。哥们儿我真不是开玩笑，千万别让人过来……喂？老郑，你千万别胡来……"

孙胖子还没说完，那边已经挂了电话。孙胖子苦笑了一声，正准备再打回去的时候，四合院外面响起来一阵警车的警报声。孙胖子吐了吐舌头，说道："到底是领导，派人出警都这么快！"

片刻之后，大门外面响起来敲门的声音，随后有人在门外说道："孙局长在吗？我们接到报警，说这里听到枪声了——我们来核实一下。"

这时候，门外又响起来另外一个人的声音："怎么还有枪声？你问我是哪个？我是民调局六室调查员杨军——孙德胜，我到了。"

外面正是杨军的声音，总算来了个白头发的，孙胖子松了口气。正打算让西门链去开门的时候，突然听到杨军的声音再次说道："你们的枪套怎么都开了……还想看我的绣春刀吗？"

杨军的话音刚落，门口突然响起来几声惨叫。谁也没有想到大杨竟然说动手就动手，一瞬间，一股血腥气从大门外弥漫过来。

完犊子了，杨军砍了门口的警察！孙胖子留下两位郝主任和琼窑守护阎君，他带着其他人飞快向大门口跑了过去，打开大门之后，见到门口地上躺着四个已经被砍成两截的警察。一头白发的杨军正在擦拭绣春刀刃上的鲜血，见到孙胖子等人冲出来，他指着地上的尸体说道："几个假警察，枪套里面都是外国货……"

西门链扒拉开一具尸体，果然发现他手里握着的是一把奥地利产的格洛克手枪。这玩意儿可不是中国警察用的，大官人戴上手套，小心翼翼地将手枪拿到手里，退下弹夹查看了里面的子弹之后，将弹夹递给了身后的欧阳偏左，说道："子弹有问题。"

欧阳偏左卸下来一颗子弹，借着黄然照过来的手电光芒，仔细地看了看，点头说道："可不是有问题么，弹头淬了毒咧。回去查一哈才知道啥毒，一般就是个氰化钾……"

这时候，在两位郝主任和琼窑的护卫下，阎君也走了过来。只看了一眼欧阳偏左手里的子弹，便开口说道："不是氰化钾，是苦竹芽毒——这个也是针对魂魄的，中毒之后魂魄虽然不会立即魂飞魄散，但心智会受到不可逆转的损伤。就算日后转世投胎了，也会变成个天生的弱智。"

阎君的语气异常平静，好像在说别人一样。不过他身边这些人都明白，这些手段都是冲着他来的。

这时，老莫在几个假警察的尸身上翻找起来。最后从一具死尸身上找到了阎君的照片，他看了阎君一眼，又把照片递给了孙胖子。

孙胖子直接将照片揣进了兜里，扭头对众人说道："怎么都出来了？这不是给人家当靶子吗？不是我说，现在在对面楼上架一把狙击枪，咱们一个也跑不掉……赶紧回去，都回去。"

孙胖子带头向四合院里面走的时候，站在最后面的杨军向前快走了几步，这时谁也没有注意到，他手里的绣春刀还没有插回刀鞘。

进了四合院之后，见阎君身后都是民调局的人，琼窑便走到了阎君身前，留心护卫。

见琼窑让出来阎君身后的空当，杨军突然脚尖点地，身体向前一蹿，手里的绣春刀对着阎君的后心扎了过去。事发突然，杨军的速度实在太快，电光火石之间，竟然没有一个人反应过来。

就在这个时候，又一个白头发男人凭空出现在阎君身后。他手里同样一柄绣春刀，这人反手握刀，刀刃向外一划竟然顶住了"杨军"的刀尖。还没等"杨军"变招，另外一个白头发男人出现在他身后，手里拽着一根绳镖的绳索，瞬间套在"杨军"的脖子上，向后一拉，将他放倒。

等"杨军"反应过来，挣扎着想要爬起来的时候，一根铜钉射进他的肩头，将他死死地钉在了地上。

这时候，孙胖子等人才算反应过来，只见刚才保住了阎君的人竟然是另外一个杨军，而那个用绳索勒倒"杨军"，又在"杨军"身上钉了铜钉的人是杨枭。两人联手，"杨军"甚至连还手的机会都没有。

"孙德胜，你这次大意了。"杨军见"杨军"被制服，开口对孙胖子说道。他还想再说几句的时候，瞥见孙胖子将手里的左轮手枪也收了起来。回想起刚才这个胖子已经走到了阎君另外一侧，看他枪口的角度正好对着阎君身后——孙胖子竟然提早有了准备，看来他也看出了破绽。

孙胖子也不争辩，看着二杨嘿嘿一笑，说道："你们俩到了，哥们儿我这心里也就有底了。现在就差老屠了，你们仨凑齐了，面对千军万马，我心里都不害怕。"

孙胖子说话的时候，看到对面客厅的位置出现了一个人影，仔细一看正是屠黯。他脚下躺着几个人，应该是刚才趁乱翻墙进来的。还没等他们有所动作，便被老屠制住了。

见到了屠黯，孙胖子这才长长地出了口气，说道："行了，熬过这两三天是没有问题了。陛下，我来给您介绍一下，我们民调局六室的三员大将，杨军、杨枭，对面那个是屠黯。这几天您安心在这里等着吴主任，地府里出乱子都不怕，大不了让吴主任带着他们跟您一起杀回去……"

阎君苦笑了一声，说道："没那么严重，如果那些人有这样的能耐，也不会上来谋逆了。地府出乱子，我自然有解决的办法，不劳孙局长你费心。这样的话以后也请免开尊口，以免造成什么误会。"

从出事起便没什么存在感的车前子开口说道："胖子，人家的冷屁股凉快吧？现在知道什么叫作屁凉屁凉了？你的热脸能把冷屁股焐热？"

"兄弟你又开玩笑了。"孙胖子笑了一下，岔开了话题化解尴尬，说道，"现在有活口了，赶紧带进去审审。看看谁的胆子那么大，敢来找阎君的麻烦。"

这时候，杨军走到那个冒充自己的人身边，拔刀割断了这人的手筋、脚筋。随后拔出来杨枭的铜钉，扔给了杨枭，然后揪着这个人的头发，将他拽进了客厅。

杨军下手干净利落，不过也透着有些残忍，看得车前子直皱眉头。杨枭凑过来，赔着笑脸对他说道："这是为了防止他逃走。杨军是锦衣卫出身，他那时候捉住了江洋大盗之后，都要先挑断江洋大盗的手脚筋，以防他们被同伙救走……

杨枭的话还没有说完，车前子斜眼看了看他，说道："老杨，正好要找你……这几天我想明白了。前几天在百货商场地下仓库的时候，那个姓蔡的让你弄死我，你好像没有手下留情啊……我还一直以为你手下留情了。现在回想起来，和你的小媳妇儿比起来，我就活该死是吧？"

杨枭没想到车前子竟然反应过来了，惊诧之余岔了气，剧烈地咳嗽了起来。他边咳嗽边解释道："咳咳，误会了……咳咳咳……我下手的时候还是留了分寸的……咳咳，这个你还不信吗……咳咳咳……天地良心……"

"看看你这心虚的样子。"车前子白了他一眼，不再搭理杨枭，跟在孙胖子身后，一起进了客厅。

杨枭还在后面解释："咳咳，要不我发个誓吧……"

进到客厅之后，孙胖子又向阎君介绍了一遍屠黯，随后看了一眼被屠黯制住的几个人，笑呵呵地回头对几位主任说道："这些都是大活人，你们来认认什么来历，给阎君留个人名……咱们也不知道谋逆阎君是个什么罪过，怎么不得连同九族魂飞魄散吗？"

阎君笑了一下，说道："地府不讲血亲，不过谋逆是大罪，魂飞魄散是免不了的。"

# 第二十三章　对不起啊

　　阎君说话的工夫，郝正义已经走到了这几个人身边。除了假杨军之外，在剩下那几个人的脸上，一一揭下来一层薄薄的人皮面具。

　　面具下面是好像活鬼一样的面容，这些人的鼻子、耳朵和嘴唇都被割掉了，脸上的皮肤应该是被烙铁之类的烫过。除此之外，他们手指的指纹也被磨没了。这样一来，就算他们的亲生父母到了，也没法将他们认出来。

　　没法通过外貌辨认出来这几个人的真实身份，杨枭走了过来。他当着众人的面，将其中一个人的魂魄从身体里掏了出来。肉体的相貌可以消除，总不能把魂魄也变了模样吧？

　　当魂魄被杨枭抽离出来的一瞬间，众人脸上都露出来不可思议的表情。就见这个魂魄的脸被一团薄薄的黑雾笼罩着，透过黑雾，只能看到一张白板一样的脸。原有的眼耳口鼻，已经消失得无影无踪。

　　第一个说话的是车前子，他的话依旧有些刺耳："这模样看起来眼熟，阎王爷，会不会是你那个倒霉儿子的魂魄？"

　　"那个逆子已经烟消云散了。"阎君看着魂魄脸上的黑雾，轻轻地摇了摇头，对魂魄说道："你被逆辗过了……为什么要这样？你这样的话，就算转世投胎，十世之内也是没有相貌的怪胎。"

　　这时候，被杨军挑断手脚筋的假杨军开口说道："我们连魂飞魄散都不在乎……我们都是死士，今晚的事情不论成功与否，都不打算再苟活下去……"

孙胖子看出来问题，急忙对屠黯说道："不对！老屠你赶紧制止他们……"

还没等屠黯动手，杨枭手里的魂魄已经变成一股青烟，随风消散而去。不止这个魂魄，除了假杨军之外，其他几个人身子一挺，身上的生气瞬间消失得无影无踪。见惯了大场面的杨枭都有些张口结舌，他向后退了一步，对孙胖子说道："魂魄都烟消云散了……明知送死的我见过，这样明知要化为虚无，也要拼死来行刺的还是第一次见到。"

这时候，假杨军脸上露出来古怪的表情，他一脸不解地自言自语道："为什么我还活着——我应该和他们一起魂飞魄散才对——到底哪里出问题了？"

假杨军说话的时候，阎君走到了他面前。对他上下打量了一番，突然伸手探进了假杨军的胸膛，用和杨枭一模一样的动作，将假杨军的魂魄抽离了出来。

假杨军的魂魄一样被密法消除了五官，阎君掐着它的脖子，将魂魄送到了鼻子下面。猛吸了一口气之后，便明白了这个魂魄为什么没有和他的同伴一起魂飞魄散。阎君扔掉了魂魄，回头对杨枭说道："你打造棺材钉的时候用了晶魄，对吧？晶魄让它身上的毒没法发作……"

这时杨枭脸上的表情变得有些大不自然，晶魄是地府明令禁止使用的东西，加上之前鬼市那次，左判曾想要拉拢他对阎君不利。虽然杨枭是被迫的，不过终究逃脱不了干系。杨枭干笑了一声，说道："是，我只是照着图纸打造的。晶魄用的也不多，以后不再用了。"

阎君明白杨枭顾忌的是什么。他微微一笑，说道："我听说过鬼市的事情，知道你是被迫卷进去的。很感谢你没有因为胁迫，做出来对我不利的事情。你可以放心，我并没有怨恨你。晶魄虽然是禁物，不过从今天开始，我破例为你一个人解除这道禁制。天下人都不可以使用晶魄，但你杨枭除外。"

这几句话说完，阎君顿了一下，随后指着慌张的魂魄，继续说道："它们身上都被下了毒，就是刚才酒杯和红酒里的介龙胆和魂草汁。毒被蝉翼包裹着，它们用意念便可以破掉蝉翼，让自己毒发魂飞魄散。不过蝉翼遇到了晶魄，便会变得坚硬无比，别说意念了，用锤子也未必能砸开。"

说话的时候，阎君伸手在魂魄的肩头取出来一个好像枣核一样的东西，小心翼翼地放在桌上，对发愣的魂魄说道："没想到吧？你现在想魂飞魄散都不可能了……杨枭，这个魂魄交给你了，辛苦你，让它说出点儿什么来。"

杨枭是纵神弄鬼的本事，原本和地府的关系并不好，这下有了阎君做靠山，以后他再见到阴司鬼差也不用避开了。当下，老杨一把揪住魂魄，带它去了旁边的房间。进去不久，里面便传出来魂魄凄惨的叫声。

这时候，车前子又不乐意了。他斜着眼看了看阎君，竖起来大拇指，说道："阎王爷，我得夸夸你了，连块骨头都不用，就把我们家老杨诓去给你打工了。你这便宜占得——啧啧！"

天底下估计也就车前子敢这么和阎君说话了，好在阎君并不与他一般见识。他微微笑了一下，说道："杨枭查出来幕后主谋，你们民调局也有好处。之前在医院里对你们下手的，也是这个人，他的目标可不止我一个。"

现在有了屠黯和二杨，孙胖子悬着的一颗心算是放下了。看着仍满脸不以为然的车前子，孙胖子笑着说道："兄弟，让老杨折腾去吧。哥哥我也想看看谁的胆子这么大，敢来找阎君的麻烦。回头……"

说话的时候，孙胖子看了看手机，忽然发现不知道从什么时候开始，手机竟然没信号了。不止孙胖子一个人，客厅里其他人也一样。不管什么品牌的手机，这时候全部没有了信号。不只是手机，连四合院里的座机这时候也打不去了。

"这还没完了啊！"孙胖子看了一眼阎君，对民调局众人说道，"大家都精神一点，刚才那一波只是开胃菜，一会儿可能还有大餐。老黄，我们家吴主任不在，要不麻烦你们那边上善老佛爷跑一趟？只要老人家来坐镇……"

见孙胖子把主意打到了自己身上，黄然苦笑了一声，说道："我倒不介意请禅师过来，不过谁去请？现在手机没有信号，只能派人去。可是除了我们几个，其他的人去了，也未必能请得动禅师。"

孙胖子嘿嘿一笑，说道："那还有啥好说的，老黄你亲自跑一趟吧。蒙大小姐他们替你在这儿守着阎君，哥们儿我请老屠跟你跑一趟，不会让你吃亏的。"

听到孙胖子有意将自己支走，黄然笑了一下，回头对蒙棋祺、张支言两人说道："那还是你们跑一趟吧，不用跑得太远。拿着手机出去，有信号马上打过去，请禅师过来一趟。他老人家和阎君也是老熟人了，过来见见老朋友也是好的。"

说到这里，黄然又对孙胖子说道："大圣，那就麻烦屠黯先生跟着跑一趟吧。万一棋祺和支言遇到什么情况，身边也有人保护。"

还没等屠黯开口说话，大块头琼窑先说话了："屠黯不行，他走不开，你们换人吧。"

接着，琼窑说明了理由："这里不能只留我一个人护卫，除了屠黯之外，其他人在不在，都没什么关系。"

听了琼窑的话，第一个不干的还是车前子。小道士跳起来说道："诶，这次可不是我挑事儿了，听明白了吗？除了老屠之外，大家伙都是废物——大杨，你别这么看我，虽然你是白头发，但也没有例外。我们是黑头发的废物，你是白头发的废物。"

见这些人对自己的话并不在意，车前子更加恼怒了。当他气得快要掀桌子的时候，孙胖子拦住了他，笑嘻嘻地说道："兄弟，你怎么还当真了。琼窑先生对老屠更了解一些，所以想留下来老屠和他一起护卫陛下，话没说清楚。不是我说，你怎么还当真了？"

阎君也开口说了琼窑几句："你这话说的，怎么没有你和屠黯的话，我便性命不保了吗？就算这里只有我一个人，也没人能损伤我分毫——去跟车先生赔个不是，妄自尊大！"

车前子连忙摆手，说道："别赔不是……我刚刚才算听明白了，在琼窑眼里除了老屠之外，其他人都是废物。在阎王爷你的眼里，他们俩也好不到哪儿去……得了，老子不伺候了。你们这里闹翻天关我什么事？胖子，你们陪阎王爷玩吧，我回家睡觉去了。"

这话说出来以后，车前子便打算离开这里。

现在四合院外面凶险非常，孙胖子怎么敢把他放出去，赶紧拉住小道士的手，说道："兄弟，你就忍心留哥哥我一个人在这里冒险？说不定明早上我连骨头都剩不下了……你留在这里，咱们哥俩也算有个照应。看哥哥我的面子了。"

车前子实在看阎君不顺眼，但又不忍留孙胖子在这里犯险。犹豫了一下，他开口说道："那我跟蒙棋祺和张结巴去请老和尚吧。胖子，你硬要让我留在这里的话，要么我把桌子掀了，跟姓琼的干一架，让他弄死我；要么让我憋一肚子气，把我自己憋死……"

孙胖子犹豫了一下，终于点了点头。随后又将拷问魂魄的杨枭叫了出来，还叫上了杨军，对他们俩说道："大杨、老杨，这次你们一起护着我兄弟和蒙棋祺、张支言去请上善老佛爷。实在请不到老佛爷也没关系，但一定要保护好我兄弟的安全。"

二杨对琼窑目中无人的话，也有些不满，正好借这个机会，离开一会儿也好。他们二人并不担心外面会有埋伏，毕竟凭他们的本事，少有人能伤害到他们。

几个人收拾了一下，在二杨的护送下，车前子、蒙棋祺和张支言一起出了四合院。黄然来时乘坐的车还停在门口，不过那几个假警察的尸体已经不见了。看样子，对方也不想闹得动静太大，再把真警察招来，反而不好收场。

蒙棋祺想去开黄然的车，却被杨枭拦住，说道："如果是我的话，早就在车上安炸弹了。不止门口这辆车，周围只要能看见的车，有一辆算一辆，都会做上手脚。"

杨枭说话的时候，张支言趴了下来。他举着手电筒看了车下面片刻，还真在车底盘下面发现了一个连着信号接收器的箱式炸弹。瞧见了炸弹，张支言急忙大声喊道："快、快、快退……炸、炸弹……"

见张支言紧张得犯了老毛病，蒙棋祺也信了车下面装了炸弹。她急忙向后退开，放弃了开车的想法，跟在二杨和车前子身后，直接出了胡同。这样走了十来分钟，又穿过了两条胡同，在路边发现了一个停车场，里面密密麻麻地停了上百辆汽车。

这么多辆车，幕后之人总不会有这个闲工夫，都给装上炸弹吧。他们随便挑了辆顺眼的汽车，杨枭直接瞬移到车内，从里面打开车门，又打着了汽车。之后换成张支言开车，向黄然家行驶过去。

汽车开出了停车场之后，距离四合院越来越远。几个人紧绷着神经多少放松了一点，张支言一边开车，一边对蒙棋棋说道："棋棋，一会儿我、我和大和尚说、说……"

坐在后排的车前子忍不住讥讽道："张结巴，照你这个说法，过年前够呛能……"他的话还没说完，突然响起来一声枪响。一颗子弹打爆了前挡风玻璃，打中了张支言的胸口。

张支言也是个人物，中了一枪之后，竟然第一时间踩住了刹车，随后用自己的身体挡住了坐在副驾驶的蒙棋棋。他的动作刚做出来，第二枪响了，子弹打中了张支言的腹部。张支言一张嘴，喷出来一大口鲜血。

蒙棋棋被这突如其来的变故吓呆了，等她反应过来时，第三枪已经响了……

就在枪响的同时，杨军突然凭空出现在车前面。他向前挥出一刀，将向张支言射来的第三颗子弹劈成了两半。可能是他这一刀吓住了开枪的人，之后再没有枪声响起。

这时候，蒙棋棋惊慌失措地大声哭喊道："救人啊！快把他送医院……"

这时，杨枭也到了前面，他一把扯断了张支言身上的安全带。撕开张支言的上衣，瞧见两处伤口的时候，见多识广的杨枭竟然也皱起了眉头。就见张支言胸前的伤口虽然避开了要害，但他腹部有一个拳头大小的伤口，里面的内脏都被打烂了……

这时候，车前子也下车帮忙。小道士瞧见了张支言的伤势，也有些发蒙。蒙棋棋见到这二人的表情不对，吓得嘴巴都哆嗦了起来。她抱着浑身是血的张支言，对杨枭说道："救救他……救救支言……我求求你救救他。"

"没事！小结巴没事！"车前子大吼了一声，看着正在往张支言伤口上撒药粉的杨枭，对蒙棋祺说道："有老杨在，你怕什么……他们白头发的都是神仙，张支言这点小伤算什么！小伤而已。"

　　听了车前子的话，蒙棋祺的情绪总算稳定了一点。只是从她的角度看不到，杨枭的药粉刚撒到伤口上，便被鲜血冲走了。随着鲜血越流越多，张支言脸上已经没了血色，白得像纸一样。

　　见自己已经无力回天，杨枭索性放弃了施救。他把手按在张支言的胸口，将自己的生气过度给他，说道："支言，两分钟的时间，想说什么就说吧……"

　　这时候张支言脸上又有了血色，他回头看了蒙棋祺一眼，说道："棋棋，你没事吧……对不起啊，弄脏你的衣服了……对不起啊，你生日的时候，本来想送你一条项链的，结果没有买到。对不起啊，上个礼拜我想向你求婚来着，结果戒指没有买到你喜欢的……对不起啊，我想我不能继续陪你了……对不起……我最后一个愿望，你要答应我啊……别自己一个人，找对你好的……对不起啊，那个人不是我……"

# 第二十四章　调虎离山

在蒙棋棋的怀里，张支言永远地停止了呼吸。车前子看傻了眼，之前他虽然也见识过生死，不过死的不是妖邪之人，便是与他素不相识的。像现在这样亲眼看着一个相熟的人死去，还是第一次。

听着蒙棋棋凄厉的哭声，车前子对正在叹气的杨枭说道："你们白头发的不是神仙吗？怎么能让张结巴死了呢？你还有办法救活他的，对不对？"

"这世上根本就没有神仙，如果有，也早被你父亲杀光了。"杨枭擦了擦手上的血，看着车前子认真说道，"记住了，生老病死才是这个世界的常态。我们这几个人不是……"

这时候，杨军走了过来，他手里抓着一颗人头，扔在了地上。第三声枪响过之后，杨军竟然瞬移到了枪手身边，一刀斩下了枪手的脑袋。

看到张支言身亡，杨军脸上的表情也有些哀伤。他和杨枭对了一下眼神，又向车前子问道："还去请上善大师吗？"

小道士还没有从张支言的死亡中缓过来，没听出来杨军话里的意思，当下有些茫然地看了一眼杨军。杨枭解释道："上善大师一到，就没有替张支言报仇的机会了。只要他老人家露面，地府的叛逆根本不敢现身！"

"回去。"泪眼婆娑，妆都哭花了的蒙棋棋只说了两个字。她紧紧地抱住张支言的尸体，继续说道："你们说得对，支言不能就这么死了！"

二杨相互看了一眼，杨枭找到了一辆汽车，将张支言的尸体和蒙棋祺安置在车后座上，车前子坐在副驾驶座上，杨军站在车顶护卫。杨枭亲自开车，又回到了四合院。

惊闻张支言遇害的消息，黄然悲痛万分。之前他以为地府的叛逆只会选择术法攻击，有二杨护卫也就足够了，没想到他们竟然准备了枪手，白白搭上了张支言一条性命。

民调局的人或多或少都和张支言有些交情，见到张支言死了，大家都很伤感。孙胖子叹了口气，说道："我还想着喝他们俩的喜酒呢……没想到这么一会儿的工夫，一个活生生的人没了——从现在开始，这件事情不单是地府的事情了。"

阎君也走到张支言尸身旁，将自己手腕上的手镯摘了下来，套在了张支言的手腕上，说道："他是为我而死的，我会安排好他往生的。各位，轮回是天道，人总有这么一天，请不要太过悲伤……"

"这件事不对！"没等阎君说完，坐在地上的车前子突然开口说道。他一边说，一边伸手拍了拍自己的脑袋，好像有什么事情没想通，随后抬头看向孙胖子说道："好像我们都被算计在里面了，胖子，你感觉出哪里不对了吗？"

"兄弟，你这是因为亲眼瞧着朋友遇害了，心里面难受……"孙胖子叹了口气，继续说道，"当年高老大、萧和尚他们走的时候，我和现在的你一样，心里都接受不了。等这件事过去，你会慢慢适应的。"

"不对！"车前子再说话的时候，脸色突然阴沉了下去，好像变成了另外一个人似的。他站起来之后，盯着孙胖子说道："你不是已经怀疑了吗？还在等什么？想要出其不意制住这个假阎王爷吗？"

车前子说话的时候，所有人的目光都聚集到阎君身上。不过众人还是不明白，如果这个阎君是假的，这么干对他有什么好处？

阎君皱了皱眉头，说道："原来你是一身双魂魄。不过这个时候，你这样妖言惑众，就算你是吴勉的儿子，我绝决不轻饶！"

"车前子"回头看了阎君一眼，冷笑了一声，说道，"你可真会选日子，特地选了姓吴的不在的时候。来民调局要包裹，然后就赖在这里不走了。偏偏这个时候，又有人想要刺杀你——怎么？你离开地府的时候，宣传过一轮了吗？堂堂一个阎君，却只带了一名护卫，你见不得人吗？"

"放肆！阎君如何行事，轮不到你妄加评论！"没等阎君解释，他身后的大块头琼窑大吼了一声，随后又向"车前子"质问道，"自己派人来杀自己？这样做对我们有什么好处？"

这时候，孙胖子终于说了自己的想法，说道："你们把我们民调局的主力都引了出来，趁民调局守备空虚的时候，再派人强闯民调局，将地下三层的包裹抢走——这便是你们最大的好处。"

孙胖子这句话一说出来，众人顿时有种恍然大悟的感觉。可不是嘛，现在民调局的主力都在四合院这边，而且还断了和外界的联系，这时候如果有人强闯民调局，民调局那边想要联系孙胖子他们支援，都找不到人。

孙胖子刚刚说完，阎君叹了口气，说道："这就不好办了，我该怎么证明自己就是阎君？"

他这句话刚说出口，站在对面正冷眼旁观的屠黯突然喷出来一口鲜血，随后身子一软，倒在了地上。

看到众人里面战力最高的屠黯倒地，阎君微微一笑，冷冷地说道："也是，我本来就是假的，这还怎么证明？琼窑，别让他们打扰，我们走！"

假阎君和琼窑根本没打算和民调局这些人硬拼，他们已经达到了目的，继续留在四合院已经没意义了。这时，琼窑向众人做出来一个拔刀的动作。随着这个动作做出来，一柄雾气化的鬼头刀出现在他手里。

见到假阎君要走，二杨不干了。杨军挥舞着绣春刀，杨枭甩出绳镖，两人一左一右，几乎同时向琼窑和假阎君冲了过去。杨枭冲上去的同时，瞬间甩出来十几枚铜钉，对着琼窑和假阎君射了过去。

"我说过的，这里除了屠黯，剩下的人可有可无。"琼窑说话的时候，身体和手里的鬼头刀一样，也变成了雾气。

绣春刀和绳镖直接穿过了琼窑雾化的身体，但琼窑雾气腾腾的鬼头刀劈过来，穿过了二杨手里的武器，直接在他们身上留下来一道深深的刀口。这还是杨军和杨枭的身法够快，及时后退躲避的结果。如若不然，这一刀直接能将他们都斩成两截。

这时，民调局众人纷纷向琼窑、假阎君开枪。子弹穿过了琼窑的身体，而假阎君身前似乎有一面谁也看不见的墙壁，子弹打在上面竟然反弹了回来，差点伤了几位主任。

这时候，孙胖子对"车前子"苦笑了一声，说道："现在你知道我为什么犹豫了吧？就是因为这个。"

"车前子"狞笑了一声，对孙胖子说道："那你知道我为什么要指出来吗？因为我找到电池了！"

说话的时候，"车前子"好像一条泥鳅一样，"滑"到了雾化的大块头琼窑身边。他迎着雾化的鬼头刀扑了过去，眼看刀刃就要劈到他身上的时候，却听到琼窑发出的一声惨叫，随后雾化的琼窑痛苦地跪在了地上。

琼窑一刀向"车前子"劈下去的时候，小道士也一脚踹到了他的裤裆上，竟然踹倒了雾化的琼窑……

一脚踹翻了大块头琼窑，"车前子"对着他的脑袋又是一脚。这一脚直接踩散了琼窑身上的雾气，让大块头琼窑重新变回了实体。

见琼窑变回了实体，"车前子"好像看到了什么开心的事情一样，一脸诡笑地搓了搓手指。小道士搓出来一撮火星，随手甩到了琼窑身上。随后，令人心惊肉跳的一幕出现了。

火星落到琼窑身上之后，立刻着起了大火。琼窑挣扎着想要爬起来，却被"车前子"死死踩在脚下。虽然大火将琼窑烧得皮开肉绽，却伤不到小道士分毫。

假阎君就站在原地，冷冷地看着眼前的一切。他没有丝毫过来搭救琼窑的意思，好像琼窑被火烧死，和他一点关系都没有似的。

谁都没想到，二杨联手都对付不了的大块头，被"车前子"这样轻松就解决了。这时琼窑已被大火烧掉了半条命，想要逃脱却逃脱不了，只能在小道士脚下不停地哀号。

"车前子"冲假阎君扬了扬下巴，说道："你的狗不打算要了吗？好歹他也替你咬过人的。"

"他陪我过来，就知道会有这样的下场。"假阎君连看都懒得看一眼大块头，顿了一下，继续说道，"这件事过后，就算他没死，我也会让他魂飞魄散的。这是没有办法的事情，有句话你总听说过——将功成万骨枯！"

听了假阎君的话，琼窑反倒咬紧了牙关，不再发出惨叫的声音。这让"车前子"感觉有些不爽，脚下又加了力道，还用力地捻了几下。这时琼窑好像换了个人似的，即使疼得浑身颤抖，仍不肯发出一点声音。

见无法用大块头来扰乱假阎君的心神，"车前子"脚尖一挑，将琼窑胖大的身躯挑到了半空中。随后又是一脚，将还在着火的琼窑向假阎君踢了过去。

假阎君对琼窑完全没有一点同情心，瞧见浑身冒火的琼窑飞过来，他抬手伸出食指，对着琼窑的身体虚划了一下。随着他这个动作做出来，一道血光迸现，琼窑的身体被一分为二，断成了两截。

大块头琼窑的残尸还没有落地，跟在他身后的"车前子"扑了过来，他手里一柄短剑对着假阎君的咽喉刺了过去。

"有点小聪明！"假阎君说话的同时，伸出手指头抵在"车前子"刺过来的剑尖上。两人僵持的时候，"车前子"另外一只手划出来一道电弧，向假阎君劈了过去。

假阎君好像算到了"车前子"会有这招一样，在"车前子"动手的同时，他另一只手已经迎了上去。假阎君任凭电弧打到他手上，随后竟然引导着电弧，传导到他抵住剑尖的那只手上。

"车前子"打过去的电弧，在假阎君身上转了一圈，又打回他握着的短剑上。电弧打到剑尖上的一瞬间，一个耀眼的电弧光球蹿了出来。光球白光闪烁，十分刺眼，众人不自觉都闭上了眼睛。等众人再睁眼睛的时候，就见到一身是血的车前子坐到了地上。

假阎君仍好像什么事情都没有发生一样，冷冷地看着坐在地上的"车前子"，说道："不错了……如果我反应再慢一点点，这时候已经败在你手下了。"

说话的时候，假阎君连退了几步，身体靠到墙壁上，这才止住了退势。等他站稳之后，胸前突然出现了一道伤口，鲜血顺着伤口流了出来。

这位假阎君什么时候受的伤，其他人竟然一点都没有看到。只见他受伤之后，好像犯了哮喘一样，开始急剧地喘息了起来。喘息了几下之后，假阎君"扑通"一声跪在了地上。眼睛盯着正冲他阴笑的"车前子"，说道："我明明挡住了——为什么，为什么还是中招了？"

这时候，坐在地上的"车前子"对假阎君说道："我打出去的电弧，就是准备让你传导回来的。这道电弧我做了点小设计，在你身上传导的时候，会分出来一小道进到你肺里面——老小子，你真够能忍的。肺里都炸开了锅，你竟然连咳嗽都不咳嗽一声……"

"车前子"身上的伤也不轻，他一边说话，一边顺着嘴角往外流血。这几句话说完，他的衣服前襟已经被鲜血浸透了。不过"车前子"还是一脸笑嘻嘻的样子，对已经开始惊慌失措的假阎君继续说道："看看咱们俩谁先倒下……谁先倒下谁是孙子！"

"车前子"最后一个字说出来，假阎君脚下一软，身子滑到了地上。这时候，他终于控制不住，开始剧烈地咳嗽起来。每次咳嗽都会喷出来一大口鲜血，四五口鲜血喷出来之后，假阎君一翻白眼，竟然晕了过去。

看到假阎君晕倒，"车前子"脸上的笑容顿时消失。随后他也一口鲜血喷了出来，身子直挺挺地向后倒了下去。

没想到最后竟然是个两败俱伤的结局，孙胖子急忙冲了过去，查看车前子的伤势。就在这个时候，他身后响起来一个带着寒气的声音，说道："闪开！"

这声音孙胖子再熟悉不过了，不用回头也知道是吴仁获到了。孙胖子急忙闪开，紧接着就见没有什么存在感的尤阙到了车前子身边。尤阙从身上摸出来一包药粉，捏开车前子的嘴巴，将药粉都倒了进去。

药粉倒进去之后，尤阙嘴里发出和吴仁获招牌一样的声音："不是要强吗？那别从我身上借力啊——用了我的力量，连只蚂蚁都踩不死，你说你能干点什么？"

除了孙胖子以外，其他人都惊呆了。谁也没想到一直联系不上的吴仁荻，竟然以这种方式一直待在他们身边。

"吴仁荻！你明明在这里，为什么不救张支言？"蒙棋祺大叫一声，随后抱着张支言的尸体痛哭了起来。她一边哭一边对"尤阙"说道："刚才你就在对不对……你可以救他的……支言原本不用死的……"

"尤阙"回头看了蒙棋祺一眼，却没有解释什么。这时候，孙胖子凑到了蒙大小姐身边，说道："棋祺啊，这事儿怨我……是我把吴主任留下来的。虽然那时候我还不确定小尤就是吴主任，但还是让他留下了……你知道的，刚刚二杨跟你们走了，只剩下一个屠黯。一旦出事，我担心控制不住场面……"

没等孙胖子说完，蒙棋祺扬手就给了他一个嘴巴。"啪"的一声脆响，直接把孙胖子的鼻子打出了血，脸上顿时浮现出来一个通红的手掌印。

但孙胖子好像什么事情都没有发生一样，他也不去擦鼻血，就这么任由鼻血一条直线地流下来。一边流着鼻血，一边继续说道："不是我说，要是打我你能舒服点，那就打吧！"

蒙棋祺也不客气，她放下张支言的尸体，对着孙胖子左右开弓，噼里啪啦地扇起了耳光。一旁的郝文明等几位主任实在看不下去了，准备上去拉开蒙棋祺的时候，却被孙胖子一声大吼叫住："都别过来！今儿我孙德胜被蒙棋祺打死在这里，那是我自己找的！谁都不许找后账。"

这时候蒙棋祺已经哭出了血泪，整个人好像癫狂了一样，继续疯狂地扇孙胖子耳光。转眼间，孙胖子已经被她打成了一个血人。

眼看再打下去就要出人命的时候，"车前子"突然出现在了蒙棋祺身后。他一把攥住了蒙棋祺的手，有气无力地说道："他是我大哥，别再打他……"

话还没说完，"车前子"眼前一黑，拉着蒙棋祺一起晕倒在地。

# 第二十五章　新继承人

见到车前子和蒙棋祺一起倒在了地上，两边脸颊肿得好像猪头一样的孙胖子急忙过去查看了一下。瞧清楚两人都没有什么大碍之后，这才松了口气，随后转头对没事人一样的"尤阙"说道："我多句嘴，刚才您老人家早点出手，我兄弟也不至于现在这个样子。"

"别教我怎么教育儿子。""尤阙不咸不淡地回了一句，转身朝里面的院子说道："下次看戏之前，记得花钱买票。"

"这么好看的戏，花钱都看不到。"里面的院子里响起来一个慵懒的声音，随后一阵脚步声传出来。几十个黑衣人簇拥着一个身穿红衣的年轻人走了出来。

看到"尤阙"之后，年轻人突然指着"尤阙"哈哈大笑了起来，边笑边说道："哈哈哈……没想到我还能看到这个……哈哈哈……听说你之前还变过女人，真是……谁带了照相机，给我们俩拍张照片……"

年轻人放肆大笑的时候，"尤阙"冷笑了一声，随后他的个头、身型和相貌都发生了变化，转眼之间变回了白头发、带着几分刻薄模样的吴仁获。吴仁获盯着笑出了眼泪的年轻人，说道："笑完了？那回去吧。"

"怎么就回去了？我的事情还没办完。"年轻人笑嘻嘻地走到假阎君身边，看了他一眼，说道："你还真是不客气，我都舍不得用这身皮囊，你竟然用上了。害得我这个真正的阎君，只能用这孩子的皮囊……也不知道这皮囊是不是得过神经病，一上身就有些癫狂……哈哈哈哈……"

旁边民调局和黄然两队人马，隐约猜到来人就是真正的阎君，但等听到来人亲口说出来，还是有些紧张。不过阎君正在和吴仁获说话，孙德胜、黄然也不敢贸然过去插嘴。

年轻人回头向身后的黑衣人说道："曹正你出来，替我把左判大人拉出来，看看他还有什么话好说。"

这时，一个黑衣人从队伍里走了出来。他摘掉了头上的衫帽，露出来一张清秀的脸，正是之前和孙胖子、吴仁获都见过面的森罗殿总管曹正。

曹正面无表情地走到假阎君身前，伸手探进了他身体里面。随着他用力一拉，里面的左判彭何在被拉了出来。

见到幕后主谋竟然是下任阎君的继承人，孙胖子、黄然等人面面相觑。他们可不是六室长生不老的人，不愿卷入有关地府的大事当中。当下，两个胖子互相对了一下眼神，当他们准备带上自己的人离开这个是非之地的时候，真正的阎君说道："别着急走啊！我还想你们几位做个见证，民调局的局长，吴勉的顶头上司——哈哈哈哈，没有比你孙德胜更加适合的人选了……这皮囊真是有精神病，回头得找个大夫给他看看——哈哈哈哈……"

将左判拉出来之后，曹正一脚将他踹倒，厉声说道："彭何在！见到阎君陛下，你还要放肆吗？"

跪倒在阎君身前的，正是之前在鬼市闹过一次的地府左判官彭何在。见大势已去，他面如死灰地跪在阎君面前，低头不敢言语。

这时候，阎君看了他一眼，随后笑着说道："你说你着什么急，用不了多久我就去轮回了。那个时候你就是阎君，怎么？连这么短的时间都等不了了吗？还是说——你必须动手了，不然的话，彭何在就是'三蔡'的老大蔡瘟的秘密就要暴露了！"

说到最后的时候，阎君脸上的笑容突然消失。而彭何在的脸上，冷汗密密麻麻地冒了出来。

"难怪查了这么多年，'三蔡'的情况一直没有头绪——谁能想到，下任阎君就是蔡老大……"阎君盯着面如死灰的左判，冷笑了一声，继续说道，"之前我说过的，鉴于你阎君继承人的身份，不管你做过什么，我都会原谅你……现在这句话要收回了，蔡瘟没有资格成为下一任阎君。"

说到这里，阎君回头对孙胖子说道："孙局长，麻烦你和吴勉做个见证。即日起，森罗殿总管曹正，代替彭何在作为阎君继承人。等我轮回之后，下一任阎君便是曹正。"

听到阎君钦点了他做继承人，曹正愣了一下，随后连连摆手，说道："陛下，我不过是小吏出身，进入地府也没多久，论出身、资历远远不够继承阎君之位。请陛下您再考虑考虑，另选贤明之士继承大位。"

"曹正，你也别假客气了，心里乐开花了吧？"阎君哈哈一笑，继续说道，"这次我吸取了彭何在的教训，查了你三次转世投胎的生死簿。你的才能不在彭何在之下，且身世清白，地府交到你手上，我也就放心了。"

见曹正还想推托，阎君收敛了几分笑容，说道："可以了，再演下去戏就过了。前任阎君让位于我的时候，我也就谦让了两次，你还想超过我吗？"

曹正这才战战兢兢地跪在阎君面前，阎君从蔡瘟（彭何在）手上取下来一只金镯，将它戴到曹正的手上，说道："戴上金镯，你便是我的继承人了。从现在开始你升为左部判官。等我轮回之后，你做了阎君，便要寻找你之后的继任者。不要再犯我的错误，切记、切记。"

"天不佑我！"心有不甘的蔡瘟懊恼地大吼了一声，红着眼睛对阎君说道："我上来之前，已经安排妥当……你是怎么发现我就是蔡瘟的？反正我就要魂飞魄散了，告诉我……我也替你出过力，要不是之前蔡瘟的身份误我，我也不会犯险出错……让我死个明白，我到底哪里出错了。"

"你没错。"阎君说话的时候，从怀里摸出来一封信，扔到了蔡瘟脸上，说道，"这是孔大龙托鸦给我的信，你自己看吧——包裹只是一个诱饵，谁去抢夺包裹，谁就是蔡瘟！"

蔡瘟哆哆嗦嗦地打开了信，果然和阎君说的一样，孔大龙向阎君讲述了他的计划，从头到尾都是为了把隐藏在阎君身边的蔡瘟挖出来。

看着瘫软在地的蔡瘟，阎君继续说道："你一直都在豢养死士，连我的保镖琼窑都成了你的人……还有，你派去民调局销毁包裹的人马，都已然灰飞烟灭了。他们不死，早晚也会被你灭口的。行了，说出来蔡疫在哪儿，我亲手送你魂飞魄散。"

蔡瘟看了阎君一眼，说道："放我去轮回，我就说——他是我的亲弟弟，出卖亲弟弟，总要有些好处的。"

阎君笑嘻嘻地看了蔡瘟一眼，说道："好，我答应你——哈哈哈，不行了，赶紧给我换个皮囊，这个真有精神病。"

一片黑暗之中，车前子迷迷糊糊地醒了过来。他睁开眼睛，发现自己处在一片大雾中。放眼望去，四处雾气弥漫，看不到尽头。

他脑袋有些混沌，好像有个声音在和他说话，却听不清说的是什么。

车前子摇摇晃晃地走了几步，突然被什么东西绊了一下，踉跄了几步之后，摔到了地上。他刚要骂街的时候，才发现把他绊倒的竟然是一具死尸——张支言的尸体。

见到张支言的尸体，车前子瞬间清醒了过来。他什么都想起来了，张结巴就死在他眼前。他和张支言虽然没什么交情，几次见面还都是不欢而散，但毕竟是相熟之人，突然死在他面前，对车前子造成了很大的打击。

"你在怕什么？怕这个死人吗？"迷雾中，走出来另一个"车前子"。他看了一眼有些惊慌的车前子，叹了口气，继续说道："死人就是死人，有什么好怕的。你没见过死人吗？你让我有点失望了。"

"车前子"说话的时候，用脚踢了踢张支言的尸体，说道："杨枭说得没错，只要不是他们长生不老的人，总会走到这一步的。不过是转世轮回而已，换个身份继续回到人世间。你为什么害怕这个？"

车前子看着另外一个自己，缓了口气，说道："你呢？什么都不怕吗？如果有一天，我们也要轮回了，你也不怕吗？"

"不怕，不过一定会有些不甘心。""车前子"坐到车前子身边，继续说道，"我们早晚会合二为一的，到时候我的意识会消失，你就是唯一的车前子。没有我帮你，你连个死人都怕，我很担心你。"

车前子说道："那就让我消失，把这个身体给你。没什么大不了……"

没等车前子把话说完，"车前子"突然好像变成了另外一个人，对着他就是一个嘴巴。车前子一下被打蒙了，他还没反应过来，"车前子"第二个巴掌又扇了过来，一边打一边说道："闭嘴！你当我是什么！我们又是什么？我们原本就是一个人，你明不明白——我不怕消失，从来都没有怕过。我只怕你不争气，白白浪费了这身体！"

第一个嘴巴打了车前子一个措手不及，第二个嘴巴被车前子伸手挡了一下。见"车前子"劈头盖脸疯了似的一个劲扇自己巴掌，车前子疯狗脾气上来，对着"车前子"就是一脚。将他踹翻之后，又跳到了他身上，抡起拳头对着"车前子"的脑袋打了下去，边打边说道："给你脸了是不？是给你脸了吗？连自己都打，你还是人吗？"

转眼间，两个车前子就在迷雾当中扭打起来。两人都是一样的秉性，一边打一边相互骂街，也顾不上骂自己会不会有报应了，直到两个人都精疲力竭之后，才瘫软在张支言的尸体旁。

这时候，车前子也不害怕这具尸体了，他枕着张支言的肚子，摸着自己被打肿的脸，倒抽了一口凉气，对另一个车前子说道："你还真下死手！看你把我打的——我 × 你……"

没等他嘴里的脏话骂出口，"车前子"打断了他的话，说道："想好了再骂！咱们俩的妈就是一个人。"

车前子把脏话咽回了肚子里，当他看到"车前子"也被打得一脸瘀青，又"扑哧"笑出声来，指着"车前子"说道："一会儿你撒泡尿照照你的倒霉样子——乌眼鸡成精了你。"

"你也好不到哪儿去！""车前子"躺在车前子身边，枕着张支言的大腿。他的眼睛盯着灰蒙蒙的夜空，缓和了语气，继续说道："你要快点成长起来，我只是你身体里的一个 BUG，早晚会被清除的，不能再指望我了。"

车前子看了一眼另外一个自己，说道："屁话，你是我，我也是你……你是 BUG，那我是什么？刚才我不是和你假客气，如果真要消失一个的话，那让我消失好了，这个身子给你。没什么大不了的……到时候也不用烦恼了，谁是谁的儿子，谁是谁的爹都与我无关了。再说了，你的本事更大些。"

说到这里，车前子突然想到了四合院里的事情。他岔开了话题，突然问道："有件事我没搞清楚，那个假阎王对老屠做什么了？直接就把他放倒了。"

"车前子"解释道："他们给屠黯下了毒，什么毒我不知道，不过应该是专门针对屠黯的。"

车前子抓了抓头发，继续问道："还有件事我不大明白，之前你在医院发威的那次，你把辣子当成了电池，从他身上借来了种子的力量。刚才呢？辣子还在医院躺着呢，你从哪儿借的——姓吴的来了？对吧！我说你能不能争气一点，那王八蛋抛妻弃子不说，这么多年养过咱们吗？你还从他身上借……"

"那又怎么样？力量是力量，其他的是其他的。""车前子"看着车前子，继续说道，"那是我直接拿的，又不是他给我的，就当提前预支一点遗产了。你和他客气什么？他给的我们一定不要，我们要的一定要拿到——有什么错？"

"好像也没什么错的，他给的不要，我们要的一定要拿到。还挺押韵！"车前子哈哈一笑，继续说道，"这就叫羊毛出在狗身上，吃他的喝他的，再气死他……对了？姓吴的什么时候来的？我怎么一点都没感觉到？"

"车前子"眨巴眨巴眼睛，说道："我也不大清楚，感觉到是他的力量，那我还客气什么？拿过来用就完了，别说，他身上的力量比沈辣强太多了。我都不敢借太多，再把自己撑死……可不能让姓吴的看笑话了，对吧？"

"可不咋地。"车前子龇牙一笑，还想继续说点什么的时候，耳边突然响起来一阵"嗡嗡"的声音。

"车前子"也听到了这个声音。他叹了口气，坐起来拉着车前子的手，说道："别再让我出来帮你了，你一定要成长起来。你不再是小孩子了。"

"车前子"说到最后的时候，车前子只看到他张嘴，却听不到他说话的声音。情急之下，车前子猛地睁开了眼睛。

随后眼前一亮，只见黑头发的沈辣正在看他。见车前子醒了，他对身边的女人说道："老三醒了，你先回去，我们以后再说。"

车前子迷迷糊糊之间，看到沈辣身边的女人正是赵庆。此时的赵庆满脸是泪，点了点头，说道："你自己小心，不用在乎我刚才说的。"说完之后，转身离开了病房。

看着赵庆的背影，沈辣有些为难地叹了口气。刚转回来，车前子就对他说道："不用想胖子了，只要你把她肚子搞大了，咱们家胖子也没有办法。"

# 第二十六章　长远之计

"不行不行，"沈辣的头摇得好像拨浪鼓一样，说道，"我不是那样的人。老三，说出来你也不信，我真没对小赵怎么样。我觉得吧，有些事情还是应该到特定的时候再办。"

躺在病床上的车前子看了一眼沈辣，翻着白眼说道："辣子，等着我出院了，给你打一面金牌，刻上天下第一痴情处男。你挂在脖子上游街。"

车前子想象着沈辣挂着处男金牌游街的场面，忍不住自己先"咯咯"地笑了出来。这一笑牵动了伤口，疼得小道士"哎哟"了一声，龇牙咧嘴地叫唤了起来。

"看，遭报应了吧？"沈辣笑了一下，披上衣服出去叫医生，没想到刚一开门，就和缠了一脑袋纱布的孙胖子撞了个满怀。

"哎哟哎哟！辣子你撞到我脑袋了！不知道哥们儿脑震荡后遗症吗？现在耳朵还嗡嗡的。"孙胖子的伤是被蒙棋祺揍的，说起来比车前子轻不了多少。不过就这副模样，他还得咬着牙负责善后的事情。

看到了孙胖子，沈辣说道："老三醒了，我去找大夫，你陪他坐会儿。"

孙胖子的角度看不到病床上的车前子，他耳朵好像出现了问题，瞪着沈辣说道："辣子你说啥？谁死了？你去找谁的丈夫？让我陪谁睡会儿？我可是有老婆的人，不是说睡就能睡的。"

沈辣无奈地叹了口气，扯着嗓子喊道："我说老三醒了！我去叫大夫！"

"哦，老三，你说老三醒了。"孙胖子这才大概听明白，随后走进了病房，看到躺在病床上的车前子，一拍大腿，说道："兄弟，你可算醒了！你嫂子刚走，刚刚她要去和蒙棋祺干架，让我死说活说才拦下来。"

看着脑袋肿了一圈的孙胖子，车前子皱着眉头说道："我想起来了，是蒙棋祺打的，她好像拿你撒气来着。怎么打成这个样子了——我说！不能让她就这么白打了！"

见孙胖子的眼神充满了疑惑，车前子反应过来他没听清楚，当下扯着嗓子吼了几声，孙胖子才算听明白。他摆了摆手，说道："算了吧！看在死去的张支言的面子上，咱们不和她一般见识——棋祺也是个可怜人，上午刚醒过来。又哭……哭得死去活来的，唉！"

这时候，沈辣回来对车前子解释道："大圣被打得耳膜穿孔了，耳道里面上了药，咱们说话他听不太清。老三，昨晚上到底发生什么事情？听说民调局也被冲击了，谁也说不清楚到底怎么回事。"

一边听岔了的孙胖子喊了一句："是！我知道受伤不能吃发物。我不吃鸡！不管什么鸡都不吃。"

"没事！你去旁边坐着，别说话！"沈辣拉着孙胖子坐到了旁边，听车前子把昨天假阎君的事情说了一遍。

"你说左判彭何在，就是被通缉了几百年的'三蔡'的大哥蔡瘟？"沈辣的嘴巴张得老大，半晌才消化了这个信息，继续说道，"难怪他要这样冒险了，不把地下三层的包裹拿到手，他就功亏一篑了——幸亏大圣看出来了，要不然的话……"

沈辣说话的时候，病房门被人推开，五室副主任萧易峰打着哈欠走了进来。看到车前子醒来了，他朝车前子点了点头，说道："小车，你醒过来了？昨晚有你的，没想到你还有这个本事，以后五室遇上什么麻烦的话，就拜托你了——孙局，你的脑CT出来了，没什么大问题，休息两天就好了——没别的事的话我先回去了，两天没睡觉了，实在是受不了——啊。"

说着，萧易峰又打了一个哈欠。他擦了擦眼泪，正要走，却被车前子叫住，说道："老萧，你先等一下，还有点事情问你。听辣子说，昨晚上民调局受到冲击了？没事儿吧？"

"没事儿，孙局没和你说啊？"萧易峰有些意外地看了孙胖子一眼，随后说道，"咱们孙局早做了准备，还请了外援——广仁和火山昨晚上到了民调局，拦住了想闯进去的那些死士。刚才我清点了一下，一共九十八名死士，全部死在了火山的手里。他们师徒二人挺讲究的，把那些死士解决了以后，还一把火毁尸灭迹了。要不然这善后工作，也是件麻烦事。"

"你说昨晚是广仁、火山帮了民调局？"车前子瞪大了眼睛，广仁、火山师徒和民调局及吴仁获的恩怨，他听说了不少。虽说最近缓和了一些，不过他们出面守护民调局，听起来还是有些荒诞。车前子抠了抠耳朵，继续问道："我没有听错吧？是广仁、火山带人冲击的民调局吧？"

萧易峰笑了一下，说道："这事不止你一个人这么说，不过我看了监控录像了，看得真真切切的——广仁坐在民调局大厅里喝茶，火山一个人把冲击民调局的死士都干掉了。那场面太血腥了，比我们在四合院激烈多了。是吧？孙局！"

孙胖子看了萧易峰一眼，说道："是！哥们儿我不吃葱，血豆腐不用放葱……"


与此同时，一队生人阴司冲进了一栋烂尾的别墅里，在一间卧室里，发现了被钉在床上的蔡诡。这时候的蔡诡已经神志不清，看到这些生人阴司冲进来，他有些痴傻地笑了一下，说道："长海儿，又带老妹儿来了？"

带队的生人阴司确认了蔡诡的身份之后，用绳索将他和木床一起绑好了，十几个生人阴司连人带床一起抬起来向外面走去。刚走到大门口，突然传来了一声枪响。子弹不偏不倚击中了蔡诡的眉心，直接将他的脑袋打爆了。

红白之物溅了生人阴司一身，众阴司赶紧把蔡诡放下来。带队的生人阴司上前一查看，有些惊讶地说道："子弹有古怪，蔡诡魂飞魄散了。"

蔡诡魂飞魄散的消息很快传到了地府，新晋左部判官曹正听到这个消息之后，沉吟了半响，随后对办事的阴司说道："这件事情要马上禀告陛下，另外，蔡诡的案件整理出来两份一样的卷宗。我们地府留一份，另一份送到民调局孙德胜那里，请他们帮忙去查。"

阴司愣了一下，说道："'三蔡'是地府通缉的要犯，让民调局去查，怕不妥当吧？"

"没什么不妥当的。"曹正看了阴司一眼，放下手里的卷宗，继续说道，"还不明白吗？原左判彭何在地府的势力错综复杂，其中不少人与陛下的儿子有交情，我们来查，无论查到什么还是什么都查不到，都不好交代。不如让民调局去查，查到什么都与我们无关。"

阴司恍然大悟，正准备去办的时候，又被曹正叫住："彭何在——蔡瘟那边有交代了吗？"

车前子只是受了点皮外伤，并没有什么大碍。医生检查过他身体之后，告诉他可以回家修养。孙胖子却需要留下来住院，他耳膜穿孔，情况要严重得多。需要先住院观察几天，然后再看是否需要手术。

沈辣的身体还没完全康复，正好留在医院里陪着孙胖子。见他们俩都在医院，车前子也不走了。最后孙胖子找了间有三张病床的病房，他们哥仨一齐住了进去。

傍晚的时候，孙胖子的助理尤阙过来送饭。因为医生嘱咐过不能吃油腻、辛辣的发物，尤阙转了好几家饭馆，最后只买了三盒猪肉白菜馅的饺子。

把三盒饺子分给三人，尤阙有些不好意思地说道："实在没办法了，好吃顺口的不是发物就是辛辣的。你们凑合吃一口，等身体好了，想吃什么吃什么。"

车前子昨晚上就吃了桶方便面，这时候已经饿疯了，拿起饺子来便狼吞虎咽地吃了下去。沈辣和孙胖子没有胃口，将自己那份都给了车前子。

看着小道士狼吞虎咽的样子，孙胖子笑嘻嘻地喊道："吃得可真香！真羡慕我这三兄弟啊，怎么吃都不胖，你说气人不气人……慢点吃，别噎着！

小尤，你给他弄点蒜泥儿！葱姜蒜也不能吃？干脆你让我们剃头出家吧。"

说话的时候，孙胖子眼睛一直盯着尤阙。确定他不是吴主任假扮的之后，孙胖子暗暗松了口气。当他盘算着四合院后续的事情，以及黄然那边张支言的身后事宜的时候，病房外面又响起来一阵敲门的声音。

随后病房门被推开，一身西装的新晋左判曹正从外面走了进来。谁都没想到这个时候，阎君的接班人会到。当下，病房里的人都愣了一下。

曹正微微一笑，将提着的水果篮放在了桌子上，说道："这是我自己种的水果，上面吃不到的，请你们尝尝。"

孙胖子的耳朵不好使，没听清楚，向曹正喊道："是！你在楼下超市买的水果。我知道花不了几个钱，但也是你的心意，我们不嫌弃。"

"怎么？孙局长还没有康复？"看到孙胖子大吼大叫的样子，曹正微微愣了一下。他明白过来之后，从口袋里摸出一包药粉，递给旁边的沈辣，说道："一半外敷一半内服，外敷的话，用温水化开灌进耳朵里就行，什么样的耳疾都能治好……还以为这点伤病，就算吴主任不出手，杨军、杨枭也会拿出伤药来……"

沈辣知道曹正已经接任了左判一职，成了阎君的继承人。他接过药粉道谢之后，说道："曹左判应该知道了，我们六室的屠黯中毒了。现在二杨正在想办法给他解毒，暂时顾不到我们这边。"

说话的时候，沈辣捏开孙胖子的嘴巴，灌了半包药粉下去。随后按照曹正教的，将剩下半包药粉兑水化开，分别倒进孙胖子两个耳朵里。药水倒进去之后，很快就见到了效果。旁边人再说话，孙胖子听得清清楚楚了。

见孙胖子的耳力恢复如初，曹正这才笑了一下，说道："这药虽然还行，但主要还是孙局长身体好，不然也不会这么快见效的。"

孙胖子嘿嘿一笑，说道："曹左判你这话说得热乎。我还说找个机会，请位阴司带个口信，感谢阎君陛下昨晚及时出现。没想到哥们儿我还没来得及找人，左判你就到了……不过这谢谁都是一样的，过不了多久，我们就要改口称呼您阎君陛下了。"

听到孙胖子的话，曹正连连摆手，说道："我只是新晋的左部判官而已，现在阎君陛下尚未转世，什么改口阎君的话，千万不要再提……我只是替阎君办事的，只要陛下在地府一天，我便是一天的左判。"

说到这里，曹正扫了一眼不怎么搭理他的车前子。他微微一笑，拿出来一封卷宗，双手递给孙胖子，说道："孙局长，还有件事情要麻烦你。是这样的，两个小时之前，蔡诡魂飞魄散，被人灭口了——我想请孙局长帮忙查一下是什么人下的手。阎君问起来，我也好有个交代。"

"左判让我们小小的民调局，来查地府的官司？"孙胖子没敢去接卷宗，他干笑了一声，继续说道："左判，我们民调局可都是些愣头青，万一查到了不该被查出来的事情，阎君怪罪下来怎么办？不是我说，这口黑锅不好背。"

"怎么说是黑锅呢？"曹正笑了一下，继续说道，"也不会让你们白白出力，不管查到与否，凡是参与调查的人员，给他们续上二十年的阳寿。这个我还是可以做主的。"

"二十年的阳寿！这样诱人的条件，恐怕连任局长和杨书记都要参加进来。"孙胖子笑着摇了摇头，随后继续说道，"左判，你现在可是阎君之下，地府的二号大人物。这样单独一个人上来，不会就为了送个卷宗吧？不是我说，这样的事情随便派个阴司就能办了。"

"难怪大家都说孙局长七窍玲珑心，聪明过人。"曹正微微一笑，继续说道，"既然你看出来，那我就直说了。是这样的，昨晚蔡瘟伏法之后，还在和阎君讨价还价。我想请吴主任出马，看能不能从蔡瘟的嘴里撬出来阎君想知道的事情。这个不难办到吧？"

说到吴仁荻的时候，曹正有意无意地看了车前子一眼。见这个半大小子好像没听到一样，继续说道："'三蔡'被地府通缉多年，如今蔡瘟、蔡诡已经伏法，'三蔡'只剩下一个蔡疫了。这个人不找到，别说阎君了，就是我也非常遗憾。可以的话，别让阎君带着遗憾转世轮回。"

这时候，车前子终于咽下了最后一口饺子。他赶在孙胖子开口之前，抢先说道："老曹，你这事儿做得不地道。这可都是你们地府的活儿，怎么说的好像事情交给我们办，还是我们几辈子修来的福气似的。想叫人干活，总得先说说给多少跑腿费吧？"

话糙理不糙，车前子这番话和孙胖子想要说的差不多。曹正冲小道士笑了一下，说道："这样好不好？如果有一天我做了阎君，我提拔鸦做左判，他便是我的继承人……全地府都知道鸦和你们民调局的关系，有朝一日他要是做了阎君……"

"那也是二百多年之后的事情了。"孙胖子先是苦笑了一下，跟着却沉默了起来——让鸦做阎君的继承人，这个诱惑实在太大了。虽然鸦当上阎君得再等二百多年，看起来十分遥远，但鸦升任左判，成为曹正之后的阎君继承人，却是眼前的事情。倘若事情真能成行，从长远考虑，对民调局的帮助是无穷无尽的。即便哪一天他孙胖子寿终正寝，六室的白头发离开了民调局，但只要有地府的助力在，至少四百年内，民调局都能屹立不倒。

犹豫再三，孙胖子终于开口说道："那就听左判的，这件事情，我们去找吴主任——趴下！"

孙胖子正说话时，突然见曹正眉心多了个小红点，他心里一惊，一把拉开了曹正。就在这个时候，窗外一声枪响，窗户玻璃被打得粉碎……

第二十六章 长远之计

# 第二十七章　悬赏金额

　　孙胖子还是慢了一拍，子弹划过了曹正的脸颊，鲜血顿时流了下来。沈辣是特种兵出身，枪声响起的瞬间，他已经拉着车前子翻身躲到了床下。

　　房间里唯一带了武器的尤阙把手枪掏了出来，正寻找目标准备还击的时候，却被孙胖子一下抢了过去扔给了沈辣，说道："辣子，这个得你来，留活口啊。"

　　"大圣，留个屁活口，咱们是二十三层，你看看窗外，附近有大楼吗？"沈辣无奈地将手枪还给了尤阙，随后继续说道，"听枪声就是狙击枪，枪手在几百米外。咱们局里的配枪有效射程才七十五米——曹正怎么了？"

　　沈辣说话的时候，就见只是脸颊被划了道口子的曹正竟然翻起了白眼。他好像得了羊痫风一样，身体蜷缩起来，闭着眼睛不停地抽搐，嘴角还不停有白沫流出来。

　　"子弹有古怪！老曹的魂魄开始融化了。"孙胖子看明白了，大喊了一声，也变得慌乱起来——这可是新晋的阎君继承人，要是就这么在自己眼前魂飞魄散了，那可真是跳进黄河也洗不清了。

　　正在这时，一个陌生的黑衣人冲进了病房。他趴在曹正的身边，扒开曹正的眼皮，就见曹正的瞳仁已经开始浑浊。这人掏出一把小刀，在曹正颈动脉上划了一刀，黑色的鲜血瞬间流了出来。

孙胖子等人见状，明白这人是在救治曹正，都没敢阻止。这时候，黑衣人转头对他们说道："让医院准备 A 型血，越多越好，还有输血器——只要血浆足够，左判就还有救。"

虽然不知道黑衣人的身份，不过现在这情形，也只能指望他了。孙胖子对尤阙说道："小尤，你去跑一趟。今晚是刘院长值班，你直接去找他，就说我要，快去快回。"

尤阙猛地跳了起来，随后弓着身子跑了出去。看着他跑开之后，孙胖子掏出手机打了一串电话出去，让民调局的人在医院附近寻找狙击点，或许还有机会抓住枪手。

孙胖子电话打完，准备问黑衣人身份的时候，尤阙抱了一大堆血浆回来。他趴在地上把输血器扔给了黑衣人，说道："咱们运气好，明天医院有好几台大手术，储备了不少 A 型血，要是不够我再去拿。"

"应该差不多了。"黑衣人看了一眼快被放干血的曹正，随后熟练地将输血针头扎在曹正肱动脉上，开始给他输血。

四五包血浆输进曹正身体之后，曹正脸上总算有了点血色。黑衣人又扒开他的眼皮，看到瞳仁开始慢慢恢复明亮。这时，黑衣人才重重地出了口气，随后对孙胖子说道："万幸，再晚一点点的话，左判大人的魂魄就没救了。历代阎君保佑！"

"老兄你可是曹左判的救命恩人啊。"孙胖子嘿嘿一笑，继续说道，"还没请教，老兄怎么称呼？左判被人刺杀可是大事，阎君问起来，我也好有个答对。"

"我是阴司吕仙。"黑衣人报出了自己的姓名之后，继续说道，"陛下钦点我做左判大人的护卫，刚才一时疏忽，差点酿成无法弥补的大祸，幸好左判大人有上天眷顾……"

说话的时候，黑衣人擦了一把冷汗，又说道："此事阎君陛下一定会严查，到时几位实话实说便好……如果陛下要定我渎职之罪，也没什么好说……"

"大圣！听说你这里出事了？"吕仙还没说完，郝正义、郝文明兄弟俩从外面走了进来。郝正义手里提着个长条箱子，也不知道里面装的是什么。

看到两位郝主任大马金刀地站着，孙胖子和沈辣同时说道："赶紧趴下！外面有枪手伏击……赶紧趴下啊！"

"大圣，你看看这个是什么？"说话的时候，郝正义将手里的箱子打开。箱子里面是一把分解的狙击步枪，枪身雕着符咒，里面还整齐地码着九发子弹。这几颗子弹散发出来丝丝黑气，一看就让人觉得不舒服。除了这些，里面还有一副黑色的手套。

郝文明解释道："刚才我们兄弟俩来看你们哥仨，在医院旁边居民楼下买水果的时候，突然听到楼上一声枪响。我们就上去看了一眼，没想到晚了一步，和枪手擦身而过。人没抓到，却找到了这个。"

没想到郝家哥俩竟然有这样的奇遇，众人这才站了起来。孙胖子走过去说道："两位郝主任，你们看到枪手的样子了？"

郝文明叹了口气，说道："当时也不知道出了什么事情，楼上十几个人往下跑，也不知道谁是枪手。不过枪手应该是发现我们哥俩了，要不然也不会把这么重要的东西落在现场。刚才我们家老大试过子弹，邪气得很，靠近子弹一点，他就头昏脑涨的。"

"幸亏你们没有伸手去拿子弹。"吕仙小心翼翼地查看了一下子弹，长长地出了口气，说道，"这子弹是浸了咒血的，会侵蚀魂魄。如果被子弹打中要害的话，当场便会魂飞魄散——左判大人逃过了一劫，这枪和子弹我要带回去……"

"这可不行！"孙胖子笑眯眯地摇了摇头，说道，"案子是在上面发生的，结案之前，凶器自然要留在上面。吕阴司，这个是原则问题，不是我孙某人不给面子。"

见孙胖子和吕仙开始争执凶器的归属问题，一边的车前子说道："有这扯淡的工夫，你们俩先商量商量怎么送老曹回去吧。看老曹这模样，不一定能挺得住。赶紧回地府，让阎王爷想想办法，该吃药吃药，该买坟地就买坟地。"

听了车前子的话，吕仙也觉得自己有些不分轻重缓急了。他有些尴尬地看了车前子一眼，说道："是，你教训得是——不过左判大人的伤太重，不能走寻常的通道。我得赶紧下去禀告阎君，请他为左判大人开辟阴阳道……我下去请旨，左判大人就麻烦几位了。"

孙胖子嘿嘿一笑，说道："好说好说，记得告诉阎君陛下一声，我孙德胜舍命救了曹左判的事情。也不用太客气，给加个三五百年的阳寿就行，就像歌词唱的那样，我真的还想再活五百年……"

吕仙没敢答话，转身离开了病房。这时候，孙胖子将装着狙击枪的箱子抱了起来，交给沈辣，说道："辣子，这个可是好东西，千千万万收好。"

郝文明觉得有些不妥，说道："大圣，这可是针对地府的大杀器，你不怕阎君和咱们翻脸？"

"现在咱们民调局和地府是蜜月期，谁知道以后呢？大杀器留着总不是坏事。"

吕仙走后不久，民调局的人陆续到了二三十个。郝正义带着几名调查员去了刚才的枪击现场，以市局警察的名义调取了楼下几处监控录像，看能不能从里面找到点枪手的线索。

由于那把狙击步枪的子弹能腐蚀魂魄，孙胖子据此推断枪手必定不是地府的人。而枪手是冲着曹正来的，他又将目标锁定在枪响之前十五分钟内进了居民楼，以及枪响之后，所有在监控录像当中出现的人。再把楼里住户和他们的亲属、朋友剔除掉，要找到这个枪手也不是太难的事情。运气好的话，吕仙回来之前，就能抓住那个枪手。

除了郝正义带走的人，剩下的调查员都留在医院待命。稍后阎君可能会上来，亲自将曹正接走，到时还要保证阎君的安全。

时间过去了两个多小时，吕仙仍没有回来。眼看时间越来越晚，吕仙仍没有回来的迹象。孙胖子感觉有些不大对头，让西门链去了地下室的停尸间，看能不能找到个把等着领人的阴司鬼差，打听打听情况。

平时傍晚就在停尸间门口瞎溜达的阴司鬼差，这时候却一个也见不到——这就有点不对劲了。

听到西门链没找到阴司鬼差的消息，孙胖子眯缝起来他的小眼睛，回头

第二十七章　悬赏金额

181

看了一眼仍处于昏迷状态的曹正，说道："大官人，不是我说，最近下面不太平，咱们还是多留个心眼吧。我看对面的病房空着，咱们先搬过去再说。"

听了孙胖子的话，西门链说道："没那么严重吧？幕后黑手蔡老大不是刚刚抓住吗，这才过了一天……"

"小心一点吧，小心点总是没错的。"孙胖子嘿嘿笑了一下，继续说道，"哥们儿我也不想出事，你们是不知道，上次我去部里接受问责那次，被骂得狗血淋头的。最近这段时间，实在是不能再出事了。"

这样的事情还是要听孙胖子的，西门链等人趁护士站没人的时候，将曹正、沈辣和车前子三个人换到了对面没有人的病房里。其他人也跟着转移了过来，只剩下一个没有人的病房。

孙胖子不让开灯，一群人就这么黑灯瞎火地挤在这间病房里。孙胖子待在门口，撅着大屁股透过门缝盯着他们原来那间病房。车前子看着他说道："胖子，不知道的还以为你在偷看小护士呢。我就不明白了，有什么好看的，大半夜的，你这么瞎折腾。"

孙胖子眼睛盯着对面的病房，嘴里笑嘻嘻地说道："不是你哥哥我说，小护士有什么好看的？等你到了哥哥我这个年纪，这个身份地位的时候，就知道……"

孙胖子的话还没有说完，杨枭突然出现在他身后。杨枭出现之后，一把薅住了孙胖子的后脖领子，拉着他往后一摔。还没等众人明白过来，对面病房里突然发出巨大的爆炸声响，爆炸的冲击波将他们这间病房的门炸得粉碎。如果刚才孙胖子还趴在大门上的话，这时已经一命呜呼了。

爆炸声惊动了值班的护士和医生，他们急忙跑过来查看出了什么事情，见到病房被炸成一片废墟的时候，都惊讶得目瞪口呆。

这时候，孙胖子也吓得浑身直哆嗦。如果不是他心血来潮要求搬出来的话，这时候病房里面几乎没有活人了。

"这里不安全！"杨枭回头看了一眼病房里面这十来个人，随后对孙胖子说道，"杨军一会儿就到，吴主任那边我联系不上。你们谁有办法，最好能找到他。"

杨枭说这话的时候，包括他自己在内，几乎所有人都将目光对准了车前子。小道士被看得虚火直冒："别看我啊，老杨说的那个人我不熟！"

这时候，沈辣过来问道："老杨，你在这千钧一发的时刻赶过来，是听到了什么风声吗？"

杨枭沉默了片刻，说道："不瞒你们，在另外一个圈子里，有人对你、孙德胜和车前子发了悬赏令。我听到之后马上赶过来了，正巧撞上有人打爆了对面病房的氧气罐……"

老杨的话还没有说完，孙胖子的电话响了起来。看了一眼来电显示，孙胖子的眉毛挑了一下，随后接通了电话，说道："小矬子，不是我说，你怎么想起来给哥们儿我打电话了？真的假的？你开玩笑吧？什么时候我这么值钱了？还有辣子啊，他也八千万……对，车前子是我兄弟，你先别管我们俩为什么不是一个姓——嗯，嗯嗯。别封悬赏啊！帮哥们儿我找出来是谁出的悬赏……"

说了一阵子之后，孙胖子挂了电话，随后转身对病房里众人说道："老杨说得没错，那什么……刚刚有人向暗夜出了我们哥仨儿的悬赏，我孙德胜的人头值一亿美金，辣子八千万——你们有没有想要发财的？"

没等孙胖子说完，心急的车前子打断了他的话，说道："胖子你先等等，怎么你的脑袋值一亿美金？辣子八千万……那我也有六千万了吧？好家伙，我这也算是青史留名了吧……你什么表情？怎么你们值一亿、八千万的，我还不能值个六千万？那五千？四千、三千五……"

孙胖子脸上露出来古怪的笑容，对车前子说道："兄弟，不是三千五，是八千五……"

没等孙胖子说完，车前子兴奋得脸色都涨红了。他的性子也不害怕，反而有些沾沾自喜地说道："我比辣子还高？我的人头值八千五百万美金……说出去也算光宗耀祖了吧，啧啧，下次遇到老登儿得和他说一下。"

看着兴奋的小道士，孙胖子咳嗽了一声，说道："兄弟，你听岔了，不是美金，是人民币。也没有万，就是八千五百块人民币！"

车前子兴奋的表情立即僵在了脸上，还没等他说话，杨枭的电话响了，有人给他发过来一条信息。杨枭看了一眼，有些不敢相信地张大了嘴巴，随后直接将自己的手机递给了孙胖子，说道："大圣，你自己看吧。民调局所有的人，包括我和杨军，以及屠黯。还有你们的局长、书记都有了悬赏金额。他们俩都是二十万美金，统统要死的不要活的……"

杨枭的话还没说完，孙德胜便打断了他，说道："不是所有人，吴主任就不在悬赏令上。还有，兄弟，你的悬赏降到六千八了。估计他们是想拿你凑个整数。"

"凭什么！看不起谁哪！"听到自己的悬赏降到了六千八，车前子一下子就蹿了。他跳起来嚷道："凭什么你们一个一亿，一个八千万还都是美金，我就从八千五降到六千八了……我差哪儿了？不说姓吴的，现在整个民调局是不是就我和门口那条大白狗没有悬赏？"

孙胖子看着手机说道："尹白有，它值一百二十万美金。兄弟，你又降了，现在是三千一百二十五……块五。"

# 第二十八章　无关紧要

给整个民调局所有人都定了悬赏金额，终于让孙胖子有些头疼了。他躲在病房里打了十几个电话，通知任局长和杨书记，让他们安排民调局全体调查员立即回到局里待命，民调局大楼提升到最高级别戒备状态。

安排好了民调局之后，孙胖子又给大洋彼岸的暗夜的精神领袖林怀步打了电话。让他不管用什么办法，必须撤销针对民调局调查员的悬赏。而且还让他保证，暗夜的杀手不许参与此次事件，否则一定会遭到民调局的报复。

林怀步倒是好说话，他在电话里说道："大圣，暗夜这边你不用操心。我已经让门罗开始调查这次悬赏是从哪里发出来的，而且对身在亚洲的杀手下达了禁令，不许他们靠近首都，更加不许接其他渠道的悬赏……不过我只能制约暗夜的人，对其他组织的杀手就无能为力了。"

"小矬子，这样哥们儿我已经承情了。"孙胖子点了点头，随后继续说道，"还有件事你也得帮我一把，哥们儿我要在你们暗夜的渠道发一个悬赏令。一亿五千万美金，悬赏民调局六室主任吴仁荻的性命……对，除了你们暗夜之外，其他的渠道、暗网都要发布。限时二十四小时，把这一条悬赏捆绑在民调局的悬赏上……加一条解释，只要有人能在二十四小时之内拿到针对吴主任的悬赏，还可以拿到针对民调局的全部悬赏金额。"

电话那头的林怀步沉默了片刻，说道："大圣，你这一招祸水东引真是……行，我没话说了，现在就去安排悬赏。我最后说一句，真惹你们吴主任生气了，别让我背锅……"

挂了电话，孙胖子笑眯眯地看了身边几个人一眼，说道："再忍耐一下，估计再有半个小时，新的悬赏就出来了。到时候没人在乎我们了，全世界都去找吴主任了。"

这时候，过来看热闹的人越来越多。孙胖子看到之后，和杨枭及几位主任商量一下，准备再换个地方躲避一下。

就在这个时候，曹正睁开了眼睛。他有些迷惘看了周围的人一眼，目光停在了孙胖子身上，有些虚弱地说道："孙局长，怎么回事？我这是怎么了……我记得有人开枪，你把我拉开了。"

"老曹你醒了就好。"看到曹正醒了过来，孙胖子长长地出了口气，将刚才发生的事情说了一遍，随后说道，"这次得亏你那位叫作吕仙的护卫，要不是他，老曹你早就……"

没等孙胖子说完，曹正睁大了眼睛，打断了他的话，说道："等一下——什么吕仙？这次见你们是密会，没有带什么护卫……我刚刚升的左判，还没有来得及开府，哪有什么阴司护卫？吕仙，我听都没有听过这个名字！"

曹正这句话一说出来，心智过人的孙胖子都有些蒙了。他眨巴眨巴眼睛，自言自语地说道："没理由啊！吕仙是假的，却没有要了曹正的命。还换血救了他……悬赏令是他发的？没理……"

说到这里的时候，孙胖子突然明白过来。他回头看向曹正出事的时候，和他一起在对面病房里的沈辣和车前子，深深地吸了口气，对他们俩说道："我想错了……他要杀的不是老曹，是我们——吕仙就是那个开枪的人，他发现自己打错了人，承受不起刺杀阎君接班人的大罪，这才施展术法过来，冒充老曹的护卫把他救了。因为祸闯得太大了，他放弃了悬赏，自己先跑路了。"

沈辣听出来了漏洞，问道："那也不对啊，他知道曹左判和我们在一起，为什么还敢炸掉对面的病房？大圣，说不通啊！"

"说得通，不是一波人马。"孙胖子苦笑了一声，继续说道，"吕仙和打爆对面氧气瓶的人不是一伙的，他们要炸死的也不是老曹，而是我们这些加一起超过两亿美金的脑袋。老曹，看起来我——赶紧给郝主任打电话，让他们赶紧找个地方暂避一下。"

说到一半的时候，孙胖子突然想起郝正义正带人在附近寻找枪手。当下急忙给郝正义打电话，要他赶紧停止搜查，带着人先回民调局再说。

不过一连十几个电话打过去，郝正义都没有接。这下子不只是孙胖子，连郝文明都冒冷汗了。他想要出去寻找自己的哥哥，却被孙胖子和沈辣拦住了。现在郝头的悬赏金额也是一百万美金，别再搭上一个。

说什么都没用，郝文明铁了心要去找郝正义。眼看他就要和阻拦他的孙胖子、沈辣动手的时候，孙胖子的手机又响了起来。

来电显示是个陌生的号码，孙胖子接通之后，里面传出来了熊万毅的声音："孙胖子，是我——老熊……不和你废话了，郝正义主任被打黑枪了。我把他救了，现在带郝主任去医院……不能去医院？怎么了？那我带他去黄然那里。黄胖子和不少大夫都是好朋友……行了，我虽然不在民调局干了，不过有什么事情找我，好用。"

知道郝正义没事之后，在场的人才松了口气。孙胖子对曹正说道："曹左判，现在我们这边出事了，你跟着我们更危险。这样，一会儿我把你藏到某个病房里，然后通知地府，让他们来接你。"

曹正现在还没有恢复，晕头晕脑地听了个大概。不过曹正毕竟是阎君钦点的继位之人，虽然还是晕晕乎乎的，不过给了个建议，说道："刚才我迷迷糊糊听了几句话，你们民调局所有人都被悬赏性命了，是吧？那就跟我去地府，我不相信人世间的悬赏地府有人敢接！"

听了曹正的话，孙胖子的眼睛一亮，说道："这倒是个好办法，不过老曹你也看到了，我们这十几号人马一起到地府去，目标太大了一点吧？"

"千军万马我没有办法，不过你们这点儿人，对我还不算什么。"曹正缓了一口气，继续说道，"只是你们都是生人，不能走魂魄的道路。我给你们指出来阴阳路，顺着路走就能到地府暂避一下了。"

"那就再好不过了。"说话的时候，孙胖子看了一眼手表，新的悬赏应该已经出来了，自己这些人先下去避避。等那些杀手把吴仁获惹急了，吴仁获解决了他们之后，再上来也不迟。

见孙胖子点了头，曹正指着病房外面说道："要先从这里出去，我也是生人阴司出身，为了上来，在医院地下室开了个通道。你们跟我进去，之后便安全了。"

曹正说话的时候，杨枭突然收敛了笑容，眼睛紧紧盯着被炸飞的大门，说道："你也是来拿悬赏的吗？"

对面被炸毁的病房门口，挤满了来看热闹的病人。孙胖子让人在现在的病房门前摆了一个屏风，不想让那些看热闹的人看到他们病房这边的情况。外面看热闹的人越来越多，围着那间被炸毁的病房议论纷纷。

孙胖子和曹正都压低了声音说话，外面吵吵嚷嚷的也听不到里面说的是什么。

杨枭说完之后，从屏风后面探出来一张面色黝黑的麻子脸。他冲着杨枭笑了一下，说道："萨瓦迪卡，刚刚看到杨老大的名字在悬赏名单上的时候，我还以为是同名的。心想这人还真会起名字，没想到真是杨老大你……"

说话的时候，麻子脸的目光转动，在病房里每个人脸上扫了一圈，最后停在了孙胖子的大胖脸上。看着笑嘻嘻的孙胖子，他不由自主地张开了嘴巴，口水滴滴答答地淌了下来。反应过来之后，麻子脸急忙擦了擦口水，尴尬地笑了一下，说道："见笑了——这是三叉神经手术的后遗症，控制不住嘴巴，见笑了。"

孙胖子嘿嘿一笑，说道："没见过一亿美金身价的脑袋吧？来，哥们儿你进来好好看看。"

"不了不了，这都被抓住现行了，我哪还有脸进去。"话是这么说的，麻子脸却转过屏风，进了病房。麻子脸进来之后，外面立即有其他看热闹的人填补了他原来的位置。

"哥们儿你不是一个人来的啊，门口都是你兄弟吧？"孙胖子看了一眼屏风后面的人，继续笑着说道，"要不都请进来吧，咱们比比看谁的人多。"

"这不是开玩笑吗？我那两头蒜怎么和孙局长您的精兵强将比？"麻子脸笑了一下，继续说道，"各位不要误会，我就是过来看看热闹。这辈子还没见过悬赏一亿美金的，正好人就在附近，就想带着手下过来长长见识……杨老大知道我，真动手的话，他一根手指头就能捏死我。"

这时候，杨枭在孙胖子身边说道："这个人叫侯长贵，混东南亚的。仗着人多，接一些三五十万的小活儿，进民调局之前，我去泰国办事认识的他——麻猴儿，你来首都做什么？"

麻子脸赔着笑脸说道："和外人都是说来旅游的，不过和杨老大您得说实话——我是来跑路的，上个月在新加坡接了个活儿，结果办砸了，还被新加坡的警察通缉了。雇主也要杀人灭口，我实在没有办法了，这才带着兄弟们回国躲躲。"

说到这里，侯长贵从怀里摸出来一个日记本，双手递给身边看着他的一名调查员，笑着说道："劳驾帮忙递一下，请孙局长给签个名。悬赏一亿美金的人我还是第一次见到，这活儿接不了，就请孙局长签个名。以后我在泰国吹牛也有资本了——悬赏一亿美金的孙局长是我朋友，方便的话，一会儿再合个影……"

在孙胖子的授意下，调查员接过了日记本，检查了一下纸张无毒之后，才交给了孙胖子。

"哎哟，看这上面的名字，可都是大人物！"孙胖子看了一眼笔记本，指着上面的名字说道，"世界十大通缉犯，有四个给你签过名……还有暗夜小矬子的名字，是，这确实是他的笔迹，那时候小矬子还叫林错……老猴儿，哥们儿我开了眼界了，你是不是看谁的悬赏高，挨个找人签名去？"

"他们哪能跟孙局长您比？"侯长贵笑了一下，继续说道，"别看这些人身价高，可是命不值钱。悬赏最高的拉丹才两千多万。暗夜和雾隐死斗那会儿，林错的悬赏也才两千万。他们俩加一起都不值您半个身价……"

孙胖子让人取过来一支签字笔，却没有马上签上自己的大名。他冲侯长贵笑了一下，说道："老猴儿，哥们儿我这个名也不是白签的，你给帮个忙怎么样？办好了说不定那一亿美金的悬赏就是你的了。"

看孙胖子笑嘻嘻的样子，侯长贵心里有些发虚。听到一亿美金的悬赏，他又很是动心，不过嘴上还是要客气几句："不行、不行不行……我怎么能那么干？能有您的签名，我就知足了，怎么敢去想一亿美金的事情。"

"那就没办法了。"孙胖子嘿嘿一笑，从身边调查员手里拿过来一把手枪，枪口指着侯长贵，笑着说道，"既然老猴儿你不打算挣一亿美金，那哥们儿我就只能杀鸡给猴看，先把你干掉，震慑一下后面那些不怕死的王八蛋了。"

看着黑洞洞的枪口，侯长贵苦笑了一声，说道："那我就只能听您的话了，孙局长您让我干吗，我侯长贵就干吗。"

十五分钟之后，针对民调局的悬赏有了最新结果。孙德胜、沈辣、杨枭及其他十二名调查员全部身亡，完成任务的竟然是杀手排行第九百九十八位，来自东南亚的侯长贵。

悬赏网站还上传了孙德胜、沈辣等人的死亡照片。孙德胜眉心中了一枪当场死亡，黑头发的沈辣被打成了筛子，满身的子弹孔，还在哗哗流血。最后一张照片是站在死人堆里，一手举着 AK47 一手比画着"V"形手势的侯长贵。他张大了嘴巴傻笑着，口水一条直线流了下来。

这样一来，针对孙德胜等人的悬赏算是结束了，只要雇主来验明正身之后，便可以等着收钱了。这些悬赏加到一起，已经超过一亿五千万美金了。

就在全世界杀手哗然的时候，孙胖子等人已经乘坐一辆大巴车向郊区的方向行驶过去。侯长贵已经发了消息，让雇主前往郊区的一所废旧小学，去那里核验孙德胜等人的尸体。

大巴车的车窗贴了深色车膜，外面看不到车内的情形。孙胖子一边擦着脑门上的鲜血，一边对身边气鼓鼓的车前子说道："兄弟，真不是哥哥我说你，你说刚才你也来拍张照，咱们这场戏就算完美了。"

车前子翻了个白眼，说道："你们一亿、几千万的人都别和我说话，我三千一百二十五块五的身份不配和你们说话。尤阙都值五十万美金，怎么就我三千来块钱？看不起谁呢这是！"

坐在前面的杨枭正盯着悬赏网站的变化，听车前子说到悬赏，他解释道："你不用多想，其实你的悬赏金额主要是用来逃避相关职能部门追踪的。之前悬赏都是整数，很容易被警察察觉。所以在一份人数众多的悬赏名单里面，都会挑一个无关紧要的人，由他背着零头——我不是那个意思，没说你无关紧要……"

发现自己说错话的杨枭急忙向车前子解释，不过小道士不给他解释的机会，气哼哼地站起来，坐到离杨枭远远的地方去了。

这时候，还在输血的曹正开口了，他有些虚弱地对孙胖子说道："到了废弃的学校之后，我就招来地府的大军，埋伏起来，看看这幕后黑手到底是谁。"

# 第二十九章　瞒天过海

凌晨四点半，一辆轿车停在首都郊区一所废弃的小学门口。两个身穿黑衣的中年人确定这里就是他们要找的地方之后，小心翼翼地下了车，径直向学校里面走去。

进了学校大门，两人正纳闷怎么见不到人的时候，突然从旁边几个教室里冲出来十几个和他们一样身穿黑衣的男人。这些人手里端着各式武器，有小到巴掌大小的掌心雷手枪，还有大到扛在肩上的火箭筒。这些大大小小的家伙一齐对准了两人，吓得他们赶紧高高举起了双手。

不是说这些人就两把 AK 吗？怎么还有火箭筒？难怪他们可以干掉杨枭那样的高手。有这样的重武器，别说杨枭了，就是吴仁获见了，也得说两句客气话。

领头的中年人开口说道："有话好说！我们是来验尸的。只要死的确实是悬赏令上的那些人，钱立马就给你们——侯长贵呢？让他出来说话，一共一亿五千三百万零三千一百二十五块。不想要了吗？"

"放开他们啦！"麻子脸侯长贵从教室里面走了出来，他笑眯眯地双手合十，用带有浓重口音的泰式汉语对两个中年人说道，"萨瓦迪卡，约好了四点钟，结果你们晚了半个小时。让我们怎么办？谁知道你们是不是想黑吃黑，杀人灭口啦？"

"你们选的地方也太难找了，八年前就废弃的学校，GPS上都找不到这个地方。"开车的中年人解释了一句。领头的中年人摆了摆手，示意开车的中年人不用多说，他开口说道："办正事吧，我们查清了死者的身份就通知老板转账。"

侯长贵也着急领取那一亿五千万美金，现在可是他人生的高光时刻——世界杀手排行榜刚刚更新了排名，他竟然从九百九十八名坐火箭似的蹿到了第九名。这回，他侯长贵总算是扬眉吐气了。

"好，带他们去看尸体。"侯长贵端着他的AK47，转身向楼上走去，边走边说道，"尸体存在二楼，你们检验完毕，我就一把火烧掉毁尸灭迹……不过如果你们敢骗我，拿不到钱的话，那我把你们也一起烧了。"

领头的中年人说道："我们老板还想知道，你们是怎么解决掉孙德胜、杨枭他们的。主要说杨枭，他怎么死的，我们老板是一定要知道的。"

"验尸就验尸，还要问东问西，你们真的很麻烦。"侯长贵皱了皱眉头，还是回答道，"我的人生导师林错先生说过，只要用对了方法，连神都可以杀死……这次我先找到了杨枭的弱点，骗他吃下了降头大师拜猜的回头降，提前引发了杨枭的衰弱期，然后一枪就把他打死啦！杨枭死了，剩下的人就是靶子啦。闭上眼睛用AK扫，一扫一大面啦！"

说话的时候，侯长贵带着两人来到一间教室门前。刚到门口，便闻到了一股浓重的血腥味。

侯长贵亲自推开了教室大门，随后做了一个请的手势。两个中年人没敢进去，先探着头向教室里面看了一眼。就见教室里面十几具尸体摆得好像一座小山一样，月光透过窗户照在尸体脸上，有种说不出来的阴森恐怖。

领头的中年人夯着胆子进了教室，打开手机的电筒照向前面的尸体。开车的中年人掏出来一沓照片，根据照片比对这些尸体分别是谁。

"这个胖子是孙德胜，喉咙被割断的是沈辣……杨枭呢？哦，这个黑头发的是杨枭，他头发也变黑了，我把这个给忘了。这是郝文明，这是尤阙……"比对了一圈之后，两人好像发现了什么问题，于是重新比对了一遍。好像还有问题，两人又清点了一遍尸体的数目，最后，领头的中年人说道："少一个人，少了一个车前子，他的悬赏金额是三千一百二十五块。"

等他说完，侯长贵拍了拍巴掌。他的手下从对面教室将小道士押了出来。侯长贵指着被五花大绑的车前子说道："不是我不杀他，实在是他的悬赏太少。我侯长贵连三千块的悬赏也要接，传出去让同行笑话啦。"

领头的中年人无奈地摊开了手，说道："那可不行，尸体的数目对不上。无论少了哪一个，我们老板都无法把一亿五千三百万零三千一百二十五块转账给你。"

"你不是在开玩笑吧！"侯长贵感觉自己可能被人耍了，他恶狠狠地举起自动步枪。他把枪口对准了两个中年人，大吼道："骗子！你们这些大骗子！骗我们去杀孙德胜、杨枭，我们把人杀了，你们却想赖账了——我得罪了民调局，他们一定会来报复我的……我先杀了你们垫背！"

"等一下，不是不给！"见侯长贵真发怒了，领头的中年人急忙解释道，"你们只要现在打死车前子，还是一样可以拿到悬赏的。一亿五千三百万零三千一百二十五块，一分都不会少，你们好好考虑一下。"

可能是感觉这人说得有道理，侯长贵放下了自动步枪，随后将别在腰后的手枪掏了出来，递给领头的中年人，说道："你们来动手，来，给他们四千块钱，算是我给的悬赏，不用找啦！"

两个中年人哪干过这样的事情，看到侯长贵递给他们手枪，都急忙往后躲。气得侯长贵哇哇大叫："什么意思啦？让你们开枪，你们又不开；给钱也不给，是不是在等同伙来，你们要黑吃黑——我明白了，你们根本不是雇主派来的，你们打算截和！"

侯长贵越说越激动，他的手指开始时不时地轻扣一下扳机。中年司机不敢再犹豫，一把接过了手枪，对着车前子的胸膛就是一梭子子弹。一直到打光了子弹，中年司机才罢手，直接瘫软在地上。

"做得好！"领头的中年人拍了拍司机的肩膀，随后掏出手机，背着侯长贵等人，拨了个电话号码打了出去。片刻之后，电话接通。他恭恭敬敬对电话说道："老板，已经确定了，孙德胜、杨枭和沈辣等人已经死亡了……是，照片上的人全部死亡。车前子刚刚被老三亲手打死的，我亲眼看着的。

侯长贵催我们付钱——是，是、是……您说，嗯，明白了，我这就和侯长贵解释。"

侯长贵高高兴兴地坐在讲台上，以为马上就能拿到一笔巨款了。但看到最后，他的脸突然沉了下去。看这个意思，对方好像又出什么幺蛾子了，不打算马上给钱了。

领头的中年人急忙过来解释："不要误会，我们老板先打一半的钱，也就是七千六百五十万美金。然后需要你们再帮个忙，把所有尸体的头割下来，我们带着人头回去，老板见到了人头，再付给你们剩下的钱。"

侯长贵没想到对方会提这样的要求，他将领头的中年人拉到一边，压低声音问道："你们老板和他们到底有什么仇？人死了还要把头砍下来，民调局的人集体绿了他？"

领头的中年人可不觉得好笑，他轻轻地推开侯长贵，一脸严肃地说道："不要开玩笑，你赶紧把人头割下来，等我们老板看到人头……"

没等领头的中年人说完，侯长贵的脑袋摇得好像拨浪鼓一样，说道："没有这样的规矩耶！自从有悬赏那一天开始，就没有听说过要带着人头回去的。你们老板这是在破坏规矩——我明白了，你们老板根本不是雇主，你们这是想当二道贩子呀！花一半的钱买走这些人头，然后再把人头卖给真正的雇主。这样一来，你们啥都没干，只倒一趟手，就可以赚走剩下的七千多万美金……"

侯长贵说话的时候，他的手下纷纷举枪对准两个中年人。无奈之下，两人只得再给他们老板打电话。

电话接通之后，领头的中年人低声和老板说了一通。挂了电话，他走过来对侯长贵说道："这样，由我们两个亲自监督你们割人头。事情做完之后，我们老板一次性给你们付清全款。你们收到钱之后，我们带着人头离开，这样总没有问题了吧？"

"你们老板这口味真是……"侯长贵有些为难地嘬了嘬牙花子，随后对两个中年人说道，"我们也要商量一下，你们老板这样的要求我从来没有遇到过，得先看看合不合规矩。"

领头的中年人皱了皱眉头，说道："你还要和谁商量？这里不是你最大吗？"

"我们是股份制的！就算我是董事长，这么大的事情总要和股东们商量一下吧？"侯长贵看了两人一眼，继续说道，"我在泰国叱咤风云十几年，就没见过你们这样的。等一下，我们尽量快点商量完。"

说完，侯长贵让手下将两个中年人看管起来，他自己去了另外一间教室。好在时间并不长，差不多四五分钟之后，侯长贵笑着走了出来，走到两个中年人身边，说道："我和几位股东商量好了，可以满足雇主的要求。不过悬赏里面没有这个要求，我们也不是不能帮忙，但这算额外服务，需要加钱。一个人头一百万美金，十六个人头就是一千六百万美金，加上之前的一亿五千三百万，一共是……"

听到侯长贵还要额外收费，两个中年人都愣住了。不过他们俩实在不敢再去打扰老板了，刚才第二通电话的时候老板已经不耐烦了。如果再打第三通电话的话，估计他们俩的好日子也就到头了。

最后，两个中年人对了一下眼神，依然由领头的中年人对侯长贵说道："如果我们自己割人头的话，是不是就不用付额外的服务费了？"

侯长贵笑了一下，中年司机开枪打死车前子的时候，两人的腿肚子还哆嗦了半天。这么一会儿的工夫，就敢割人头了？侯长贵不信他们会有这样的胆子，当下笑了一下，点头说道："可以啦，你们自己动手，我们当然没有理由收钱。来，给他们一把匕首，我们好好学习一下。"

侯长贵的手下递过来一支匕首，领头的中年人犹豫了一下，还是接过了匕首。等他想把匕首递给中年司机，让中年司机去割人头的时候，才发现中年司机早退到了一边，刻意和他拉开了距离，低着头看着地板，不敢和他有眼神上的接触，明显不敢接这个活儿。

无奈之下，领头的中年人只能自己出手了。他挽起了袖子，深深地吸了口气，慢慢走到尸体旁边。不过他试了几次，始终不敢对死尸下刀。一旁的侯长贵见了，调侃道："现在是冬天了，天亮得晚。不过你这么磨蹭下去的话，天也快亮了……你做不了这个，还是让我们来吧，你说你一个打工的，干吗给你们老板省钱？"

侯长贵还没说完，领头的中年人突然用匕首往下一扎，扎进了孙德胜的脖子，随后用力向下一划……

侯长贵没想到这个中年人真敢下手，惊得他嘴巴不受控制地张开，口水流了一地。

他这个模样看在中年司机眼里，却变成了另外一个意思。中年司机心里生出一股惧怕——这个杀了孙德胜和杨枭的男人真是个变态狂魔，那边在割人头，他竟然看得流出了口水。

中年司机没注意到的是，这时侯长贵的双腿正微微发抖。看到眼前这血腥的场面，他差点尿了裤子。

事情比想象的难得多，一直到上午十点，领头的中年人才将所有尸体的头割了下来。收拾好之后，他用清水洗干净身子，这才疲惫不堪地给老板去了电话。

听说是领头的中年人亲自割下的人头，老板很爽快地将全部悬赏打进了侯长贵的账户。只不过侯长贵有点被刚才的场面吓到了，虽然刚刚收到了一笔惊天巨款，却并未表现得多兴奋。

钱货两清之后，两个中年人一起将人头搬进车里，随后驾车离开了学校。看着轿车绝尘而去，侯长贵捂着还在狂跳的心脏，自言自语道："今天算是开眼界了，敢情割人头是这么回事，以后有吹牛的资本了。太血腥、太恐怖了！走，赶紧走，别一会儿再出什么乱子。"

侯长贵忙活着离开的时候，两个中年人的轿车已经开出去很远。领头的中年人刚刚受到的刺激不小，从上车起，他一直一声不吭地盯着面前的国道，吓得旁边的中年司机大气都不敢出一口。没想到啊，平时连鸡都不敢杀的人，刚才竟然办了这么大的事情。

两人驾车出了首都范围，一直开到了傍晚时分，终于到了一座孤零零的庄院门前。确定没被人跟踪之后，中年司机熄火停车，领头的中年人先从车上下来，打开后备厢抱出来一个箩筐，转身就走。中年司机赶紧抱起来剩下的箩筐，跟在领头的中年人身后，一起进了院子。

两人进院的一瞬间，屋子里面突然亮了灯。一个男人的声音从屋子里面传了出来："这么一点小事，耽误了这么久。"

领头的中年人赶紧回答道："是我的失误，没想到那个侯长贵这么难缠。属下办事不力，请您责罚。"

屋子里的男人叹了口气，说道："算了，这件事情也难为你们了，把人头抱进来我瞧瞧吧。"

两人恭恭敬敬地抱着两筐人头上前，他们刚推开房门，就听到屋子里的男人大吼了一声，斥道："你们仔细看看清楚，筐里面是什么东西？"

两人被男人这一声吼吓得一激灵，低头一看，箩筐里面血淋淋的人头陡然发生了变化，竟然变成了一个个人头形状的泥疙瘩。还别说，做这些泥疙瘩的人手艺真不错，每个泥疙瘩不仅五官相貌俱全，更难得的是形神俱备，表情栩栩如生——受骗了！两人反应过来的时候，七八辆轿车冲进了庄院。随后，孙德胜、杨枭及沈辣、车前子等人，从车里走了出来。

看了一眼正发愣的两个中年人，孙胖子嘿嘿一笑，回头对杨枭说道："老杨，还是你的手段高明。刚才看到'我'被他们割下人头的时候，虽然明知道是假的，哥们儿我心里还是直打哆嗦。"

# 第三十章　惊动您了

孙胖子说话的时候，他身后一辆高级轿车里面，脸色惨白的曹正被人从车里搀扶了下来。

此时的曹左判依然很虚弱，被人从车里搀扶下来之后，便坐上了轮椅。他喘了几口粗气，向身边的手下问道："阎君陛下的法旨到了没有？"

推着轮椅的黑衣人回答道："一个小时之前，和政司那边已经收到法旨了，不过兹事体大，还需要右判大人那边派出生人阴司。可能是右判那边耽误了，我这就派人去催。"

曹正摇了摇头，说道："不要催右判衙门，我们再等等。这里已经封印住了吧？不要让里面的人跑了。"

黑衣人回答道："这个不敢耽误，假人头里面装了法器，方圆百里之内任何人都无法施展遁法、遁阵。现在就等阎君陛下的法旨了，其实左判大人您也可以绕过阎君……"

"住口！咳咳。"曹正气得连连咳嗽，他回头看了一眼身后的黑衣人，说道，"地府之中，什么事情都不能绕开阎君陛下，咳咳……你既然有了这样大逆不道的想法，那就不适合继续留在我身边做事了，自己去往生司领牌子投胎去吧。"

推轮椅的黑衣人也是熬了百余年，才在左判衙门里爬到了高位，没想到一句话便葬送了前程。他想替自己辩解几句的时候，其他黑衣人上来，硬生生将他拖走了。这时候，民调局众人也被这个小插曲吸引了注意力，都扭头看向曹正这边，觉得曹正有些小题大做了。

这时候，孙胖子走到了曹正身边，帮他推着轮椅，笑嘻嘻地说道："第一次见到老曹你发火，其实那哥们儿说的也没大毛病。明明有捷径可走，为什么还要走弯路添麻烦？"

"不是什么事情都可以走捷径的，有些所谓的捷径尽头就是万丈深渊。"曹正眼睛盯着面前的庄院，嘴里继续说道，"阎君陛下才是地府之主，陛下可以不问，我这个左判不能不汇报。"

"之前的彭何在有你一半的觉悟，也不会落得现在这个下场。"孙胖子嘿嘿一笑，继续说道，"老曹你要受阎君的节制，不能贸然出手。不过哥们儿我不归阎君管，不好意思了，我们民调局先动手了。"

"孙局长，再等等吧。"曹正突然伸手拉住了孙胖子的衣角，随后说道，"这原本就是我们地府和你们民调局两家联手做事，你这样甩开地府，有些说不过去吧。"

孙胖子轻轻拉开了曹正的手，笑嘻嘻地说道："悬赏名单上面没有你曹左判，这样的便宜话你自然随便说……我们民调局可是全员上了悬赏名单的，不做点什么，哥们儿我怎么有脸去见那些替我卖命的兄弟？"

说完之后，孙胖子拍了拍曹正的肩膀，说道："放心，幕后黑手的魂魄留给你回去交差，不过他一定要死在哥们儿我的手里。"

孙胖子说话的工夫，又有几辆车开了过来。杨军和重伤初愈的屠黥从车里走了下来，大杨手里还牵着那条叫作尹白的大白狗。

另外一辆车里，坐着白头发的吴仁荻，不过他没有下车，留在了车里面。

和杨军、屠黥打了声招呼，孙胖子一溜小跑到了吴仁荻的车边。隔着车门笑嘻嘻地和吴主任说了几句之后，孙胖子回头向几个白头发男人点了点头，说道："动手吧，人命归我们，魂魄给曹左判留着。"

听到孙胖子的话，杨军松手将尹白放了出去。大白狗一声嘶吼之后，身体迎风暴涨了四五倍，随后直接冲进了庄院里面。杨军、杨枭和屠黯三人跟在尹白后面，就在尹白用身体撞开庄院大门的时候，二杨、屠黯三人瞬间消失，之后出现在屋子大门和两扇窗前。

三人一狗同时冲进了屋内，外面的调查员见状，纷纷举枪跟着冲了进去。他们刚冲进庄院，里面的小屋突然炸开。一片尘土飞扬之中，就见杨军、杨枭和屠黯三人站在原地，身形巨大的尹白嘴里叼着一个浑身是血的人。

这时候，孙胖子带着沈辣和车前子也跟了进去。调查员在废墟里面找到了两具尸体，正是不久前和侯长贵交接的两个中年人。沈辣在屋子里面找到清水，泼到尹白嘴里那人的脸上，将血水冲洗干净之后，露出来一张昨天曾经见过的人脸——假冒曹正护卫的吕仙。

"这小子想自杀，被我拦住了。"屠黯虽然伤愈，但还是有些虚弱。他缓了口气，指着地上的两具死尸说道："他们俩都是这个人杀的，杀人的时候挺痛快，轮到自己了却下不了手。要是他对自己够狠的话，现在已经人死魂消了。"

一旁的杨枭手里拿着一柄刀刃赤红的短剑，解释道："这是他准备自杀的法器，杀人魂消最是歹毒无比。我们三个冲进去的时候，他正在自己脖子上比画。应该比画了很久，就是下不去手。"

孙胖子笑嘻嘻地点了点头，蹲在尹白身前，笑嘻嘻地对气若游丝的吕仙说道："哥们儿，现在是不是后悔了。昨儿在医院的时候，就应该不顾老曹，先弄死我们再说。没办法，这世上没有卖后悔药的……竟然悬赏杀整个民调局的人，你说你有那么多钱，留着花天酒地不好吗？偏偏要招惹我们！"

"我要报仇。"吕仙用力抬起了头，看了孙胖子一眼，有气无力地继续说道，"原本只要等到我大哥做了阎君，就可以撤销对'三蔡'的通缉。为了这个，我们蛰伏谋划了上百年。结果却被你们这些人毁了——现在我大哥被囚，不杀了你们，我这口气怎么能出来？"

"蔡老二？"孙胖子有些意外地回头看了一眼正被手下黑衣人推过来的曹正，趁他还没到近前，继续向吕仙问道，"蔡老三是你弄死的吧？不是我说，你这招数哥们儿我有点看不懂啊！按常理来说，你不是应该联合你们家老三，一起想办法再把你们家老大救出来吗？哥们儿你偏偏反着来，先弄死了老三，不管老大的死活，来找我们的麻烦。"

这时候，在现场搜查的沈辣找到了一本厚厚的卷宗，看了几眼之后，将卷宗交给了孙胖子，说道："大圣，你先看看这个。"

孙胖子接过卷宗，只看了一眼，便明白了怎么回事。他脸上的肌肉抽动了几下，趁曹正还没到，对民调局的人说道："屋子里面所有东西全部带回局里去，没有我点头，任何人都不许靠近。"

说完这些，孙胖子突然给了吕仙一个嘴巴，说道："差一点就让你害了，哥们儿我长这么大，还没这么生气过！"

这时候，曹正终于到了附近，见孙胖子大发雷霆，曹正问道："孙局长，你这是干什么？"

孙胖子笑嘻嘻地说道："没事，想起来有人想砍我的头，一下没忍住。"

看到民调局众人开始搬运废墟里面的东西，曹正的手下不干了。他们一窝蜂上去阻止，和民调局的调查员推搡了起来。两边的人心里都憋着火，民调局的调查员刚刚经历了被人悬赏追杀，心惊胆战地躲在民调局里不敢出来。

曹正的手下则是因为顶头上司曹正遇刺，弄得阎君震怒。就算抓住了行刺的凶手，他们仍然会因为保护阎君继承人不利而遭受责罚。运气好的话，斥责一顿后降级留用；如果运气不好，最后的结果可能会是直接领牌子转世。他们这些人都是在地府熬了百十年才混到如今的职位，这样便前功尽弃，谁也接受不了。

两边都憋着火，随着推搡的幅度越来越大，已经变得有些不受控制了。民调局这边的调查员扔下卷宗物品，纷纷掏出甩棍和手枪。地府的阴司鬼差也不甘示弱，亮出来各自的法器，眼看一场大武行就要爆发。

这时候，曹正一声断喝："都住手！你们这像什么样子？什么事情不能好好说，我们两家刚刚联手御敌，这么一会儿工夫，就要开始内斗了吗？孙局长，我们先商量一下，这里缴获的物品怎么处理吧。"

"还用商量吗？自然归我们民调局啊。"孙胖子一脸不解地看着曹正，顿了一下，继续说道，"不是我说，怎么论也应该归我们民调局的。老曹你看啊，这个蔡老三就是冲着我们民调局来的，整个民调局，就连看大门的尹白都上了悬赏名单。然后又派人割我们的人头，最后他们这些人也是我们民调局抓到的。这件事情就是说到阎君他老人家面前，这里缴获的物品也应该属于我们民调局。"

曹正被说愣住了，他原以为自己主动给了孙德胜一个台阶，这个胖子会顺坡下驴，起码答应将这些卷宗抄写一份给他们地府。没想到孙德胜竟然一口回绝，一口咬定所有的东西都归民调局，这样曹左判心里就有点不高兴了。

曹正指了指自己脸颊的伤口，对孙胖子说道："那我脸上这一枪就白挨了吗？这一枪差点让我魂飞魄散！"

没等曹正说完，孙胖子连连摇头，说道："不是不是。老曹你这笔账算错了，是，你是挨了一枪，也真差一点魂飞魄散了。不过你就是个受害人，不是我说，不管是人间还是地府，受害人就是受害人。不是警察，没有执法的权力。"

看到民调局众人又开始收拾地上厚厚的卷宗，同时开始清点其他有价值的物品，曹正的脸色阴沉了下来。他盯着孙胖子，一字一句地说道："如果我一定要把这些东西带走呢？"

就在曹正说话的时候，庄院外面突然出现了无数模模糊糊的人影。随后，几十辆大巴车向这边开了过来。

片刻之后，大巴车停在了庄院外面，从车上跳下来几百个身穿黑衣的男人。为首之人跑到曹正身前，行礼说道："生人阴司霍化金奉阎君陛下令，率三百同僚、一万鬼差听候左判差遣。"

曹正没有理会这个叫作霍化金的生人阴司，他的目光依旧停留在孙胖子脸上，继续说道："有时候案子也是自己争取来的，现在看起来，应该是我争取到这个案子了。不过孙局长您可以放心，这里所有的卷宗我会派人誊写一份副本交给你们的。至于其他物品，只要您发话，无论哪样我都派人送去给……"

曹正还没说完，一个人影突然扑了上来，一脚踹在霍化金的裤裆上。霍化金是生人阴司，是阳世间的大活人，裤裆上挨了重重一脚，疼得他当即倒地，在地上不停地翻滚。

扑上来的正是车前子。之前民调局的调查员和地府的阴司鬼差互相推搡的时候，他没有出手，就在旁边说风凉话："哎，你们一个个身价都上百万美金的，怎么干起架来这样厾？老莫，你照他裤裆上踹啊，这孙子要是抢你的老婆，你也和他这么客气？那个谁，我要是你，我就掏枪打他……"

现在看到曹正开始占据主动，一步一步紧逼孙胖子，车前子终于忍不住了。他悄悄地拿到了那柄杀人消魂的短剑，然后突然发难，一脚踹翻了霍化金，接着一把将曹正从轮椅上拖了下来，短剑横在他脖子上，说道："宝贝儿，这个案子你并没有争取到。最近我的手一直不怎么听使唤，万一不小心伤到了你，再让你魂飞魄散那就不好意思了。"

虽然被车前子制住，不过曹正一点都没有惊慌失措。他尽量将脑袋向后靠了靠，苦笑了一声，说道："有话可以好好说嘛。你们总得让我回去向阎君陛下交代吧？毕竟事情我也参与了，也要有个说法。孙局长，卷宗你找人誊写一份副本，找时间交给我，至于其他东西，发现什么也和地府通报一声，这样总可以吧？"

孙胖子嘿嘿一笑，说道："哥们儿我原本就是这个意思，兄弟你把短剑放下来，别伤到了左判大人。你哥哥我早晚也要去他那里报道的，不能再得罪老曹了。赶紧的，慢慢把攮子放下来。"

虽然不甘心，不过车前子还是听了孙胖子的话，将短剑撤了回来。旁边的阴司赶紧过去，把曹正扶了起来，重新将他扶到了轮椅上。这些人一声不吭，推着轮椅将曹正护送到一众阴司鬼差中央。

这时候，霍化金也被他的手下搀扶起来。他会错了意，见曹正离开了危险区域，正是动手的好时机，顺便还可以报了刚才这一脚之仇。

霍化金大声喝道："众阴司鬼差听令！取回本案卷宗和其他涉案物证，回去向阎君陛下交旨！"他这一声令下，原本还在庄院外面的数百生人阴司，以及无数鬼差一齐冲了过来。他们纷纷亮出了法器，凭着人多势众，大有一举将民调局全部拿下的架势。

曹正没想到霍化金竟然敢自作主张，他刚要出声阻止的时候，庄院外面一辆轿车打开了车门，铺天盖地的压力从轿车里面席卷而来。在场所有的阴司、鬼差瞬间停住了脚步，他们就像被施展了定身法一样，僵在原地，一动也不敢动。只是打开了车门，连人影都没有见到，竟然就有这么大的压力，素来沉稳的曹正脸上终于露出了惊慌失措的表情。他现在终于明白过来了，为什么阎君一直不许地府和民调局发生冲突了。

车门打开之后，一个熟悉的声音从里面传了出来，说道："不是有野狗要打架吗，怎么不打了，是在等骨头吗？"

曹正擦了擦额头上的冷汗，挣扎着从轮椅上站了起来。他一把推开过来搀扶他的手下，赔着笑脸，一边向轿车的方向走着，一边对车里面的人说道："手下人不懂事，惊动吴主任您了，回去之后我一定重重处罚他们。"

车里面那人发出一声刻薄的笑声，说道："想起来了，你叫曹正。"

# 第三十一章　全都疯了

曹正规规矩矩地站在车门外，也不知道他和车里的吴仁获说了什么。片刻之后，曹正回到了轮椅上，再次被人推到了孙胖子身边。这次他直截了当地说道："人归我，我带回去交旨，剩下的东西归你。案子了结之后，跟地府通报一声。"

孙胖子看了一眼轿车的方向，嘿嘿一笑之后，说道："成交。大杨，让尹白把蔡老三吐出来——它咽下去了？赶紧吐出来啊！"

好一番折腾之后，尹白终于将奄奄一息的吕仙吐了出来。曹正也不再废话，吩咐手下将吕仙押送上车，安排专人看守，带着地府的阴司鬼差，浩浩荡荡地离开了这个已经成了废墟的庄院。

吕仙被上了重镣，安置在一辆大巴车里面，霍化金亲自挑选了四名生人阴司看守他。大巴车行驶了一段距离，车上一个年纪稍大的生人阴司对身边的同伴笑了一下，指着被固定在座位上的吕仙，说道："他应该不是你二哥吧？"

旁边的阴司低下了头，沉默了片刻之后，还是点了点头，只回答了两个字："不是。"

年纪大的阴司好像预料到了一般，呵呵笑了一声，随后拍了拍同伴的肩膀，继续说道："别担心，你的生死簿已经勾决了。几十名阴司鬼差都可以作证，蔡诡已经魂飞魄散了。"

这名阴司苦涩地一笑，深吸了口气，抬头看了年纪大的阴司一眼，说道："孔大龙，你的胆子太大了！竟敢带着我混到生人阴司中，万一被发现的话，我就不用说了，你也不会有好下场的。"

这两个人竟然是孔大龙和应该已经魂飞魄散的蔡诡假扮的，谁也没有想到，被霍化金钦点看守重犯的四名阴司当中，竟然有两个是外人假扮的。他们说话的时候，坐在他们对面的两个正牌阴司就好像没听到一样，正在闭目养神。

孔大龙笑了一下，对蔡诡说道："我的事情不用你管，有那个闲工夫，还不如想想你自己的事情。蔡老三，一旦知道你的魂魄尚存，猜猜看谁会着急灭了你的口？"

听了孔大龙的话，蔡诡沉默了起来。他怎么也没想到，自己的二哥会杀自己灭口，而且手段歹毒到要他魂飞魄散。如果不是小老头有远见，提前找了个疯疯癫癫的死囚魂魄占了自己的身体，让他做了自己的替死鬼，那现在世上再没有他蔡诡的魂魄了。

蔡老三的表情在孔大龙的意料当中，他笑了一下，凑到蔡诡耳边说道："这个吕仙不是你们家老二蔡疫的话，那曹正呢？刚才你们面对面待了那么久，应该看出来点什么了吧？"

蔡诡摇了摇头，说道："他也不是，我看得仔细，身体和魂魄都不是我们家老二——蔡疫。"

这个答案出乎孔大龙的意料之外，他有些惊异地看了蔡诡一眼，问道："你看仔细了吗？曹正怎么可能不是蔡疫？这可和他们说的不一样……"

蔡诡不明白孔大龙说的什么意思，他莫名其妙地问道："什么和他们说的不一样？他们是谁？"

"他们是看热闹的，不关你的事。"孔大龙难得地抓了抓头皮，有些无奈地自言自语道，"我竟然也有看走眼的时候，不过怎么算都应该是曹正啊。事情到了这里，曹正才是最大的受益者，他不是蔡疫谁才是？"

看着孔大龙满脸纠结的表情，蔡诡继续说道："我们三兄弟，我和大哥的关系最好。当年地府通缉我们的时候，也是大哥通风报信，每次都让我及时逃走。我和蔡疫的关系就没有那么好了，蔡疫生性阴沉，也不怎么喜欢我。我们二三百年没有联络了，不过他和大哥一直都有联络。我日记里都写过的，你应该看到了。"

孔大龙还是想不通为什么最大的受益人曹正，竟然不是蔡疫。他盯着面前正在看着自己的吕仙，自言自语道："那你要保护的人是谁？"

孙胖子留下些民调局调查员收拾残局，他带着沈辣和车前子上车，亲自押送发现的卷宗向民调局驶去。

汽车开出去十几公里，车前子终于忍不住问道："你们两位谁能说说，后备厢里面的卷宗上面到底写了什么，能让胖子紧张成那个样子？"

"是吕仙的计划。"孙胖子靠在车座上，打了个哈欠，继续解释道，"他打算来次狠的，劫走我们民调局调查员的魂魄，用他们的魂魄来要挟我。兄弟你想想看，我们这样的普通人早晚会死的，到时候魂魄还没进地府，就被他劫走了。如果他们真抓了高老大、萧和尚的魂魄做人质，还真不好办了。"

"胖子，你这话里有水分，真要是那样的话，你把卷宗带回民调局干什么？"车前子虽然冲动，人却不傻。他听出来孙胖子话里的漏洞，直接点了出来。

孙胖子没想到自己的三兄弟一眼看出了破绽，愣了一下，笑着说道："老三你真是长大了，以后没有瞒得住你的事情了……行了，既然这样，哥哥我也不瞒着你了。你说那个吕仙真是蔡老二吗？"

车前子眨了眨眼睛，说道："胖子你都这么说了，那孙子就肯定不是蔡老二了。那他假扮成蔡老二是什么意思？瞒天过海还是李代桃僵什么的，把自己豁出去，保住真正的蔡老二，是这个意思吧？"

孙胖子笑着点了点头，说道："行，老三你有这个心眼的话，哥哥我再过几年退休，就把民调局交到你手上。有你看着民调局，哥哥我也放心了。"

"拉倒吧，你真不怕我带着他们打群架去？"车前子打了个哈哈之后，继续说道，"胖子，你就直接说吧，真正的蔡老二到底是不是姓曹的？"

这下子，孙胖子真正被车前子惊到了。他看着身边的车前子，没想到这个疯狗一样脾气的三兄弟竟然能有这样的心智。这样的事情沈辣根本想不到的，他竟然猜出来了？

"到底是不是曹正，胖子你给句痛快话。"车前子撇了撇嘴，继续说道，"昨晚上我也动了动脑筋，按理说蔡老大废掉了，老二灭了老三的口，那一定有更大的图谋。给不给蔡老大报仇一边说，他一定要完成蔡老大没有办成的事情，他才能真正安全。最好的办法就是做下一任阎王爷了，现在除了曹正，还有第二个人吗？"

说到这里，车前子又看了看孙胖子，继续说道："我也是瞎猜，但凡有一点证据，刚才就把姓曹的放倒了。不过话说回来，他在医院挨的那一枪也太凶险了，差一点他就魂飞魄散了。"

"很凶险吗？"孙胖子嘿嘿一笑，继续说道，"刚刚中枪，就来了一个自称是护卫的人救了他。吕仙是蔡老二的话，那时就是他最好的机会。弄死曹正的话，也算替蔡老大报仇了。但他没有动手，还救了曹正……"

押运吕仙的大巴车驶进了一条隧道里面，霍化金提前安排人在隧道前方制造了一场事故，堵住了对面的入口。等他们的车队进入隧道之后，最后一辆车也发生了交通事故。这样一来，隧道两头的出入口都堵住了。

等车队行驶到隧道中央，霍化金的人屏蔽了这块区域的监控摄像头，确定没有外人之后，将浑身捆着锁链的吕仙抬下了大巴车。隧道中央处打开了一条通往地府的临时通道，就从这里把吕仙送下去。

孔大龙和蔡诡趁乱躲到了一边，这时候坐在轮椅上的曹正被人推了过来。亲自监督吕仙被送下去之后，曹正才真正松了口气，正打算通知霍化金安排车队离开隧道的时候，突然看到了角落里的孔大龙和蔡诡。

曹正招手将他们叫了过来，问道："你们两个也是生人阴司？之前我做森罗殿总管的时候，怎么没见过你们？"

孔大龙规规矩矩地行礼，有些木讷地回答道："属下二人刚由合判所转到森罗殿，这次是第一次被派外差。之前在朱雀门见过左判大人的，只是那次来往的'人'太多，您没有注意到。"

这时候，霍化金也替他们解释道："左判大人，这两个生人阴司是三天前刚刚调过来的。也是我之前在合判所共事的同僚，阎君陛下的法旨太急，属下来不及抽调回足够的生人阴司，这才叫他们来充数的。"

曹正听了霍化金的解释，微微一笑，随后说道："哦，你用两个新人充数，还把看管重犯的重任交给了他们。"

就这一句话，霍化金的冷汗便控制不住地流了下来。曹正不再理会他，转头看了一眼孔大龙身边的蔡诡，微笑着问道："你也是合判所调来的？现在合判所的总管阴司是哪位？"

蔡诡是被地府通缉了几百年的人物，类似的盘问也经历过几次。孔大龙早就做好了出现这种情况的预案，已经将所有可能出现的漏洞都堵住了。蔡诡赔着笑脸回答道："是，属下也是合判所调过来的。合判所现任总管阴司是李和昭大人，副总管是谭一天大人。属下是谭一天的前世兄弟，托了这个关系才做的生人阴司。"

曹正从蔡诡的回答里面没有发现漏洞，正准备向霍化金问些什么的时候，身后突然传来一阵嘈杂的声音，转头看过去，见到几辆交警摩托车进了隧道，正在到处找车队负责人，没好气地询问为什么在隧道里面耽搁这么久，还不离开。

曹正不想把事情弄大，反正吕仙已经运回地府，没有必要在这里多耽搁。当下不再盘问霍化金，让他通知车队立即离开，以免造成不必要的麻烦。

霍化金算是逃过一劫，曹正离开之后，他直接将孔大龙和蔡诡拉上了他的车，他自己亲自开车。通过对讲机通知车队启程，霍化金对孔大龙说道："曹左判已经怀疑到我了。他回去以后只要一查合判所，你们的事情就会败露。"

"这个我早做好了安排。"孔大龙说话的时候，从怀里摸出来一封卷轴，递给了霍化金，继续说道，"这是你的生死簿，副本也改了名字，混在十亿副本当中。想要查到你，得花上好几年的工夫，几年之后，你还怕什么？"

霍化金深深地吸了口气，将生死簿收好，又擦了一把额头上的冷汗，苦笑着说道："一分钟之前，我还是一方生人阴司头领，没想到现在就要跑路了，看吧——我的通缉令转眼就到。哎，谁能想到。"

孔大龙笑了一下，拍了拍霍化金的肩头，说道："趁这个机会环游一下世界也好。等你再回来的时候，已经大变样了。"

一旁的蔡诡都蒙了，这个小老头怎么可能弄到霍化金的生死簿？他又是怎么和霍化金扯上关系的？看来自己栽在孔大龙手里，真是没有什么好说的。


一个小时之后，孙胖子他们回到了民调局。这时候民调局整座大楼仍戒备森严，大门口拉上了铁丝网，几乎每个窗口都有身着防弹衣的调查员严阵以待。如果不是因为民调局地处偏僻，这样的场面一旦被人拍下发到网上，孙胖子这个副局长指定保不住了。

孙胖子被气笑了，对出来迎接他的调查员说道："不是我说，这是杨书记搞得吧？老任没拦着点吗？"

调查员苦笑了一声，说道："孙局，这次你误会杨书记了，是部里的领导得知咱们全局都被悬赏之后，亲自安排的。原本还派了一个中队的武警，要不是任局长和杨书记拼命拦着，现在机关枪都架上了。"

"都收了。"孙胖子无奈地摆了摆手，随后指着自己的车后厢，继续说道，"找两个人过来，把后备厢里面的卷宗都搬到地下二层去。等杨枭回来之后，让他辛苦一趟送到三层吴主任的专属区域。记住了，所有人不得翻阅卷宗，否则后果自负。"

调查员答应了一声，去叫人搬运卷宗去了。孙胖子也不担心他们敢偷看，带着沈辣和车前子去了他的办公室。

孙胖子的办公室没锁，他好像早知道一样，没用钥匙，直接推开了大门。就见上善老佛爷正坐在办公桌上，用孙胖子的电脑在看电视剧。

"别和佛爷我说话。"上善老佛爷眼睛盯着显示器，嘴里嘀嘀咕咕地说道，"灭霸搓手指头了。该，都死了吧。让你们磨磨叽叽的——还要一斧子砍他脑袋，你直接掰折他手指头啊！你看他怎么搓手指头？"

见老佛爷一本正经的样子，车前子向孙胖子问道："胖子，你让老和尚来看家的？"

孙胖子笑嘻嘻地点了点头，说道："全局加一起两亿多美金，别说那些杀手了，哥们儿我都想挣这笔钱。可惜了，姓吕的被老曹弄走了，要不然的话，说不定还能从他那里撬出来十亿八亿的——老佛爷，抽屉里的移动硬盘里有惠比寿葡萄合集。您老人家不看那个？"

"那有什么好看的，佛爷我真人都看腻了。"话虽这么说，上善老佛爷还是打开了抽屉，将孙胖子说的移动硬盘塞进自己的僧袍里。随后指着沙发后面说道："昨晚上来了四个，都被佛爷我扔在沙发后面了。小胖子你又骗佛爷我，哪有什么女杀手。还说什么流行用身体做武器，呸——罪过罪过！"

老佛爷说话的时候，沈辣已经走到了沙发后面，看见了四个被捆成粽子一样的男人，其中一个还是金发碧眼的外国人。不用问也知道是被悬赏金额吸引来的，随便打死一只看门狗，就有上百万美金。谁不想来试试？

孙胖子没理会这四个人，他笑嘻嘻地走到了上善老佛爷身边，从怀里摸出来自己撕下来的卷宗第一页，摆在老佛爷面前。他也不说话，就笑眯眯地看着老佛爷。

老佛爷瞟了一眼卷宗，随后他的注意力也被吸引了过来，眼睛盯着皱皱巴巴的纸张，嘴里说道："疯了——阿弥陀佛！真他妈疯了。"

# 第三十二章　时间不多

　　首都城中一家有名的餐厅里，小老头孔大龙带着再次改变了模样的蔡诡坐在角落里。平时人满为患的餐厅，这时候却只有他们这一桌客人。

　　换了一身干净西装的小老头拉着女侍应的手，一边翻着菜谱，一边笑嘻嘻地说道："刚才我朋友点的法式小羊排换成普罗旺斯蜗牛，其他的按照主厨推荐的来就好。再来瓶红葡萄酒，小姐姐你替我们做主。"

　　女侍应是一位法国的女留学生，礼节性的笑容已经僵在了脸上。她用力把手从孔大龙手里抽了出来，向后退了一步，强忍着给这个小老头一个嘴巴的冲动，机械地回答道："好的，先生。我重复一下菜单，两位先生点的爽口菜是黑海鱼子酱配生蚝，头盘普罗旺斯蜗牛，黑松露蘑菇汤，主菜是青苹果酱蜜汁鸭胸肉。奶酪之后的甜点是红水果奶油酥，配了两种酒，伯瑞干型皇家香槟，用来搭配鱼子酱和生蚝。主菜您挑选了零四年的木桐，没有异议的话，我就去通知厨房准备了。"

　　"去吧！回来我再给你讲讲法国大革命时期，红灯区少女的悲惨故事。"孔大龙笑眯眯地目送女侍应跑进了厨房，随后自言自语道，"可惜了，要是我再年轻个五十岁，说不定真能和这个小姑娘谈个恋爱什么的。老三，你瞅瞅人家法国小姑娘这屁股长的，走起路来一翘一翘——啧啧！"

　　这时候的蔡诡虽然换了个皮囊，但他还是不放心。他用菜单挡着自己的脸，说道："这个时候了，你还有闲心来这种地方吃饭。现在曹正指定发现了我们俩是假的，十有八九开始满世界通缉了。这样人多眼杂的地方，太危险了。"

见蔡诡一脸担心的样子，孔大龙笑了一声，说道："就是因为这个，我才要带你出来见个人。全天下只有这位可以保你的平安了。一会儿人家到了，你别好像没见过世面一样，丢你们蔡老大和我的脸。"

听到孔大龙带自己来这里吃饭，是为了见什么人，蔡诡一脸无可奈何的表情，对小老头说道："你想知道什么，该说的不该说的我都说了。是，我是感激你偷龙转凤救了我，可照你现在这样的做法，不出半个小时，我们就要被……"

他的话还没有说完，就见餐厅大门被人从外面推开，随后一个一身红色衣服的年轻人在十几个人簇拥下走了进来。年轻人一进来便看到了孔大龙和蔡诡，笑嘻嘻地走了过来。剩下那些人分别占了其他座位，三三两两地将整间餐厅的座位都占满了。

看到年轻人走了过来，孔大龙拉着蔡诡站了起来，正准备说两句客气话的时候，却被年轻人按回到座位上。他拍了拍小老头的肩膀，说话之前先哈哈笑了一阵："哈哈哈……你敢在这里约我见面，行！"

说话的时候，年轻人向孔大龙竖起了大拇指，接着又是无缘无故的一阵大笑："哈哈哈……我真爱死这个皮囊了。老孔，以前我喜欢装模作样、一本正经的，自从上次穿了这身皮囊出来，才发现这个精神病的皮囊最好了——你就是蔡诡，是吧。"

年轻人说到"最好了"的时候，模样轻狂得仿佛要飞起来。不过再往后说的时候，情绪和声音陡然变得十分低沉，如果不是亲眼所见，谁也不会相信一个人的情绪会瞬间波动如此之大。

蔡诡愣了一下，不过这时候他说什么也不敢泄露自己的身份，就算这个疯疯癫癫的年轻人是孔大龙的朋友也不行。反应过来之后，蔡诡摇了摇头，装出来一副茫然的表情，说道："什么蔡诡？你认错人了吧？我叫赵雨浓，是……"

没等蔡诡说完，坐在对面的孔大龙打断了他的话，说道："老三，你还想对阎君撒谎吗？你的罪过可只有他才可以赦免，想清楚再说。"

孔大龙竟然带自己来见阎君！一瞬间，蔡诡突然都明白了。孔大龙与自己兄弟三人无冤无仇，为什么要对付他们，也明白了他为什么能拉拢霍化金那样的一方生人阴司头领——阎君是他的靠山，还有什么事情是他孔大龙做不了的？

知道面前的年轻人就是阎君，蔡诡的身体开始哆嗦起来。他嘴里不清不楚地说道："不是……是……我是——我是谁来着？对，我是犯鬼蔡诡。"

面对地府之主，蔡诡吓得差点忘记自己是谁了。阎君哈哈笑了几声，说道："你们三兄弟被我通缉了这么多年，如今老大、老二都已经伏法，就差你蔡老三了。怎么样？自己选个坟头吧——哈哈哈，你自己选坟头——哈哈哈哈。"

蔡诡不明白这有什么好笑的，他尴尬地站在原地，不知所措地看着孔大龙。这到底是什么意思？阎君大老远从下面上来，就是为了笑话自己吗？

这时候，女侍应拿着一瓶香槟从厨房走了出来。见到座位突然间满了，她被吓了一跳，正准备叫人帮忙点菜的时候，跟着阎君来的一个黑衣人走了过去，用熟练的法语跟她商量包场的事情。

"这外国女人真带劲——哈哈哈哈。"阎君什么事情都能笑个没完，孔大龙实在有些受不了，挤出点假笑对阎君说道："要不您还是换副皮囊吧，这样实在太扎眼了。"

"就不，我太喜欢这个神经病了。"阎君笑得眼泪都流出来了，他还解释了几句，说道，"我的皮囊不少，按规矩能做我皮囊的，都要身家清白，没有什么大病大灾的。下面人可能以为我没有机会穿这身皮囊，就放松了甄别，把这个精神病弄进来了。

"我让人查过，这个皮囊有吸毒的毛病，吸成了精神病。不过这种轻飘飘的感觉太有意思了……哈哈哈哈，我规规矩矩了几百年，从阴司到总管，再到判官，一直到阎君都是正正经经的。腻了——哈哈哈哈哈。"

笑声还没有停下，阎君突然一把将蔡诡拉到了身边，几乎是脸贴着脸，说道："自从有了你们三兄弟，我心里就好像压了一块大石头一样。你大哥差点儿继承了阎君的位置，你二哥到现在都没有下落。蔡诡，你们不除，我哪有心思转世啊！哈哈哈哈。"

原本阎君说的话，周围空气都有种要凝固起来的感觉，却被他自己最后一阵放肆的大笑破坏了氛围。蔡诡实在弄不懂这路数，吓得大气都不敢出，只能在原地傻站着，等阎君再把后面的话说出来。

这时候，孔大龙站了起来，走到了女侍应身边，冲她飞了个眼，将香槟接了过来。他又多拿了一个香槟酒杯，给阎君倒了一杯，说道："现在可不能让蔡老三魂飞魄散，你知道的，后面的事情还要靠他。"

阎君扭头看了孔大龙一眼，说道："你真不考虑考虑车前子，我看那小子可以。"

听阎君提到了车前子，孔大龙默不作声地喝了阎君面前的香槟，随后不再理会阎君和蔡诡，起身离开了座位，向餐厅门口走去。

看到孔大龙要走，阎君顾不上消遣蔡诡了，追上去一把拉住了小老头，哈哈笑了几声，说道："仔细想想，车前子那小子好像确实不太合适。我说过的，这件事由你全权处理，我绝不插手。"

孔大龙这才停住了脚步，看了阎君一眼，又苦笑了一声，说道："要不把我的皮囊给你，看你这嬉皮笑脸的样子，我心里实在没底，谁知道你会做出什么出格的事情来。"

"你我都没有多少时间了，你又何必管我？"阎君拉着孔大龙重新坐下，随后努力收敛了脸上轻佻浮躁的表情，继续说道，"我们之前谈好的，在我转世之前，你把蔡家三兄弟挖出来。事情不能半途而废，还有个蔡疫没找出来。"

听阎君亲口说出这些，蔡诡的额头上出现了密密麻麻的汗珠。现在看来，想要保住自己的魂魄是不大可能了。

这时候，阎君给自己倒了一杯香槟，喝下去之后，可能是酒精刺激的缘故，又不受控制地笑了几声。他拍了拍自己的脸颊，正色说道："不笑了、不笑了，说点正经的。你还有半年就要寿终正寝了，我也差不多到时间该去转世了。在这之前，一定要搞清楚，左部判官曹正到底是不是蔡疫。我绝不能将阎君的大位交到蔡疫手里。蔡老三，说说你这个二哥吧。"

这时的蔡诡好像失了魂一样，竟然没有听到阎君的话，仍在不停地擦冷汗，想着自己很快就会被阴司拖走，离魂飞魄散不远了。

见蔡诡被吓蒙了，阎君的神经病又犯了。他将香槟倒到蔡诡头上，说道："清醒一点了吗？我再说一遍，听仔细了——想保住魂魄投胎转世吗？帮我找到蔡疫。我再说一遍，找出蔡疫，我保住你的魂魄。这能听懂吧？哈哈哈哈。"

"听懂了。"蔡诡擦了一把脸上的香槟，随后说道，"陛下，刚才孔大龙带我去现场看过了。吕仙和曹正都不是蔡疫，这个我是敢打包票的。我们三兄弟，老二蔡疫最是狡猾多端。当年我们一起被地府通缉，只有大哥和我联络，蔡疫从来都对我不闻不问，只当我是累赘。"

见蔡诡开始说他们兄弟间的恩怨，孔大龙拿过来仅剩的香槟酒，给蔡诡倒了一杯。蔡诡朝孔大龙点点头表示感谢，接过酒杯一仰脖子将香槟喝了下去。

一杯酒下肚，蔡诡放松了不少。他继续说道："蔡疫看不起我，还一直对我指手画脚的。先是让我躲在百货商店，替他们看守那座防空洞。后来他们拘了您儿子的魂魄，也让我看着。再后来东窗事发，蔡疫竟然还对我下毒手。要不是孔先生的话，我早就魂飞魄散了。既然他不把我当兄弟，我也没必要把他当二哥了。"

说到这里，蔡诡舔了舔嘴唇，看了一眼正冲他笑的阎君，说道："只要蔡疫出现在我面前，我还是一眼能认出来的。"

他这是要和蔡疫划清界限了。阎君看了他一眼，正要说话的时候，女侍应端着盘子走了过来，阎君笑了一下，闭上嘴没有说话。

女侍应把鱼子酱和生蚝摆在餐桌上，看到蔡诡被香槟浇了一脸，她心里虽然吃惊，却没有表现出来。刚才这个年轻人的手下出了大价钱，包下了整间餐厅。这个年轻人明显不是一般人物，他们之间的事情还是不知道为好，就当什么都没看见。

"现在你们流行吃这玩意儿？上次谁和我说吃这玩意儿能壮阳来着？"阎君拿起来一个生蚝，放在鼻子下面闻了一下，露出来恶心的表情，随后将生蚝扔回到盘子里。他伸手在蔡诡身上擦了擦，等女侍应离开之后，这才说道："最低要求，在我转世之前，一定要查清楚曹正的身份，确定他不是蔡疫。"

蔡诡急忙说道："陛下，我见过曹正，他不是……"

"看到的就是真的？"孔大龙打断了蔡诡的话。他舀了一勺子鱼子酱倒进嘴里，慢慢咀嚼了两下，继续说道："杀你灭口的人，也以为那个精神病就是蔡诡——那个精神病囚犯，不是你这个皮囊……结果呢？你还不是好好待在这里吗？阎君陛下需要的是确定的信息，蔡老三，你敢说死曹正不是你二哥蔡诡吗？"

被孔大龙这么一说，蔡诡心里也没底了。他犹豫了片刻，终于改了口。说道："那我不敢说死，或许他有什么本事可以改变身体和魂魄的样子。我和他不亲，也是有可能认不出来的。"

看到蔡诡改了口，孔大龙又对阎君说道："陛下，如果真到了你要转世的那一天，我们还是没有办法确定曹正是不是蔡疫，那怎么办？"

"那就没办法了。曹正确实是地府里面最适合继任阎君的，那就太可惜了。"阎君说这句话的时候，脸上还挂着轻佻的笑容。他冲孔大龙哈哈一笑，继续说道："要不这样，老孔你早点下来，咱们俩谋划谋划。我把阎君位置传给你得了，你比曹正更加合适。"

孔大龙古怪地看了阎君一眼，说道："要不你还是先换副皮囊，我们再来谈事情吧，你这疯疯癫癫的样子我实在受不了——你把阎君的大位传给一个方士，这个方士不仅和民调局有勾连，还是吴仁获儿子的师父，他当上阎君那一天，也是你地府开始天下大乱的那天。"

阎君听了，哈哈大笑了起来，就在这个时候，从餐厅外面走进来一个黑衣人。这人进来之后没敢直接找阎君，他先找到了护卫总管，在他耳边低声说了几句什么。随后总管快步走到阎君身边，低声说了几句。

原本阎君脸上还挂着轻佻的笑容，听了汇报之后，他脸上的笑容顿时消失了。他站起来说道："该说的都说完了，我回去换皮囊了。老孔，你我的时间都不多了，抓紧时间吧！"

说完，阎君甚至都没有客气，便带着人快步离开了餐厅。

# 第三十三章　世事无常

一直等到阎君等人走后，蔡诡才长长地出了口气，随后瘫软在椅子上，半晌才缓了过来，对孔大龙说道："能让阎君这么惦记，我那俩哥哥到底在谋划什么毁天灭地的事情？你一定知道的，对吧？"

孔大龙似笑非笑地看着蔡诡，说道："我要是你，什么都不问，知道多了没好处。"说话的时候，女侍应端着餐盘走了过来。看着女人走过来的模样，孔大龙想起来自己远在法国的外甥女，随即又想到了车前子，轻轻地叹了口气，自言自语道："也不知道我家的老儿子怎么样了。"

就在这家法式西餐厅的斜对面，一家日本料理的包房里面，车前子打了一个喷嚏。他接过了孙胖子递给他的纸巾，擦了擦鼻子，说道："胖子、沈辣，你们还想瞒我到什么时候？卷宗上面到底写了什么？老和尚看一眼，都会骂街了。"

"兄弟，听哥哥的话，这个你知道得太早不好。"孙胖子给身边的沈辣和车前子各倒了一盅清酒，哥仨碰了下杯，喝下去之后，他继续说道，"不是我说，该让你知道的时候，自然会告诉你。来片金枪鱼刺身，这可是好玩意儿，吃进嘴里好像吃了一片大肥肉片子。蘸着芥末吃——蘸多了。"

第一次吃日料的车前子蘸了足有一两日本芥末，放进嘴里之后直接喷了出来。小道士跳了起来，一边抓头发一边深呼吸，看得孙胖子和沈辣哈哈大笑起来。

"大圣你也是，老三第一次吃这个，你捉弄他干什么。"沈辣倒了一杯啤酒，让车前子喝下去顺顺，随后继续说道，"最近乱七八糟的事情太多，咱们哥仨难得有机会一起吃顿饭。老三，听你俩哥哥的，要不是我发现的，这样的事情我根本不想掺和。"

"你们这不是要人命吗？要不一点都不说，既然开说了那就把事情讲清楚。"车前子缓过来之后，重新坐在榻榻米上。他拿起一根螃蟹腿啃了起来，边啃边嘀咕道："你俩不说，以为我就不知道了吗？等着瞧。"

孙胖子嘿嘿笑了一声，也拿起来一根螃蟹腿教车前子怎么吃："兄弟，这都是剪好的，你这么一掰——哎，肉就都出来了。你就别动那个心思了，卷宗都放到地下三层了。没有你——吴主任点头，谁也进不去。"

车前子把螃蟹肉塞进嘴里，边嚼边说道："谁说的？杨枭不是能进去吗？"

"他是给吴主任办事的，能把东西放进去，却拿不出来。"孙胖子嘿嘿一笑，又给车前子倒了一杯清酒，继续说道，"不过话说回来，想进地下三层也不难，只要吴主任点头就行。"

"那我不看了！"车前子一口喝干了清酒，斜眼看着孙胖子和沈辣，说道，"你们是不是得了姓吴的好处了，又想替他说好话？不就是几本破卷宗吗，老和尚骂街又怎样？关我什么事。"

"卷宗倒无所谓，兄弟你真不想给咱师父整个长生不老啥的？"孙胖子给自己倒了一杯清酒，喝下去之后，继续说道，"咱师父奔八十走了吧？你得抓紧时间了。上次让你去要，结果你们爷俩差点打起来。你这样的话，可是害苦咱师父了。"

说到了孔大龙，车前子沉默了。这时候，沈辣从怀里摸出来一封卷轴，递给了小道士，说道："老三，这是我托了鸦的关系借来的，你看一眼，看完我得马上还回去。"

车前子隐隐约约猜到了这卷轴是什么，他深吸了口气，当着孙胖子和沈辣的面打开了卷轴。果然，这是孔大龙的生死簿。看到了自己师父寿终正寝的时间，小道士的手禁不住哆嗦了起来。

"知道怎么回事就行了，千万别把卷轴弄坏了，要不鸦没法交代。"孙胖子从车前子手里接过了卷轴，收好之后，叹了口气，拍了拍小道士的肩膀，继续说道，"现在明白你俩哥哥的良苦用心了吧。天底下就属你拿长生不老药最简单了，和吴主任说一声：爸爸，你得管我了——长生不老的药丸还不是要多少有多少。

"也是你哥哥我的爸爸死得早，没给我啃老的机会，咱们俩要是能换一下的话，你哥哥我妥妥的'仙二代'了。还干什么民调局啊？天天酒池肉林、醉生梦死的……"

"行了，大圣你闭嘴吧，别把老三教坏了。"沈辣推了一把孙胖子，随后对车前子说道："该说不该说的，都说了。该给你看不该给你看的，也都给你看了。老三，你自己心里得有数。"

小道士深吸了口气，拿过湿毛巾擦了擦脸，站起来说道："不行，我得去找老登儿。本来就没几天活头了，不能让他再满世界瞎跑了，找到老登儿我就去找姓吴的要长生不老药去。我得看着他把药吃下去，要不然的话，老登儿会把药便宜了他哪个相好的。"

说到这里，车前子突然想到了什么，他看着孙胖子，说道："胖子，我们家老登儿现在在哪儿？你一定知道的——赶紧带我去找他。"

"兄弟，你哥哥我真不是神仙，咱师父那心眼顶两个我，你说我上哪儿知道去？"孙胖子笑了一下，继续说道，"要不咱去找找吴主任，不是我说，咱爸爸的心眼也不比咱师父的少。他本事大，指定知道。"

看到了孔大龙的生死簿，车前子是真慌了。这时候已经顾不上和吴仁获闹情绪了，酒也不喝了，小道士穿上自己的外套，就往料理店门外走。

看到这熊孩子要和吴仁获缓和关系，孙胖子和沈辣都松了口气。为了这爷俩，孙胖子动的脑筋不比办理特大事件少多少。他们俩也赶紧穿好外衣，急急忙忙结了账，跟着小道士出了日料店。

就在孙胖子打电话叫车的时候，从对面西餐厅走出来两个人。其中一个小老头老不正经，冲路过的身材火辣的小姑娘吹了声口哨。车前子听这口哨声很耳熟，看过去的时候，身子好像被电击了一样。当下，他指着吹口哨的小老头吼道："站那儿！敢跑打断你的腿！站那儿等我。"

后面的孙胖子和沈辣也愣住了，没想到刚刚说到的孔大龙竟然就在对面。沈辣向孙胖子问道："大圣，这是你安排好的？怎么没告诉我？"

孙胖子苦笑了一声，说道："这要是哥们儿我安排的，还费事安排这顿饭做什么？哥们儿让老天爷耍了。诶？咱师父旁边那个人是谁啊？"

恍惚间看见有人朝自己飞奔而来，孔大龙也顾不上蔡诡了。他第一个反应是掉头就跑，没注意到身后就是交通灯柱子，回头直接撞到了柱子上，发出来"砰"的一声闷响，引得周围行人都看了过来。

这一下撞得孔大龙鼻血直流，疼得他眼泪都流了出来，捂着鼻子蹲在了地上。

这时候，车前子已经冲到了孔大龙身边，没好气地说道："你瞎跑什么？我又不是你债主子。鼻子没撞断吧？"

看到来人是车前子，孔大龙松了口气。被自己的徒弟搀扶了起来，他一边擦鼻血，一边苦笑着说道："吓我一大跳，还以为李老蒯家的大小子来堵我了。真被他堵着，够我喝一壶的。老儿子，你怎么在这儿？这不是巧了嘛！"

车前子掏出来纸巾，一边给孔大龙擦鼻血，一边说道："李老蒯家的李大鹏？你怎么招惹他了？问他借钱没还？"

孔大龙不尴不尬地笑了一下，说道："不是钱的事，这不是嘛——我和他妈那点事，那小子知道了，放话说见到我就要攮死我。听说他来首都做厨子了，这一条街都是干餐饮的，我寻思着是不是点背，真碰上那小子了。"

这时候，孙胖子和沈辣也跑了过来。蔡诡见到他们俩，转身想要躲开，却被孙胖子一把拽住，笑呵呵地说道："是咱师父的朋友，那就是我们哥仨的长辈。今天真是个好日子，一会儿哥们儿我再找一家馆子。"

"还找个屁馆子，回民调局。"车前子拉着孔大龙，对孙胖子继续说道，"胖子，现在我就去找姓吴的。师父，你今天哪儿都别想去了，就算有天大的事情，也得和我去吃了长生不老药再说，吃喝嫖赌不差这一会儿。"

说话的时候，车前子死死攥住了孔大龙的胳膊。小老头挣扎了几次都没有挣脱，最后只能苦笑一声，说道："小子，我和你去见你爸爸，不过事情不是你想的那样。"

这时候，孙胖子的司机已经将商务车开了过来。车前子不管三七二十一，直接将孔大龙推进了车里。孙胖子拉着蔡诡，也将他一道拉进车里。沈辣上车之后，吩咐司机开车回民调局。

商务车开动之后，孙胖子笑嘻嘻地对孔大龙说道："老人家，您给介绍介绍吧。您这位朋友我们是不是在哪儿见过？眼熟得很，总好像在哪儿见过似的。"

"啥朋友，这是我新收的一个徒弟，叫作何长庚。"孔大龙呵呵一笑，随后对不敢说话的蔡诡说道："长庚啊，这就是我经常和你说过的，你的师兄车前子。以后你就叫他车师兄，旁边那俩是你车师兄的拜把子哥哥，都是有头有脸的大人物——胖的那个叫作孙德胜，坐在副驾驶的叫沈辣。你这是沾了你师兄的光了，不然再过十辈子，也交不到这样的朋友。"

"怎么你又收徒弟了？"车前子没想到跟着孔大龙的年轻人，竟然是自己师弟。他看了一眼不敢和自己对视的蔡诡之后，又对孔大龙说道："你管他借钱了？还是这小子的妈和你那啥了，老登儿你不好意思给人当后爹，就收作徒弟了。说吧，你肚子里有几两油，我还能不知道？"

"什么跟什么？你小子越来越没规矩了啊。在你师弟面前，胡说八道些什么。"孔大龙装模作样地瞪了车前子一眼，随后拉着蔡诡说道，"别看他好像一般人似的，正经修炼道法的好苗子。我都准备好了，反正你小子也不打算回去了，观产什么的就给他了，这就是给我养老送终的老徒弟了。"

听到"养老送终"四个字，车前子皱了皱眉头，深吸了口气，说道："那点观产你爱给谁就给谁吧，不过今晚上的事情你得听我的。一会儿进了民调局，咱们俩一个唱红脸，一个唱白脸。不管怎么样，我一定要给你弄到长生不老药。"

孔大龙的神色有些古怪，他叹了口气，刚要说点什么的时候，蔡诡突然说道："师父，一日为师，终身为父。徒弟我不管做了什么错事，您老人家一定会保我的，对吧？"

没等小老头说话，孙胖子笑嘻嘻地说道："那得看什么事情了，一般偷鸡摸狗的事情，估计没啥。不过要是大事，比方说和师娘那啥了，或者和哥哥、兄弟造反之类的，那估计够呛啊！"

"看小胖子你说的，我是那么小气的人吗？"孔大龙笑嘻嘻地轻轻拍了一下孙胖子的脸，随后笑着对蔡诡说道："刚才不是有人把该说的话都说了吗，只要你小子够真诚，不对你师父我藏私，就算你真和你师娘那啥了，我都当作没看见。"

"拉倒吧，说的他好像真有师娘似的。"看着面前这个养育了自己小二十年的孔大龙，想到他只有不到半年的日子了，车前子心里就不舒服。不过在小老头面前，还怕他看出来，只能强颜欢笑，继续笑骂道："他真有师娘的话，你就不会这样说了。"

虽然孙胖子心里怀疑"何长庚"的来历，不过有孔大龙替蔡诡遮掩，孙胖子也拿不出什么证据，只能顺着车前子的话，说一些小笑话。没多久，商务车便停在了民调局的大门口。

还在路上的时候，孙胖子打电话找人去六室看了，吴仁获办公室的灯还亮着。下车之后，由孙胖子引路，几个人一起向六室走去。

到了六室门口，孙胖子对车前子说道："兄弟，这算你们的家事。我和辣子不合适瞎掺和。这样，我带咱师弟去我办公室坐坐，等你们办完正事，再去我那儿接他。"

孙胖子这番话合情合理，孔大龙不好说什么，只能吩咐蔡诡老老实实跟着孙局长，他那边完事了，就去接蔡诡。

车前子和孔大龙进了六室之后，孙胖子笑嘻嘻地对蔡诡说道："你是我兄弟的师弟，那也是哥们儿的师弟了。以后有什么事情，尽管和哥哥我说，走，去我那儿坐坐。"

说话的时候，孙胖子带着蔡诡和沈辣走到了电梯口。电梯打开的时候，里面竟然有个白头发的人。孙胖子吓了一跳，看清了来人之后，他笑嘻嘻地说道："是老杨啊，哥们儿我还以为是吴主任呢？这么晚了还没回去？"

崖怆魅影

杨枭腼腆地笑了一下，说道："这不是找你来了吗？有点事情要和你商量一下。这里不方便，去你办公室说。"话是对孙胖子说的，不过杨枭的眼睛始终没离开蔡诡的脸。

　　没等孙胖子答话，六室那边突然传来了车前子的喊声："凭什么！凭什么你不能长生不老？别和我说是命！凭什么，你不在了，我怎么办啊？"

　　接着，车前子撕心裂肺的哭声传了出来。

# 第三十四章　生老病死

车前子拉着孔大龙气势汹汹地闯进吴仁荻办公室的时候，吴仁荻就在办公室里。他跷着二郎腿，翻看着一本看不见文字的书。

车前子和孔大龙进来，吴仁荻的眼皮都没抬，好像对空气说话一样，说道："有时间也学学什么叫作礼貌。"

听到吴仁荻这样说话，车前子没有理会旁边一个劲提醒他好好说话的孔大龙，转身一脚踹在办公室门上，说道："里面有活人吗？"

换另外一个人，吴仁荻早送他去轮回了。可面前这个是亲生的儿子，吴仁荻少有被气得闭上了眼睛，缓了口气，再次睁眼说道："说吧，找我有什么事。"

车前子直截了当地说道："我要长生不老药。"

吴仁荻依旧没有正眼看他，回答道："要多少？"

小道士愣了一下，但也知道不能再像上次那样回呛说有多少要多少了。他眨了眨眼睛，想了一下，伸出来一根手指头，说道："先来一丸，拿回去尝尝咸淡，吃得好了再来。"

吴仁荻也不说话，打开抽屉，从里面拿出来一丸丹药放在桌子上。车前子见状，急忙上去一下将丹药抢到手里。当他准备把丹药给孔大龙，让小老头赶紧吃下去的时候，突然听到吴仁荻说道："知道药性吗？胡乱吃了说不定就是穿肠毒药。"

车前子愣了一下，看了一眼手心里的药丸，说道："这不是长生不老药吗？怎么还会是毒药？"

这时候，孔大龙笑了一下，替吴仁获解释道："老儿子，吃这种长生不老药要看体质的。体质和药性匹配的话，服了自然能长生不老，成为神仙一般的人物。但如果体质与药性不匹配，这也是催命的毒药。"

车前子怔怔地看着孔大龙，随后向吴仁获问道："老登儿说的是这个意思吗？"

吴仁获终于合上了书，看了一眼车前子，对孔大龙说道："你什么都没和他说？"

小老头笑了一下，回答道："这不是一直都没有合适的机会吗？再者说了，我也怕这孩子知道了之后，一时半会儿接受不了。毕竟他是我从小看到大的。"

听到孔大龙说车前子是他从小看到大的时候，吴仁获脸上的表情变得古怪了起来。顿了一下，他对孔大龙说道："我替你说？"

"不用，是脓包早晚要挤出来的，还是我自己说吧。"孔大龙笑了笑，扭头对已经隐约猜出来一点的车前子说道："老儿子，老天爷不照顾我，我的身体承受不了长生不老药的药性，吃下去之后便会血爆而亡。"

车前子刚知道孔大龙的大限将至，现在又听到他亲口说承受不了长生不老药的药力。支撑小道士的希望瞬间破灭，他看着自己的师父，结结巴巴地说道："不是……你先别说，说死……咱们少来点，一点一点来……这，这样，我把药丸掰碎了，你先少来一点……让身体适应适应。"

没等小道士说完，孔大龙微笑着从怀里摸出来另外一枚丹药。他将丹药递给了车前子，说道："你看着这个，这是我从徐福大方师那里求来的长生不老药。虽然和你爸爸的丹药不尽相同，不过药理、药性都是一样的。但凡有一点机会的话，我已经把药服下去了。王八蛋才不想长生不老呢！老儿子，我陪不了你多久了。"

听孔大龙说完，车前子再也忍不住了，他冲着孔大龙大喊大叫道："凭

第三十四章 生老病死

什么！凭什么你不能长生不老？别和我说是命！凭什么？你不在了，我怎么办？”说到最后的时候，他就好像个小孩子一样，抱着孔大龙号啕大哭起来。

被车前子这么一哭闹，孔大龙的眼睛也有些湿润。他轻轻拍着小道士的后背，说道："这有什么好哭的？生老病死而已，除了你爸爸他们几个之外，人人都要走到这一步的。我这不是还没怎么吗？你哭这么早干吗？盼着我早点走还是咋地。"

听了孔大龙的话，车前子擦了一把眼泪。他哽咽着回头看了看吴仁荻，说道："你有办法的，是吧？他们都说你是神仙。我也不求长生不老了，你让老——我师父多活两年，你一定可以办到的。"

"他们骗你的，我不是神仙。"吴仁荻看着车前子，继续说道，"轮回也不是什么坏事，长生不老也有难处。"

孔大龙跟着说道："你爸爸说得对，轮回也不是什么坏事。真让我活个千八百年的，我也受不了。平心而论，我现在这岁数也算是高寿了。和你爸爸自然比不了，不过比咱们屯子的李侉子他们强多了不是，那几个老小子活最长的也才六十出头……"

"我不管他们，就管你。"车前子擦了一把眼泪，回头对吴仁荻说道："你让老登儿再活几年，我给你认错了——以前是我不懂事，我也明白不能怪你，不过心里一直觉得你对不起我和我妈。现在我知道错了，你帮他续几年命吧，算我求你了。"

车前子竟然给吴仁荻跪了下去，随后砰砰地开始磕响头。吴仁荻皱了皱眉头，从座位上站了起来，避开了自己儿子跪拜的方向。

孔大龙见状，猛地拉起来车前子，抬手就给了他一个嘴巴，说道："你是要气死我吗？明明知道我的日子不多了，还在这里瞎折腾。有你胡闹的时间，让我顺顺心不行吗？"

一巴掌下去，有了效果，把车前子的眼泪给打回去了。小道士挨了一嘴巴之后也清醒了，他擦了擦脸，看着孔大龙说道："行，我让你顺顺心。从今儿开始，我不离开你了。明天我让胖子想想办法，给你物色个后老伴。我知道你不喜欢小姑娘，给你找个二婚三婚的老娘们儿。还有小半年，你努努力，生个一男半女的，你走了之后，我替你养着。不等明天了，就现在吧。你直说是不是看上何长庚他妈了？我去给你做媒。"

这时，他完全顾不上吴仁荻了，连拉带扯地将孔大龙带了出去。

看着这一老一少的背影，吴仁荻脸上的表情有了变化。他竟然露出来几分羡慕的神情，一瞬间，吴仁荻甚至有种冲动，希望被车前子拉出去的那个人是他。

听到车前子在六室里面闹腾了起来，孙胖子他们也顾不上去办公室了，急忙跑回到六室门口。没多久，便看到满脸泪痕的车前子拉着有些无奈的孔大龙走了出来。

出来之后，车前子擤了一把鼻涕，又拉过来不知道发生了什么事情的蔡诡，直接说道："什么都别说了，回家问问你妈，要多少彩礼。和她说，要多少给多少。"

蔡诡会错了意，以为自己的身份暴露了，车前子是在骂他。他是死过好几次的人了，大不了魂飞魄散，怎肯受这种屈辱？一下怒火攻心，冲着车前子就是一拳："问你妈！"

这一拳正打在车前子左眼眼眶上，将小道士打出来一个乌眼青。

车前子什么时候吃过这种亏？当下和蔡诡厮打起来，旁边的人见到急忙上去拉架。只不过拉偏手的痕迹重了点，孙胖子和沈辣一人拉住蔡诡一条胳膊，孙胖子叫喊道："都看我面子，别动手。兄弟，你可不能趁现在偷袭你师弟，都是一家人。"

这基本等于明说我抱住他了，兄弟你赶紧来抽他。车前子自然不会客气，冲过去对着蔡诡就是几个嘴巴，把心里的不痛快都撒在了蔡诡身上。这还是看在可能要和他结亲家的分上，没有施展插眼、切喉、踢裆这样的绝招。

原本没有另外一个车前子的帮助，十个小道士加一起也不是蔡诡的对手。不过这里是民调局的地盘，吴仁荻就在隔壁办公室，杨枭就在一旁表情古怪地看着他，手已经伸进了怀里。虽然没说话，不过意思再明白不过了：

你敢还手？还手就弄死你。

孔大龙在一旁不疼不痒地说道："你们这是干什么？行了，打两下行了。"

乱成一锅粥的时候，六室大门突然打开。吴仁获从里面走了出来，看到他那张天生几分刻薄的脸，孙胖子和沈辣下意识松开了满脸是血的蔡诡。

孙胖子笑嘻嘻地向吴仁获解释道："他们师兄弟闹着玩，玩着玩着就恼了。回去我批评他们，闹着玩也不看看地点，太不像话了。"

吴仁获没理会孙胖子，他盯着满脸是血的蔡诡，用他特有的语气问道："你说，他为什么打你。"

被吴仁获盯上，蔡诡的脑袋有些发蒙。反应过来之后，才想起来向吴仁获控诉，将车前子莫名其妙侮辱自己母亲的事情说了一遍，最后说道："突然间被人问自己亲妈要多少彩礼，谁也受不了，我就给了他一拳。"

这时候，吴仁获才转头看了一眼车前子。看到车前子瘀青的眼眶，在场所有人都感觉到了一股巨大的压力。孙胖子、车前子及黑头发的沈辣都感觉胸口被堵住了一样，连呼吸都困难起来。

整间走廊的窗户玻璃"噼里啪啦"一齐碎掉，楼道的灯一起炸开，周围变得一片漆黑。

黑暗当中，吴仁获的声音响了起来，还是对蔡诡说的："嗯，你打他了，现在打算怎么办？"

蔡诡颤抖着声音回答道："我——回家问问我妈需要多少彩礼……"

吴仁获没有回答，这时楼道里的应急感应灯亮了起来。大家才发现吴仁获已经回去了办公室，不再搭理他们。

这时的蔡诡几近崩溃，顾不上擦脸上的鲜血，跟跟跄跄到了孔大龙身边，带着哭腔说道："要不你还是把我送到阎君那里吧，我实在待不下去了。"

小老头呵呵一笑，拍了拍蔡诡的脸颊，说道："哪有那好事儿。"

两人说话的声音极低，除了杨枭之外，谁也没有听清楚他们说的是什么。

这时候，车前子走了过来，对孔大龙说道："从现在起，你别想离开了。你去哪儿我去哪儿，我得看着你，说不定老天爷开眼，再缓你几年呢！"

小老头叹了口气，摸了摸小道士的脸颊，说道："行，我不走了。托你的福，也让我再享几个月的福。吃徒弟的，天经地义。"

孙胖子笑嘻嘻地走了过来，说道："那太好了，老人家的衣食住行我都包了。这样，局里在三环附近还有套房子。原本是给外国贵宾备着的，里面什么都不缺，一会儿就安排你们住进去。"

"不用那么麻烦，房子太大了我也住不惯。白天怕小偷，晚上怕小鬼的。"孔大龙呵呵一笑，搂着车前子的脖子说道，"我们俩加上小徒弟，三个人就住民调局这里。这里人多热闹。"

"是啊，人多是热闹，还壮胆。"孙胖子说话的时候，眼珠子在眼眶里转了几圈，随后继续说道，"那也行，一会儿我把杨书记的办公室收拾出来。他那屋大，还有独立的卫生间，你们爷仨住里面没问题。"

孙胖子去美国办事的时候，杨书记正和老婆闹离婚，同时为了拉近和六室白头发的关系，他索性住进了局里。为此他特意改造了自己的办公室，加了一个独立带卫浴的卫生间。只要加几张床，住三五个人不成问题。

孔大龙笑呵呵地说道："那不大好吧！在哪儿呢？带我们去看看。"

孙胖子一个电话便要到了杨书记的办公室，他让人先把办公室收拾出来，又从宿舍搬来了几张床，还准备了不少洗漱用品。

这几个月车前子也算是吃过见过了，这间办公室多少有些不入他的眼。小道士拉过了孔大龙，说道："你在外面都干什么了？得罪什么人了？之前送来的那个包裹，就把我们搅得鸡飞狗跳，还死了人。现在又要躲在民调局里，这是要防着谁呢？"

"老儿子，还有几个月我就要去享福了，你不问我也得说了。要不等我真走了，你还稀里糊涂的。"孔大龙拍了拍车前子的肩膀，继续说道，"等没人的时候，我好好和你絮叨絮叨。后面还有事情，或许得靠你来收尾了。"

把杨书记的办公室收拾出来，已经后半夜两点多了。见时间不早了，孙胖子、沈辣他们也离开民调局，回去休息了。

第三十四章 生老病死

躺在从宿舍搬来的行军床上，孔大龙完全不在意另外一张床上的蔡诡，对车前子说道："老儿子，之前你也多少知道一点我的事情，现在我和你详细说说。"

听孔大龙起了头，车前子一直等着他往下说。没想到小老头说到这里，便没有了下文。车前子等不及正要问他的时候，却听到孔大龙竟然打起了呼噜。

车前子本想把孔大龙叫醒，不过想到他没几个月的寿数了，不忍心再折腾醒他，由他睡去了。车前子给小老头盖好了被子，随后对另一张床上的蔡诡说道："我说师弟啊，刚才那一篇算过去了。你跟我说句实话，你真是何长庚吗？是不是跟我们家老登儿一起避难来的？这世上没有那么巧的事情，他什么人我还不知道？什么时候舍得吃法国菜了？"

蔡诡一直以为车前子就是个暴躁的毛头小子，没想到他心思如此细腻。这时候想要和孔大龙一起装睡，估计这小子的嘴巴就扇过来了。无奈之下，蔡诡苦笑了一声，索性实话实说："应该是吧！你也知道你师父的德行，他的心事不会跟别人说的。我也是稀里糊涂被他拉过去的，现在想想——他做的所有事情都是有目的的。"

这个回答在车前子的认可范围内，小道士笑了一下，说道："半年前，还不知道这老登儿有这些心眼。没想到啊——对了，你也不叫何长庚吧？我们见过？"

# 第三十五章　崖怆构想

蔡诡一直提防着车前子，早就准备好了说词："我就叫作何长庚，你听这个名字不像是咱们东北的吧？是这么回事，我老家是厦门的，名字是跟着家谱走的。到我这一辈，就叫长庚。"

"随便吧，你爱叫什么叫什么。"小道士起身，擦了擦孔大龙嘴角的口水。回到床上之后，继续对蔡诡说道："说说你和老登儿的事情，他是怎么瞎了眼，收你做徒弟的？"

蔡诡也想到了车前子会问这个，于是又将编好的故事说了出来："就是上个月的事情，咱们师父和我爹赌钱，我爸爸输光了没钱给，就把我压上了。以为师父不敢要，没想到师父真收了。"

"你说老登儿赢钱了？这不可能，我认识他小二十年了，从来没看老登儿赢过。"车前子原本已经闭上眼睛，准备听故事睡觉了。但听到蔡诡说孔大龙赢钱的时候，他马上睁开眼睛，翻身坐起来对蔡诡说道："老登儿有娘们儿缘，他自己说的情场得意，赌场失意的。他怎么可能——哎，问你呢？老登儿怎么赢的钱？"

蔡诡没想到小道士这么难缠，无奈之下，只能学孔大龙假装睡着了。他闭上眼打了个哈欠，睡眼惺忪地说道："这个你明天自己问他吧，师父怎么赢钱的，我哪知道。师兄，快三点了，抓紧时间眯会儿吧。"

说着，蔡诡也打起了呼噜。任凭车前子怎么叫他，蔡诡都不吭声。

无奈之下，车前子只能悻悻地闭上了眼睛。孔大龙再次出现让他悲喜交加，不过随着他慢慢冷静下来，也越来越感觉事情不一般了。

之前孙胖子就透露过，当初在机场死死压制住他的就是孔大龙。包括后来在永安大厦，一战几乎尽灭了方士余孽的策划者，也是自己的师父。那时候，车前子打死都不信老登儿有这样的本事。不过随着事情慢慢往后发展，越来越多的线索都指向了孔大龙。

车前子心里还是向着孔大龙的，只要不是杀人放火、罪大恶极的事情，能帮孔大龙遮过去的，当然是要帮的。

车前子越想心里越乱，迷迷糊糊的困劲上来，不知不觉地睡着了。也不知道睡了多久，突然隐隐约约听到一阵开门的声音，随后明显感觉出这间办公室里多了一个人。

一开始，车前子还以为自己是在做梦，不过接下来发生的事情让从小道士彻底清醒了过来。一个声音在他的身边说道："真是有趣，三个人，两个在装睡，最不应该睡着的那个竟然睡得跟死猪一样。"

这个声音正是不久之前，刚刚问过蔡诡，你打了我儿子，打算怎么办的人！

是吴仁荻！车前子一睁眼，果然看到那个白头发男人正居高临下地看着自己。他揉了揉眼睛，确定自己不是在睡梦中之后，看着吴仁荻问道："这大半夜的，还以为你是来给我托梦的——大半夜的不睡觉，来找我干什么？打算现在就分遗产吗？"

小道士还没说完，后脑勺就挨了一下。回头看去，就见小老头孔大龙站在他身后。打了一下车前子之后，孔大龙接着骂道："你小子真是越来越没规矩了，怎么说你身上也流着他的血。什么叫分遗产？还不明白吗？他才是你在这世上最大的依仗。"

你为了姓吴的，竟然打我！车前子一下火气就上来了。不过想到孔大龙剩下的日子不多了，他又忍下了这口气，低着头说道："骂两句得了，你还动手打！行了，消消气吧，就当我说错话了。那他给我点零花钱总可以吧？

234

儿子问老子要点钱花花，天经地义吧。”

听到车前子竟然松了口，孔大龙和吴仁荻都没有想到。车前子走到蔡诡的床边，抬脚踹了一下还在装睡的蔡诡，说道："别装死了，起来唠个五块钱的。"

"我让他真睡着了。"吴仁荻说完这句话之后，转身向办公室外面走去，边走边说道："换个地方说话吧，顺便有些东西要还给你。"

见吴仁荻已经走出办公室，孔大龙赶紧拉着车前子跟了过去。出了办公室之后，才发现整个民调局的时间好像静止了一样，感觉不到其他任何人存在的气息。

吴仁荻走到了电梯口，这时，电梯门自动打开。吴仁荻第一个走了进去，孔大龙拉着车前子跟在后面。电梯门自动关上，片刻之后，便到了民调局最神秘的区域——地下三层。

出了电梯，吴仁荻在前面领路，他边走边说道："孔大龙，你想说什么就说吧，这里是另外一个世界，不用担心被其他人听到。"吴仁荻走得很慢，特意给他们留出来说话的空当。

"只要有外甥姑爷你在，哪有我不敢说的。"孔大龙呵呵笑了一下，随后对身边的车前子说道："老儿子——看起来以后不能再这么叫你了——小子，有些话我早就想和你说了，不过一直没有机会。现在托你爸爸的福，也该说说我的事情了。

"等到了我大限的那天，记得墓碑上不能写孔大龙，这不是我的本名，是大方师徐福赐给我的法名。不过人都要不在了，还是改成本名孔德财的好。你怎么眼睛又红了？我徒弟车前子可不是娘们儿唧唧的人，你要是再哭，我还说不说了？"

车前子瞪着眼睛，生生地将眼泪收了回去。他深深地吸了口气，强忍住悲伤说道："你说你的，我听着呢！"

孔大龙这才点了点头，继续说道："你得知道我是怎么回事，等有朝一日你有了孩子，可以和他说说我的事情。我不是正东乡人，是丹东人，十几岁的时候就跟当地的渔民下海打鱼。当时也不要钱，打上来鱼分给我几条，留下来赶集卖了换钱买粮食吃。

"这一干就是十几年。二十六岁那年，我跟着别人的船出海打鱼，结果遇到了台风，一船的人都死了，我被海浪卷到了一个奇怪的地方。那是一块阴阳颠倒的海域，海上漂着一支庞大的船队，船上还隐约有灯光。

"当时我以为自己也死了，这里是海底的阴曹地府。后来被船上的人救了，才知道船队竟然是大秦朝那时候，被秦始皇派去海外仙山求取仙丹的徐福船队。

"没想到因祸得福，我竟然被徐福大方师看中了。他说和我有两世师徒的缘分，不过因年纪相差太大，不能收我为徒，就收我做了小徒孙。但他老人家没有给我指派师父，明眼人都能看出来，他老人家自己才是我的师父。我在海上学了五年的术法，徐福大方师便送我回到了陆地，让我回来帮他老人家处理一下陆地上的事情。之后每隔几年，我都会回去海上一次，继续学艺，直到老——小子你出世。"

听孔大龙说到了自己，车前子竖起了耳朵，小老头继续说道："当时我想先养着你，然后找机会回海上继续学艺。没想到小子你让我大开眼界了，你两岁生日的时候，便显露出来种子的力量。

"当时还没有道观，我带着你住在山上，正给你洗尿布的时候，突然发现被各种妖仙包围了。方圆几百里的狐狸、黄鼠狼、刺猬和蛇，从各个方向赶来，把咱们家围起来了。要不是一早我留了个心眼，在家门口设下了对付妖仙的阵法，你恐怕早被它们吃掉了。"

车前子不解的问道："它们吃我一个小孩子干什么？我又不是唐僧。"

"是种子的力量吸引来的。"吴仁荻替孔大龙解释了一句，随后继续说道，"这力量很强的话，小妖怕得要命。要是很弱的话，是它们修炼进补的灵丹妙药。"

小时候的事情，如果不是孔大龙提起，车前子什么都不记得了。现在听上去，一点感觉都没有，好像跟他无关似的。他接着问道："打个比方啊，要是那时候它们真吃了我，真能吸收那股力量吗？"

吴仁荻哼了一声，回答道："会撑死它们的。"

孔大龙跟着笑了一声，继续说道："那时候你的力量太弱，连我都没有发觉，不过被那些有灵气的畜生发现了。我知道山上没法待了，熬了一晚上之后，第二天一早，我引来天火烧山，逼退那些妖仙之后，抱着你下了山。

"当时也是巧了，刚下山便遇到了一个人。他是犯了大罪的方士余孽，手上有十几条人命。徐福大方师让我回到陆地的任务之一，便是解决这些余孽。既然碰上了，我自然不会客气，直接引来天火烧死了他。

"这人假扮成老道，还有一座道观栖身。当时咱们爷俩没有落脚的地方，我也不客气了，撒谎说是那人的师弟，师兄云游去了，我代他看守道观。从那时开始，咱们爷俩才做了老道的。

"后来你慢慢长大，种子的力量也越来越明显，连我都可以轻松感觉到了。招来的妖仙也越来越多，我也是实在没办法了，才将你的魂魄分离出来一小部分，用它做阵胆封印住了种子的力量。"

这时候，吴仁荻插嘴说道："你小看这股力量了。"

"可不是嘛！"孔大龙苦笑了一声，继续说道，"我没想到种子的力量如此神奇，竟然还有滋养魂魄的作用。你那一小部分魂魄在种子力量的滋养下，不断成长壮大，最后竟然也成了一个完整的魂魄，也就是你知道的另一个车前子。这部分魂魄原本就是用来封印种子力量的，对种子力量的特性十分熟悉，所以操纵起种子的力量十分得心应手。说实在的，当我知道另一个车前子能操纵种子的力量，本事还远远超过了沈辣的时候，我心里那个纠结，真是百感交集。"

说到这里的时候，三人面前突然出现了一个石头屋子。如果不是亲眼看到，谁也不会相信，在民调局地下三层，还会有这样的地方。

吴仁荻打开屋门，回头看了车前子和孔大龙一眼，说道："都进来吧，这就是寒舍了。"

石屋有些简陋，乍一看实在没法将它和吴仁荻这样神仙一般的人物联系到一起。进到石屋里面，发现里面的家具也都是石头打造的。这些石桌、石椅都有些年头了，充满了岁月的味道。墙壁上镶嵌着数不清的夜明珠，将屋内照耀得白昼一般。

孔大龙进来之后，在原地转了一圈，看到之前自己送给车前子的包裹就放在角落里，昨天庄院发现的那些卷宗则放在了另外一边。

吴仁获看了一眼车前子，说道："包裹和卷宗原本都放在外面的，因为你要用，我便把它们带进来了。外面是我这些年收藏的东西，有看上的，送你两件。"

就算车前子是他的亲儿子，吴仁获能说出来这样的话，也算不容易了。孔大龙不禁感叹道："到底是亲爷俩，血缘这东西不服不行！"

"送我两件……"车前子撇了撇嘴，说道，"还以为让我随便拿呢。算了，估计你收藏的玩意儿都是老掉牙的东西，还是给钱实惠些。"

说话的时候，车前子走到了卷宗旁边，拿起第一本翻看起来。他嘴里嘀咕道："孙胖子和辣子还不想让我知道这里面是什么，他们俩以为不说我就不知道？我不会自己看——减人增鬼，阴阳颠倒，阴占阳世……"

读到这里，车前子以为自己看错了，揉了揉眼睛，又看了一遍。不禁倒抽了一口凉气，扭头看向吴仁获和孔大龙，问道："杀人增加鬼的数量，地府占领我们的世界，把我们赶下去。我读书少，上面写的是这个意思吧？"

"老掉牙的说法了，这是无边鬼王崖怆的构想。"对车前子，吴仁获的话明显多了不少。他继续解释道："因为这个构想有悖三纲五常，崖怆被当时的阎君剿灭了。后来每当地府出现动荡的时候，总有鬼物拿这个构想妖言惑众，不过谁也不敢轻易尝试。"

虽然有了心理准备，不过看到这样刺激的计划，车前子还是有些承受不住。他自言自语道："难怪胖子和辣子都不让我看这个！冷不丁看到这个倒霉说法，还真能吓出一身的冷汗。"

看着卷宗，车前子忽然想到了吕仙。小道士皱了皱眉头，说道："看来胖子这次猜错了，吕仙不是蔡老二的话，他的住处怎么会有这样的东西？"

"他的住处为什么不能有这些东西？"孔大龙笑了一下，继续说道，"比如说用来迷惑你们民调局的人，让你们认定吕仙就是蔡疫。小子你自己都说了，如果吕仙不是蔡疫的话，他的住处怎么会有这些东西？如果真是蔡疫的话，就能说过去了，对吧？有人就想你们这么去想。"

"老登儿，还是不太对，你怎么这么清楚？"车前子看了看孔大龙，随后继续问道，"还有楼上你那个小徒弟，到底是谁？"

孔大龙呵呵笑了一下，冲车前子做了个鬼脸，说道："不瞒你了，上面你那个师弟，就是百货商场里面差点把你折腾死的蔡诡。他从防空洞逃掉的时候，就落到了我手里。我要靠他去抓真正的蔡疫。"

车前子惊讶得说不出话来了。他之前猜到孔大龙应该参与了一些事情，现在想来，自己想得太简单了。这一连串的事情，小老头绝不会只是参与者，弄不好"三蔡"突然暴露的事情，就是他一手策划的。

孔大龙扭头冲吴仁获笑了一下，说道："要是麻烦外甥姑爷你帮忙做件小事情，看在这孩子的面子上，不会拒绝吧？"

吴仁获看着孔大龙，表情突然变得古怪起来。顿了一下，他说道："把我也算进去了，你很像一个人……"

## 第三十六章　谈判余地

孔大龙苦笑了一声，说道："实话实说，我真不想是你说的那个人。不过你知道的，有些事情不是自己能做主的。"

听了孔大龙的话，吴仁获反倒沉默了起来。一旁的车前子问道："你们俩说什么哑谜？老登儿，怎么听你这话里的意思，你们俩早先就认识？好像还有点过节？放心，即便有什么事情，看在我面子上，他也不好意思真把你怎么样。"

"是啊，要不说托你的福呢。"孔大龙笑了一声，随后又对车前子说道，"原本这些话我打算写在纸上，等以后再给你。不过你小子最近心眼长了，担心到时候你瞎琢磨，是不是有人逼着我写的，想来想去，还是现在告诉你好。"

这话说得车前子心里有些不舒服，他深吸了口气，看到了脚下摆放的包裹。于是他岔开了话题，将包裹拿起来放到石桌上，说道："你把这玩意儿给我，又是什么目的？为了这玩意儿，差点又弄死阎王爷一个儿子。"

孔大龙笑呵呵地打开了包裹，露出来厚厚一摞书信，说道："这些都是从蔡诡那儿找到的，是几百年来他和蔡瘟往来的书信。不过蔡老大很狡猾，字里行间都没有泄漏底细。"

车前子说道："那你把它给我干什么？让我看他们哥俩是怎么唠家

常的？"

"小子，几百年的书信，写信的人都不记得写过什么了，谁能保证滴水不漏，一点蛛丝马迹都不留下？"孔大龙拍了拍车前子的脑袋，继续说道，"不过蔡瘟并非常人，他身份特殊，已经坐上了地府第二把交椅，行事自然十分谨慎。想要从这些信里找出来他不经意留下的线索，也是十分的不易。我的时间不多了，所以还是留给你来找吧。"

说到这里的时候，石屋里面的夜明珠突然闪烁了一下。孔大龙看出来了什么，扭头看了一眼吴仁荻。

"没事，有人在闯民调局。"吴仁荻轻飘飘地说了一句。见孔大龙和车前子都看着他，无奈之下，又加了一句："我设的禁制，不是谁都能进来的——诶？"

说到最后的时候，吴仁荻的表情突然变了一下，随后站起来向石屋外面走去。孔大龙和车前子不知道发生了什么事情，互相看了一眼，跟在吴仁荻后面出了石屋。

孔大龙冲车前子挤了挤眼，示意他去打听出了什么事情。小道士冲小老头翻了翻白眼，向吴仁荻问道："那什么，老登儿让我问问你，出什么事情了？"

这话要是孔大龙说的，吴仁荻也许就当作没听见了，不过自己儿子开口问了，还是要回答的。吴仁荻说道："出来就知道了。"

这话相当于没说，车前子只能和孔大龙一起，继续跟在吴仁荻身后。吴仁荻没走来时的路，换了一条摆满了天材地宝的长廊。这些天材地宝随便挑出来一件，在修士圈里都是顶尖的宝物，可是在这里，只是随随便便地摆在架子上。

孔大龙眼睛都不够用了，如果不是他大限将至的话，怎么也要顺走几样。

穿过长廊之后，吴仁荻带着他们进了一部电梯。片刻之后，他们竟然到了民调局一楼，电梯出口的暗门十分隐秘，和墙壁融为一体，外面没有任何标志。车前子在民调局混了也有半年了，完全不知道这里还有一个隐藏的电梯门。

出了电梯，吴仁荻伸手在空气中点了几下。民调局瞬间又有了生气，旁边监控室里有人惊呼了一声："一楼大厅怎么有人？什么时候出现的，你们谁看见了？"

话音刚落，已经有两个调查员跑了过来。看到吴仁荻带着车前子和一个小老头，两个调查员都愣了一下。也没见他们下楼啊，那他们三个人是从哪儿冒出来的？

吴仁荻眼睛看向民调局大门口，嘴里对两个调查员说道："回去，谁也不许出来，我说的。"

吴仁荻的话比三位领导管用，两个调查员没有丝毫犹豫，赶紧回了监控室，向其他值班人员传达吴仁荻的话。

这时候，吴仁荻已经走到了大门口。就见一个摇摇晃晃的人影在民调局门外大院里站着，借着院子里的灯光，跟在后面的车前子看得清楚，这个人影竟然是昨天得了大笔悬赏的麻子脸侯长贵。

见吴仁荻出了民调局大门，车前子也想跟过去，却被孔大龙一把拉住："小子，咱们待在这里就好，外面还不知道有什么呢。让你爸爸处理吧。"

这时，吴仁荻已经走到了侯长贵面前。他没有说话，直接对着侯长贵的胸膛虚点了一下。这个动作做出来的同时，侯长贵向后飞了出去，撞塌了一面院墙，再摔到地上。

"别这样，我和吴主任您没有过节。"侯长贵慢悠悠地爬了起来，嘴里却是另外一个人的声音，"地府的事情，吴主任您也好久没有插手了。这次……"

他的话还没有说完，身子突然又倒了下去。"侯长贵"挣扎着想爬起来，尝试了多次，都没有成功，最后只能无力地躺在地上。这时他开始惊恐起来，努力抬起头看着吴仁荻说道："我只是来传话的，两国相争还不斩来使——杨枭！你出来帮我求个情。"

杨枭就算在，也不敢出来说情。也不知道吴仁荻对他做了什么，"侯长贵"开始哀号起来，不停地向吴仁荻求饶："是我不自量力，我知道了，我没有资格做这个和事佬——您老人家饶了我这次，我再也不敢在您面前出现了。"

这时候，民调局值班的调查员都凑到窗前，现场观摩这出大戏。难得有机会亲眼见证吴仁荻出手，这些调查员既庆幸又激动。同时心里也开始嘀咕，这是出了什么事情，竟然惹得吴主任亲自下场了。

吴仁荻也不说话，只是冷冷看着"侯长贵"不停地哀号。等他求饶的声音越来越微弱，才开口对空气说道："你的狗吵到我儿子了——下次你自己来。"

说完，吴仁荻转身回了民调局。在他进门的一瞬间，"侯长贵"的哀号声陡然消失。得到吴仁荻的同意，几个值班的调查员这才小心翼翼地过去，看到了尸身已经高度腐败的侯长贵。

看样子是有人施法，借了侯长贵的身体来给民调局传话。没想到吴仁荻的心情不好，亲自出场解决了这个人。也不知道吴仁荻施展了什么手段，竟然借着侯长贵的身体，伤了幕后操纵之人。

这时候，一间密不透光的屋子里，一个人影倒在了地上。他身边另外一个人影看了看已经咽气的同伴，说道："连话都不让他说，真没有谈判的余地了吗？"

屋子里，另外一个声音说道："孔大龙把事情闹大了，现在绕不开吴勉了。那就只能面对了——他的衰弱期快到了，赌一把吧。"

这句话说出来，屋子里面几个人都沉默了起来。半晌之后，第一个说话的声音重新开口，问道："有几成把握？"

这时，屋子里传出了一阵拨打算盘的声音。片刻之后，有人回答道："只要衰弱期是真的——八成半。"

孙胖子回家刚躺到床上准备睡觉，便接到了民调局值班调查员打来的电话。得知大门口发生的事情之后，他只得无奈地从床上爬了起来，哈欠连天地回到了民调局。值班调查员在电话里也没有说清楚发生了什么事情，只说有人冲击民调局，结果被吴主任解决了。

刚回到民调局，孙胖子便被值班的调查员围住了。几个人有些兴奋地说道："孙局，刚刚吴主任出手了，我进了民调局五年，还是第一次看见。"

"太帅了，一手指点死了那个麻子。怎么说的来着？你的狗吵到我儿子了——下次你自己来。说完就把后背给人家了，对方愣是没敢动手。"

几个调查员东一句西一句的，把孙胖子都说蒙了。他皱着眉头说道："一个一个说，吴主任弄死个人，你们这么兴奋干什么？不知道的还以为你们谁结婚了。"

这时候，萧易峰走了过来。他把孙胖子拉到了一边，说道："孙局，先跟我去五室看看吧。来了一个熟人，你们昨天应该才见过面的。"

孙胖子打了个哈哈，说道："哥们儿昨天见的人多了，老萧你就别让我猜了，大家都挺忙的。"

"你还是先跟我过去吧，看一眼就知道怎么回事了。"无奈之下，孙胖子只得跟着萧易峰去了五室的解剖室。刚刚进来，便看到了被解剖之后的侯长贵。

侯长贵的内脏已经被取了出来，全身的皮肤溃烂。要不是这人的辨识度很高，这时候孙胖子也认不出来了。

即便如此，孙胖子仍不太肯定，指着解剖台上的尸体，试探着问道："这是昨天挣了一亿五的侯长贵吗？怎么才一天不见，就烂成这个样子了？"

萧易峰从架子上拿下来解剖报告，递给孙胖子，说道："从尸体腐败程度看，这个人两个月以前应该就死了。他身上最少有三种以上被使用术法的痕迹，初步判断是在活着的时候，身体被其他魂魄冲体……"

"我来说吧。"这时候，杨枭神不知鬼不觉地出现在孙胖子身边。他有些纠结地看了一眼解剖台上的死尸，叹了口气，说道："说得简单点，有人操纵了这个皮囊，来向吴主任传话。然后就是这个结果了——吴主任好像不大高兴。"

说话的时候，杨枭的头上竟然冒出了冷汗。萧易峰见状，取出纸巾递了过去，说道："那个人死之前，好像提到你的名字了。"

"你听错了，他是在叫杨军。"杨枭擦了擦冷汗，干笑了一声，继续说道，"杨军、杨枭的，听起来差不多。"

萧易峰也不说话，从怀里掏出手机，调取了当时院子里的监控。随后手机里出现了"侯长贵"向吴仁获求饶的画面："我只是来传话的，两国相争还不斩来使——杨枭！你出来帮我求个情……"

这人说出杨枭名字的时候说得十分清楚，字正腔圆的，就好像针对杨枭的名字专门练过一样。

杨枭的脸色瞬间变得难看起来，他看了萧易峰一眼，说道："我和孙局长有点事情要说。"

说话的时候，杨枭摸出来一粒丹药给了萧易峰，说道："这是上次你替你师父要的，我刚刚炼制出来，还热乎着——对了，服药半个月之内，戒烟酒，这个不能马虎。"

"我可不是这个意思。"萧易峰话是这么说的，却毫不犹疑地拿走了丹药。随后他离开了解剖室，临走的时候还不忘替他们关上了解剖室的房门。

"不是我说，这个老萧关门干什么？这什么好地方吗？"孙胖子见到萧易峰关了门，便皱了皱眉头，正准备过去把门打开的时候，却被一脸愁容的杨枭一把拉住。

"大圣，这次你得想办法帮帮我了。"杨枭哭丧着脸，从怀里摸出来一颗鸡蛋大小的夜明珠，拿出来就往孙胖子手里塞，随后说道，"这是当年鬼道教的镇教之宝，这可不是一般的夜明珠，具备避火避尘的功能，也算是无价之宝了。"

孙胖子没敢接夜明珠，他向后退了一步，随后低声说道："怎么着？老杨你真把吴主任卖了？帮人做和事佬？你疯了？不是我说，老杨你猪油蒙了心啊！"

"可不是猪油蒙了心嘛，我现在肠子都悔青了。"杨枭唉声叹气地看了一眼孙胖子，继续说道，"昨天晚上，有位阴司带了个人找到我，想让我帮着向吴主任引荐一下。昨晚上是我老婆的生日，我多喝了点，脑袋一热就答应了。

"后来那个阴司跟我来了民调局，说好了我进去请吴主任出来，让那个人见一面。结果一下车被小风一吹，我的酒就醒了……我哪敢去请吴主任？

想来想去，就藏了起来没敢再露面。原本想着阴司和那个人见到我没出来，时间长点就走了。没想到啊，那个人竟然占了侯长贵的身子，直接去找吴主任谈判了。早知道这样，我先制住这个人，扭送给吴主任就好了。"

难怪那人被吴仁获制住之后，还喊了杨枭的名字。这下孙胖子更加不敢接那颗夜明珠了，他嗙了嗙牙花子，说道："老杨，不是哥们儿我不帮你，实在是你找错人了。我孙德胜说一万句，都比不上车前子说一句——你去找我们家老三帮忙啊！"

"这不是我刚刚得罪他了嘛！"杨枭纠结得都要抽自己嘴巴了，一拍大腿之后，继续说道，"上次百货商场的时候，我不是用鞭梢扎了车前子一下嘛。他，他反应过来了。别我去找他帮忙说情，反倒提醒他想起这档子事来，转头跟吴主任说一句：爸爸，弄死杨枭得了。"

说到这里，杨枭叹着气说道："我老婆还小，我这一撒手，舍不得啊。"

见身边没其他人，孙胖子凑到了杨枭耳边，说道："老杨你傻啊，别直接找我兄弟。他上面不是还有个师父吗？那个老头比他爸爸都亲。老头子没见过钱，有个两三百万就差不多了。到时候他说一句：算了吧，杨枭也不容易，就是喝多了瞎应了句话。什么事情都解决了。"

这句话说得杨枭眼睛一亮，反手又将夜明珠揣进了自己怀里，点头说道："是啊，我怎么忘了还有这位老人家。行了，大圣，大恩不言谢。那什么，改日请你吃饭。"说完，杨枭一拱手，转身离开了解剖室。

"诶，怎么还把珠子拿走了？我差你这一顿饭啊！"孙胖子被晃了一下，正要叫住杨枭的时候，他的手机突然响了。

看了一眼来电显示，竟然是车前子打来的。孙胖子接通之后，就听到车前子说道："胖子，看着你回来了，怎么不见人？赶紧来你的办公室，我把蔡老三给你整来了。"

# 第三十七章　告别仪式

　　孙胖子回到自己的办公室，车前子和孔大龙已经在等他了。刚刚车前子所说的蔡诡有些紧张地坐在沙发上，见到孙胖子回来，他从沙发上站了起来，说道："只要能保住我的魂魄，我百分之百地配合你们。"

　　刚才吴仁获一下解决了"侯长贵"的时候，蔡诡趴在窗户上亲眼看到的。听到那人说是来给民调局传话的，他来民调局还能传什么话？十有八九是奔自己来的。一旦蔡疫他们和民调局达成了某种交易，那自己真就只有死路一条了。为了保住蔡疫，百分之百会要自己魂飞魄散的。

　　这次是没有谈拢，谁知道下次他们会不会开出来一个让吴勉都无法拒绝的条件？因此，虽然传话的人被吴仁获解决了，蔡诡反而更紧张了。

　　等孔大龙带着车前子回到杨书记的办公室，蔡诡好像变了个人似的，主动提出来要和民调局合作，帮着把蔡疫找出来。车前子一听有戏，急忙给孙胖子打电话，把他叫了回来。

　　孙胖子早就猜到了这个"何长庚"应该和蔡诡有什么关系，不然的话，孔大龙手里蔡家兄弟的来往信件是从哪儿来的？只是他还没有想明白，阴司那边明明通报说蔡诡已经被人灭口，魂飞魄散了，那这个蔡诡是怎么回事？

　　"你这是干什么？有话慢慢说嘛。"孙胖子嘿嘿一笑，朝惴惴不安的蔡诡摆了摆手，继续说道，"你是咱师父带来的，我还能让兄弟你吃亏？不过哥们儿还是有点不明白，这中间到底是怎么一回事。"

现在民调局是他最后的救命稻草了，蔡诡不敢隐瞒，将他的事情跟孙胖子说了一遍。还将孔大龙在他身体里放了一个死刑犯的魂魄，两个魂魄有些同化，最后那个死刑犯的魂魄替他魂飞魄散骗过地府的事情一起说了出来。

"这么说来，你还真是蔡疫了，在防空洞的时候，就是你差点把我兄弟害死。"孙胖子收敛了笑容，继续说道，"老蔡，你要是不说出来点你二哥事情的话，我还真没办法帮你了。实话说，谁做阎君对我们民调局关系不大。你已经没有什么价值了，我倒不如把你送给地府，换点什么好处也好。"

"如果蔡疫做了阎君的话，那你们就要搬到地府去住了。"知道自己不说点真格的是不行了，蔡疫索性将他两个哥哥多年的谋划说了出来。顿了一下，他继续说道："我那俩哥哥都有颠倒阴阳的打算，当年我们就是因为这个才被通缉的。他们俩无论谁做了阎君，都会一步一步去实现这个计划的。"

说到这里，蔡疫深吸了口气，继续说道："当年因为有妖山在，阴阳颠倒并不现实。不过最近数百年妖山都在休养生息，正是颠倒阴阳最好的机会。没了后顾之忧，我那俩哥哥一旦得势，还不抓紧时间颠倒阴阳吗？"

蔡诡说的，正好佐证了吕仙的卷宗。虽然吕仙不一定是蔡疫，不过卷宗的内容应该是真的。卷宗应该是用来坐实吕仙就是蔡疫，故意留下的证据。

听了蔡诡的话，孙胖子先是沉默了片刻，随后再次开口说道："好，哥们儿我就当你说的都是真的。那怎样才能抓住你二哥？你们是亲哥俩，你一定知道的。"

"可以用我做饵！"到了现在这种紧要关头，蔡诡把自己也舍出去了。他以自己作为条件，对孙胖子继续说道："我大哥都吃不准写给我的那些书信里面，有没有泄露他的身份信息。蔡疫一样也会担心，毕竟是一奶同胞，天晓得大哥写给我的信里，哪句话提到了他的身份或者他正在办的事情。"

听了蔡诡的话，孔大龙突然插了一句，问道："如果面对面，你能认出来蔡疫吗？"

蔡诡想了一下，最后点了点头，说道："只要让我和蔡疫面对面待上一会儿，无论他的易容手段如何厉害，我都有把握把他认出来。"

孔大龙继续说道："那你和曹正面对面待过一阵子，你能肯定他真不是蔡疫吗？"

蔡诡仔细回忆了一下，最后还是摇了摇头，说道："这样，你们找个借口带我去一趟地府。这次我准备一下，只用三言两语，一定能找出他的破绽。"

"有这个机会，不过不是现在。"孔大龙呵呵一笑，随后继续说道，"等过几天吧，到时候你二哥会不请自来的。"

孔大龙的话刚说完，孙胖子办公室外面响起来敲门的声音，随后大门被人从外面推开。白头发的杨枭探头进来，笑着说道："你们在谈事情？不好意思我打断一下，就一下。孔师父，麻烦您出来一下。"

孔大龙不知道什么事情，杨枭也是民调局有名的人物，他不好得罪，于是站起身来，莫名其妙地跟了出去。

片刻之后，小老头拿着一张银行卡回到了办公室，对孙胖子说道："怎么现在你们这儿兴给见面礼了吗？杨枭什么都没说，直接塞给我一张卡，还有提款密码。小胖子，这什么意思？"

孙胖子也愣了一下，说道："老杨他什么都没说？不能吧。"

说话的时候，孙胖子的手机响了。孙胖子看了一眼来电显示之后，接通了电话，说道："老黄啊，是。什么时候？明天早上啊，知道，明早六点，咱们几个相熟的哥们儿都到，送支言最后一程，你放心吧！还有谁？这个不大好办啊。行吧，哥们儿尽量说说。"

挂了电话之后，孙胖子看了一眼车前子，说道："明早六点，八宝山送支言最后一程。兄弟你帮哥哥我个忙，和吴主任说一声，请他老人家一起过去。老黄那边好像出了什么事情，要吴主任撑撑场面。"

车前子看了一眼窗外刚刚升起来的太阳，对孙胖子说道："黄胖子这个时候给你打电话，是知道民调局出事了，你从床上爬起来了？还是他那边有什么事情，这个电话一定要现在打过来？"

"明天去送小结巴的时候，就知道了。"孙胖子看了车前子一眼，随后说道，"吴主任那边你得给帮个忙，毕竟张支言也是朋友。"

车前子无奈地点了点头，说道："就这一次啊，我去说，不过不一定能成。没准说着说着就打起来了，他那个酸枣脾气说翻脸就翻脸的。"

没他那酸枣脾气，你哪来这疯狗脾气？孙胖子腹诽了一句，脸上仍然笑嘻嘻的，说道："那看跟谁了，对我们那是酸枣脾气。对兄弟你嘛，你要天上的星星，吴主任都能给你摘下来。"

说话的时候，孙胖子掏出手机给黄然拨了回去。电话接通之后，孙胖子说道："老黄，哥们儿我刚刚和吴主任商量了一下。他老人家说没问题，明天早上六点到。你先别着急客气，吴主任想看看高老大放在你那儿的日记……

"真不是，哥们儿真不是要挟你，老黄你算算这笔账。吴主任、高老大他们也是多少年的交情了，他想看看高老大在日记里都是怎么评论他的……不行，吴主任要的不是节选，他说了，要看看日记，你截得零零碎碎的我怎么向吴主任交代？

"当然了，也不要你全部的日记。二十本，就要二十本。什么叫不行？二十本还多吗？哥们儿知道张支言走了，你心里难过。不过一码归一码，许我漫天要价，就许你就地还钱。二十本要是太多了，你倒是还个价。说不定吴主任就答应了呢？放心大胆地还价。

"五本是吧，你等等——吴主任说成交了。明天他老人家也去送支言最后一程，记得把日记带来。"

说完，孙胖子挂了电话。孔大龙笑了一下，说道："小胖子，你心里的底价是多少？两本日记？"

孙胖子嘿嘿一笑，说道："哪有什么底价？老黄只要一瞪眼，我马上就说不要了。没到他那么大方，张嘴就是五本日记。"

孙胖子说的果然没错，整个民调局换任何一个人，都请不动吴仁获。但车前子就是一句话，说道："哎，明早上六点，陪我去一趟八宝山。不是给你选房子，送个朋友。"说完，也不等吴仁获回答，小道士转身离开了吴仁获的办公室。

看着车前子的背影，吴仁获拼命安慰自己，自言自语道："别冲动，儿子，自己的。"

　　首都冬天的早上六点，天还没有亮，就是八宝山也少有在这个时间段办告别仪式的。不过这天早上六点的时段已经被人预订了，五点半左右，白事的亲友便陆陆续续到了，因为他们是头一炉，告别仪式的时间可以提前一些。不过这些人好像是在等什么人，坚持要等到六点才开始。

　　到了五点五十分，几辆轿车进了八宝山。在孙胖子的带领下，民调局几位主任，连同六室的所有人员，以及车前子、孔大龙和蔡诡三人一起进了大厅。

　　和孙胖子并排走着的，正是吴仁荻主任。黄然等人急忙迎上来，黄胖子身边是熊万毅，还有搬到首都常住的马啸林等人。一向和张支言形影不离的蒙棋祺，这时正以家属的身份守在遗体旁边。

　　除了熊万毅和马啸林，黄然身边还有一个刀条脸的小胡子。这是个生面孔，不过能看出来，黄然对这个人多多少少有些忌讳。

　　还有几分钟告别仪式才开始，孙胖子左右看了一眼，向黄然问道："怎么没见着上善老佛爷？不是我说，还以为他老人家也能来送送支言的。"

　　"禅师身上的佛气太重，来这里不方便。"黄然叹了口气，继续说道，"年前禅师曾经说过，支言今年会有一道坎。可惜，他还是没有过去。支言就和我亲弟弟是一样的，这几天我真是十分痛心……"

　　孙胖子也跟着叹了口气，说道："谁说不是呢，咱们一起做买卖的时候，我和支言好得跟一个人似的。前几天还说要喝他和棋祺的喜酒，没想到现在却来送他最后一程了。"

　　说话的时候，孙胖子见到站在黄然身后的刀条脸正在偷偷看他。孙胖子擦了擦"眼泪"，冲刀条脸一扬下巴，说道："不是我说，这哥们儿生面孔啊，以前怎么没见过？"

　　听孙胖子提到自己，刀条脸向前一步走了出来，随后非常不合时宜地笑了一下，低声自我介绍道："孙局长，在下是右判座下阴司箫金翎。奉了右判的……"

萧金翎的话还没有说完，主持告别仪式的主持人出来了。时间到了，蒙棋棋也没有异议。他便开始了对张支言的告别仪式："各位领导、各位来宾、各位亲友：今天，我们怀着无比沉痛的心情，在这里举行张支言先生的告别仪式。张先生于……"

主持人一开口，便没人再听萧金翎说话了，纷纷转身向主持人那边看过去。萧金翎有些尴尬，但也只能耐着性子等告别仪式结束。告别仪式持续时间不长，瞻仰遗容完毕，众人向以未亡人身份出席告别仪式的蒙棋棋表示慰问之后，装着张支言遗体的棺椁被工作人员推走……

终于熬到了仪式结束，萧金翎准备再去找孙胖子传话的时候，突然发现孙胖子身边有个人正直勾勾地盯着他。

萧金翎和这人四目相对的时候，发现这人体内的魂魄有些怪异。萧金翎施展出阴司视魂的手段看过去，发现这人的体内竟然是已经勾决了生死簿的蔡诡的魂魄。

不可能啊！当日就是萧金翎带队去抓捕蔡诡的，蔡诡也是在他眼皮子底下身魂双灭的。不光是萧金翎，还有上百名阴司鬼差亲眼见证。因为这件事情，萧金翎还落了个办事不力的罪名，被撸掉了大阴司的官职，后来还是靠着右判的关系，才勉强保住了阴司的职位。现在他又亲眼看到了蔡诡，顿时有些迷糊了，这到底怎么回事？

"没错，他就是前几天被灭口的蔡诡。"孙胖子走到萧金翎身边，继续说道，"萧阴司，你刚才说什么来着？右判大人有什么话要交代我吗？"

萧金翎稳了稳心神，冲孙胖子笑了一下，说道："原本右判大人有话要我转达给孙局长的，不过现在看起来，这个已经不重要了。孙局长，能不能把你身边那个脸色有些发暗的人借给我几天？"

"不能。"孙胖子摇了摇头，随后说道，"你说的那个人，是地府通缉了几百年的要犯。给了你，哥们儿我说不清楚。"

# 第三十八章　右判南棠

真是蔡诡，萧金翎没有看走眼。见孙胖子软硬不吃，他犹豫了一下，又跑去找黄然商量，想让黄然从中说合，让孙胖子同意他把蔡诡带走。

没想到黄然一听，立马摇头说道："萧阴司，你说让我想办法请来孙德胜和吴仁获，可没说还要带走他们的人。这个我真做不到啊。"

"那张支言转世投胎的事情，黄然老兄你也不管了吗？"萧金翎笑了一下，继续劝说道，"张支言投胎转世，以及下一世的生死簿纂写，都是我来负责的——有些事情就是这样，你帮帮我，我帮帮你。如果你不帮我，就别怪我背后对不住你了。"

黄然盯着萧金翎，突然抬起手，对着萧金翎的脸就是一巴掌。萧金翎没有防备，被一巴掌打倒在地。没等他起来，黄胖子又警告他："今天是我兄弟的最后一程，你笑了三次，我忍了你三次！你还敢得寸进尺用他的前程来要挟我，回去和右判说，三天之后，上善老佛爷亲自下去找他！如果你不知道上善老佛爷是谁的话，记住了，大术士席应真！"

今天来送张支言最后一程的，都是这个圈子里的人，或多或少都知道黄然背后的靠山，就是曾经的大方师徐福座下第一人席应真。不知道这个刀条脸的小胡子怎么惹到了黄胖子，竟然逼得他亮出来自己的靠山。

换第二个阴司，这时候已经灰溜溜地走了。不过萧金翎和一般阴司不一样，他刚从大阴司的位置上被撸下来没多久，还端着大阴司的架子呢。被黄然这么个凡人当众教训，萧金翎的脑袋一热，也不顾这是什么地方，身边还有什么人了，登时跳了起来，大吼了一声，说道："不用等三天！我现在就锁了张支言的魂魄，把他打入十八层地狱，你等着看吧。"

原本他只是说说狠话，想找回点面子，回去冷静冷静之后，也未必敢把张支言怎么样。但他这句话犯了众怒，没等黄然再动手，站在孙胖子身后看热闹的车前子疯狗脾气上来了，直接冲过去，一下又将刚爬起来的萧金翎撞倒。

萧金翎不是生人阴司，他是借了皮囊还魂上来的。车前子这一撞，竟然将他的魂魄从皮囊当中撞了出来。还没等他魂魄回到皮囊，车前子一把掐住了魂魄的脖子，正反给了他四个嘴巴。

"反了反了！你们竟然敢殴打阴司，知道是什么罪名吗？是要进十八层地狱的大罪！"萧金翎的魂魄被打得嗷嗷叫，他心里还有些纳闷，现在自己是魂魄了，车前子是怎么打到自己的？

"打你还得看皇历？我出门的时候还真看了！今儿百事禁忌，除了打小鬼！"张支言是死在车前子面前的，虽然之前他们的关系并不太好。不过小结巴的死对车前子触动很大，他容不得张支言死后也不得安宁，当下对着萧金翎的魂魄一顿拳打脚踢。

眼看萧金翎的魂魄开始喷白沫的时候，告别厅里突然出现了一股寒气。阳气弱的人，忍不住打了个哆嗦。这时候，一个上了年纪的声音在空气中响了起来："今天的皇历是，宜出行、搬家，忌官非。"

声音响起来的同时，一个身穿青衣的老人走进了告别厅。这人出现之后，萧金翎好像抓住了救命稻草一样，不停地大喊大叫道："右判大人救我！这些人私藏地府要犯，我抓捕犯人，他们不仅阻拦，还殴打……"

"噤声！不要再说话了。"老人无奈地看了一眼萧金翎，随后对告别厅众人说道："各位，张支言的告别仪式结束了，大家请回吧。"

刚刚听到萧金翎嘴里说出来什么阴司，在场的人已经感觉到不对劲了，弄不好自己卷进了一场阴阳旋涡当中。现在听到老人开了口，除了民调局的人和黄然核心的几个人之外，其他人赶紧离开了这个是非之地。

该走的人都走干净之后，老人这才继续说道："在下地府右部判官南棠，请吴勉先生出来说几句。"

吴仁荻就站在孙胖子身边，但他没有现身的意思，只是似笑非笑地看着这位右判。见没有人回答，右判苦笑了一声，转身面对着人群里的吴仁荻。多年前他和吴仁荻有过一面之缘，一眼便在几个白发男人当中找到了完全不搭理他的吴勉。

地府第三号人物竟然装作吴仁荻答应了一样，微笑着对吴仁荻说道："好久不见了，吴勉先生，听说你与左判曹正有些误会？南棠不才，奉了阎君的法旨，想给你们说和说和。"

吴仁荻仍好像没听到一样，完全不理会右判南棠的示好。这时候，一边的车前子忍不住了，指着自己手里的魂魄，对南棠说道："哎，老头儿，这条姓萧的狗是你养的？刚才嗷嗷叫，咬人了。这个事情咱们得说道说道吧？我也不知道你这个右判是多大的官，能不能做这个主。"

"萧金翎是地府阴司，你怎么可以这样折辱他？"南棠没等到吴勉的回复，接着又被这个半大小子折辱了。南棠听说过最近吴勉好像添了个儿子，却无法和面前这个张狂的半大小子联系在一起。进来的时候，他还特地在民调局众人之中寻找了一番，看看哪个是吴勉的儿子。

南棠身形一动，接着凭空出现在车前子身边，突然出手掐住了车前子的脖子。车前子还没有反应过来，就在这个时候，吴仁荻突然消失，随后他那带着刻薄腔调的声音在南棠身后响了起来："你想把我儿子怎么样？判官大人。"

这是吴勉的儿子！南棠心里一沉，不过他自恃是地府第三号实权人物，并不相信吴仁荻真敢对他怎么样。

他依旧掐着小道士的脖子，头也不回地说了一句："他折辱地府阴司，自然要受到惩处，以儆效尤——诶？你敢……"

南棠话说到一半的时候，孔大龙已经到了他身边，一把将车前子从南棠手里抢了回来。这一瞬间，这位地府右部判官南棠突然感觉身上的术法被禁锢住了，一丁点的术法都运转不起来。.

是吴勉，是他封住了自己的术法！南棠明白过来的时候已经晚了，车前子和孔大龙两个人一齐冲他去了。两个人倒也没打他，只是你一下我一下来回推搡南棠，一边推搡一边说道："你就是右判啊，刚才锁我喉是不？我惜老怜贫不和你一般见识，老小子你还没完了。"

"可不咋地，我们家老儿子这长这么大，我都没舍得动他一手指头。养大了就为给你掐的吗？他从小没爹没娘，我一把屎一把尿把他拉扯长大。怎么？以为孩子没有家大人了吗？"

原本吴仁获只是想暂时封住南棠的术法，让孔大龙趁机把车前子救下来，没想到这小老头几句话说得吴仁获有点动容了，索性继续封住了南棠的术法。

南棠在右部判官位置上做了七百多年，历经数位阎君，无论何人见到他都是客客气气的。而且当前的这位阎君对他还以师礼相待，能做到这个份上，他也算是判官当中的第一人了。他什么时候被人这么推搡过？

不过他的术法被禁锢了，靠着皮囊的那点战力又打不过孔大龙和车前子爷俩，当下只能用言语表示抗议："哎？你们想干什么？我是地府右判，你们俩最好都长生不老，别让我在下面看见你们……可以了啊，推起来没完没了还……你再推我一下试试？再推一下、再推一下……俗话都说七十不打、八十不骂的，下个月就是我一千阴岁的生日了，你们好意思……诶，还推我……"

这时候，黄然有点看不下去了。他知道自己说不动吴仁获，当下来到孙胖子的身边，对笑嘻嘻看热闹的孙胖子说道："大圣，他毕竟是地府的右判。我们早晚也要去地府报道的，真翻了脸不只是我们，我们的亲友都麻烦。"

"老黄你说的是啊。"孙胖子笑嘻嘻地看了黄然一眼，随后嬉皮笑脸地走过去，拉住了车前子和孔大龙，笑着说道："都看我面子了。可以了，右判大人刚才也不知道兄弟你是谁，咱们以后还得打交道。"

看到车前子和孔大龙被孙胖子拉开，右判南棠还不干了。他指着孙胖子说道："民调局孙德胜是吧？今天开始，地府断了和你们的一切联系。下个月就是亡魂列车的日子了，地府不再接收那些孤魂野鬼，你自己想办法吧！还有，你们民调局上下所有人减寿两年。"

"你这话说的——兄弟，当我什么都没说，继续吧。要是累了说一声，哥哥我替你一会儿。"孙胖子笑嘻嘻地转身，背着手回到了民调局众人里面。几位主任都觉得不妥，当下围了过来，要孙胖子再去拉车前子，说右判也是在气头上，许诺他些好处，说不定气就消了。

孙胖子笑着摇了摇头，说道："该说的哥们儿我都说了，是那个老家伙得理不饶人嘛。大家伙放心，有吴主任在，大不了咱们把生死簿抢过来自己填。"

见黄然过来又想劝他，孙胖子搂住黄然的脖子，在他耳边低声说道："老黄，还没看出来吗？下面的格局要大变了，回去做好准备吧。"

黄然愣了一下，随后马上明白过来孙胖子话里的意思，回头看了一眼快被车前子和孔大龙推倒坐在地上的右判南棠，叹了口气，没有再说话。

张支言的送别仪式，最后在一场闹剧当中结束。众人回到民调局的时候，已经快到中午。几位主任还是有些不放心，拉着孙胖子商量怎么和右判解决矛盾。

就在这个时候，孙胖子的助理尤阙敲门进来，说道："孙局，外面有个人找您，说是您的老朋友，无论如何也要见一面。"说话的时候，尤阙不停地向孙胖子眨眼，示意要见他的人不一般。

"找我，还老朋友？哥们儿我的老朋友不是在监狱里，就是医院里躺着。"说话的时候，孙胖子和几位主任都站了起来，走到窗边去看要见孙胖子的老朋友是谁。看到了这个人的模样之后，孙胖子和几位主任的脸都变了颜色。

门口站着一个穿黑色裘皮大衣的年轻人，不知道是不是想到了什么好笑的事情，时不时哈哈笑几声——这人正是不久之前，在四合院里出现过的有点精神不正常的阎君。

几位主任都是见过这位阎君的，郝文明开口说道："不是我说，打了人家的副手了，阎君亲自上门问罪了……孙胖子，不行去找吴主任吧——先说好了，这事我们几个主任不参与啊，我们五室互保……你上哪儿去？"

没等郝文明说完，孙胖子已经出了办公室的门，一溜小跑到了大门口。见到了门口的年轻人之后，孙胖子笑着说道："看看，阎君陛下您老怎么还亲自上门了？有什么事情找个阴司传达一下就行，我们随时听候差遣……"

"拉倒吧，你这边刚刚把我们的右判打了，我再派一个过来挨打啊——哈哈哈哈。"阎君说到这里的时候，再次没有征兆地哈哈大笑了起来。说着，他上前一步，搂住孙胖子的脖子，在孙胖子的胖脸上亲了一口，低声说道："下次，下次我想个招把老南棠诓出来，你让吴勉的儿子再揍他一顿。我提前找个地方藏起来，看看他挨打的时候什么模样。"

"也不算打吧，最多就是互相推搡。"孙胖子挣脱不了阎君的手臂，有些憋气地继续说道，"那什么，您老松一点，我缓口气。您特意来一趟，不是就为了说这个吧？"

阎君终于松开了手臂，看了孙胖子一眼，说道："我是阎君，不是闲君——哈哈哈哈……这副皮囊病得越来越厉害了。我得抓紧时间说，带我去见吴勉，有点事情要托付一下。"

听到阎君要见吴仁荻，孙胖子这才松了口气，随后笑嘻嘻地带着他去了六室。

刚到六室门口，便听到里面传出来车前子的声音："对啊，我怎么没有想到，可以去让阎王爷给你续命。回头找他在你的生死簿上添二百年的阳寿，不够了再添！"

阎君哈哈一阵大笑，一边笑一边推开了六室大门，对里面的人说道："干脆，我把生死簿给你们，你们自己填。"

# 第三十九章　一条新路

办公室里面，坐在吴仁荻对面的车前子和孔大龙同时回头，瞧见阎君站在门口，原本坐在椅子上跷着二郎腿的小老头没有防备，一仰身连人带椅子摔到了地上。

"哈哈哈。"伴随着一阵不正常的笑声，阎君进了吴仁荻的办公室。他也不理会被车前子搀扶起来的孔大龙，看了一眼吴仁荻之后，说道："我想过——如果可以和你换个身份，我这个阎君宁可不做了。"

没等吴仁荻说话，刚刚将孔大龙搀扶起来的车前子先不干了："孙子你占谁的便宜呢？别以为我听不出来话里的意思啊！"

说着，车前子还想去推搡阎君，孔大龙赶紧死死抱住他。小老头有点尴尬地笑了一下，对吴仁荻说道："既然你这里来客人了，那我们以后再聊。"

说着，孔大龙拉上骂骂咧咧的车前子，和孙胖子一起离开了吴仁荻的办公室，又在外面将办公室门关好，房间里面只剩下吴仁荻和阎君两个人。

吴仁荻沉默了片刻，盯着面前这个神经不大正常的阎君说道："要不你先去治治病吧。"

"就知道你会这么说——哈哈哈哈。"癫狂地笑了几声之后，阎君指了指自己的脑袋，继续说道，"在这个皮囊看来，未必是我有病。"

说话的时候，阎君将两条腿搭在吴仁荻的办公桌上，继续说道："不说这些了，我这次来是来表明态度的，南棠的一切言论和行为都是他个人行为，与地府无关。说实话，我早就想像你那么干了——哈哈哈哈。"

吴仁获一直等到阎君笑完，才开口说道："说完了？不送。"

说话的时候，吴主任有意无意地将手放在办公桌上。一股力量顺着桌子打中了阎君的双腿，打得阎君飞了起来，身体在半空中旋转了一百八十度，摔到了地上。

"以前有没有人和你说过，你太无趣了？怎么说我也是阎君，你就不能给阎君一点特权吗？"阎君从地上爬起来，他也不生气，依旧病态一样笑着。随后坐回了椅子上，只不过这回他没敢再把双腿搭在桌子上。

看吴仁获不搭理自己，阎君笑嘻嘻地说道："刚才那小伙子是你的儿子？知道吗？你有儿子的消息已经在下面传开了，都在打听谁的福气那么好，能托生到你家里。有不少女鬼开始托关系，也想投胎到你家，给车前子做妹妹，或者做女儿也行……哈哈哈哈。"

说到这里的时候，原本还在哈哈大笑的阎君猛地收敛了笑容，突然冷冰冰地盯着吴仁获，说道："我的路快被堵死了……帮我开辟一条新路吧。"

"你的路堵死了，要我开路？"吴仁获用他特有的眼神看了一眼面前的阎君，随后说道，"你以为自己是谁？车前子？"

"只要你能帮我开辟一条新路，你可以把我当成你儿子。"阎君说这话的时候，脸上并没有刚才精神病的表情。他深深地吸了口气，继续说道："说起来我算是鬼物，不怕魂飞魄散。原本只要安安静静地等着转世就好了，四个月之后，我会出生在一个富贵人家里，出生、上学到结婚生子，直到老去死亡都已经写在生死簿上了。地府的事情再与我无关。二百年前，我坐上阎君之位的时候，就已经安排好了。"

说到这里的时候，阎君沉默了片刻。随后他摇了摇头，好像自己和自己说话一样，说道："眼看那一天就要到了，我却开始紧张起来了。我甚至都不知道为什么紧张，地府的事情明明马上就要与我无关了。我不是阎君了，为什么还会紧张。

"你以为我是喜欢这身皮囊吗？不是，我打心底厌恶这个精神病。不过只有躲在这里面，我紧张的心情才能放松一点。只要回到地府，从这身皮囊当中走出来，我的心就好像被一只手揪住了一样，紧张到透不过气来……"

没等阎君说完，吴仁获开了口，说道："紧张？你现在还是阎君，之前错杀少了？"

"杀不动了。"阎君苦笑了一声，继续说道，"我心里什么都明白，错杀一个曹正不算什么，可是我没有时间再挑选继承人了。万一曹正被错杀了，真正的蔡疫趁新阎君立脚未稳的时候杀过来，弄不好会中断阎君更替的大业，再引起来地府千百年的动乱。等到我下一世结束，再回到地府的时候，会是什么样的场景，我都不敢去想。"

"那你要我开什么路？"吴仁获看了一眼阎君，继续说道，"等你走了，我来制衡曹正？"

"那就真的大乱了，我不能开一个隔世阎君指手画脚的先例。"阎君叹了口气，继续说道，"所有的事情，都在我转世之前办妥，我缺一个可以开路的后台。"

说话的时候，阎君从怀里拿出来一封信。他将信交给吴仁获，继续说道："你先看，看完再说。"

吴仁获接过信，打开之后看了一眼，便将目光挪到了阎君的身上，说道："字迹没错，你是怎么办到的？"

阎君微微一笑，说道："你先看，看完我们再说。只要你答应，我什么都告诉你。"

听了阎君的话，吴仁获深吸了口气，随后将这封信看完。他看得很慢，看到最后落款的时候，吴仁获闭上了眼睛，好像是在回味信里的内容。

差不多过了五分钟，吴仁获才再次睁开了眼睛，盯着面前的阎君，一字一句地说道："你找了暗夜的林错？"

"他现在叫林怀步。"阎君微笑着点了点头，随后继续说道，"可惜他也不能阻止那场悲剧，这个你是知道的。"

"我知道。"吴仁获说话的时候，仔细地将信纸叠好，小心翼翼地放回信封里，这才继续看着阎君说道："她开了口，我答应你。"

看到吴仁获点了头，阎君这才松了口气。一瞬间，他又变回了那个精神病的样子，一阵癫狂的笑声之后，这个"年轻人"站了起来，冲吴仁获做了个鬼脸，说道："那就说好了，等我的消息吧。"

看到阎君要走，吴仁获突然叫住了他，说道："如果曹正就是蔡疫的话，谁来代替他做你的继承人？"

"如果可以的话，最佳的人选是你。"阎君哈哈笑了起来，在笑声当中感觉到了从吴仁获身上散发出来的寒意，他才止住了笑意，说道，"到时候就知道了，说不定会给你个惊喜。不说了，我要回去了。"

说完，阎君冲吴仁获微微一点头，随后在一阵精神病独有的笑声当中，走出了六室主任的办公室。

阎君离开之后，吴仁获又将那封信取了出来。他没有将信纸抽出来，只是盯着信封，自言自语道："一转眼，已经过了这么多年。"


六室对面的一间小仓库里面，孙胖子、车前子和孔大龙三个人蹲在地上。小老头手里一部手机上，插着一根耳机线，两个耳塞分别塞在孙胖子和孔大龙的耳朵里。

听到阎君要走，孙胖子急忙将耳朵里的耳塞摘了下来，扔给了车前子之后，起身从仓库里走了出来。他笑嘻嘻对阎君说道："等陛下您老半天了，不是我说，让我尽尽地主之谊，请陛下您尝尝阳世间的美食美酒吧？"

"再来个美女？哈哈哈哈。"阎君病态地笑了一阵，接着说道，"咱们阴阳不同流，算了吧。等下辈子吧，有机会的。哈哈哈哈。"

趁孙胖子去送阎君的时候，车前子对正在收拾手机的孔大龙说道："老登儿有你的——刚才我还真以为你是一脚蹬空摔倒了，原来你是趁机把无线耳机扔桌子底下了。刚才屋里面说了什么？就你们俩听到了，你给我唠五块钱的。"

"还能有什么？老阎求你爸爸呗。"孔大龙一边将手机塞进衣兜里，一边继续说道，"老阎也快去投胎了，他要在投胎之前搞定地府的乱象。想拉上你爸爸，给他做个后台。老儿子，你猜老阎怎么对你爸爸说的？希望把阎君的位置传给你爸爸。"

小老头还没说完，就发现车前子看他的眼神有点不对了。小道士斜着眼打断了孔大龙的话，说道："老登儿你是不是又想骗我？还是刚才听到了什么不能和我说？你以前可不是这样，我刚刚就问了一句屋里面说了什么，你就回答了这么一大段……

"上次这样，还是我九岁那年，你偷了我的压岁钱，去给李寡妇买卫生巾。也是这样，我刚问了一句，你就说了一大堆。最后还是李寡妇找上门，说你买的卫生巾买错了，要你去换我才明白过来。"

"这是一码事吗？"孔大龙苦笑着继续说道，"老儿子你连我都不信了？你说我这一把屎一把尿把你拉扯——外甥女婿，你啥时候到的？"

当孔大龙想混过去的时候，突然发现吴勉凭空出现，冷冷地看了他一眼。小老头的表情立刻变得不自然起来，将身体往车前子的身后挪了挪。

吴仁荻又看了孔大龙一眼，抬手将一个蓝牙耳机递了过去，说道："下不为例，再有一次，你得用耳朵来换。"

在吴仁荻面前，孔大龙不敢找借口。他呵呵笑了一声，说道："这不是好奇嘛，我们也是担心老阎坑你，这才想办法替你把把关。想不到老阎抠搜的，一封信就把你打发了。"

"信？什么信？"车前子的好奇心起来，追问了一句。

原本吴仁荻已经转身准备回自己的办公室了，听到车前子的话之后，他回头看了自己儿子一眼，随后从怀里将刚刚阎君给他的信取了出来，递给了小道士，说道："就是这封信，阎君找了异人施展大神通，找到了邵——的祖先，写了这封信。"

原本车前子已经伸手去接信封了，不过听到吴仁荻的话之后，他立即将手缩了回来，随后有些尴尬地拢了拢自己的小平头，说道："那就明白了，不看了。那什么，字儿写得不错。"

见车前子不看这封信，吴仁荻将信重新收起来，随后对正冲他傻笑的孔大龙说道："记住，下不为例。"

"绝没有下次了！外甥女婿你慢走啊！"等吴仁荻离开之后，孔大龙才对车前子说道："老儿子你扶我一把，蹲太长时间了，腿麻了。"

"老登儿你也是，给李寡妇买卫生巾的时候，就没见你腿麻过。用我的压岁钱给她买那玩意儿，还买了假货……"车前子骂归骂，还是将孔大龙搀扶了起来。随后他拉着孔大龙走出了小仓库，一边向电梯口走去，一边说道："你们都说姓吴的脾气不好，这不是挺好的吗？那么重要的信，我一开口他就给我了。"

孔大龙笑着说道："那是，天底下就你一个亲生的。别人到五十岁就是老来得子，他都活了两千四百多岁了，你想想，你是你爸爸的话，这时候有个儿子什么心情？会不会要什么给什么？"

"他都两千四了？"车前子有些吃惊，他倒抽了一口凉气，继续说道，"之前谁说过来着，我听了一耳朵，还以为七八百岁就顶天了，没想到都两千四百多了。老登儿你说上下才五千年，他竟然不要脸地占了一半。"

"这话估计全民调局也就是老儿子你敢说。"孔大龙说话的时候，电梯已经上来，他由车前子扶着进了电梯。进来之后才想到要去哪儿，想来想去还是按了孙胖子办公室那一层。

片刻之后，电梯门打开，正巧碰到了孙胖子。孔大龙说道："小胖子，老阎走了？没说什么？"

"该说的不是都对吴主任说了嘛。"孙胖子嘿嘿一笑，领着两人到了自己的办公室，接着说道，"你们俩先坐，我把从老黄那里拿过来的日记收拾一下。这个可是宝贝。"

说着，孙胖子将他从八宝山带回来的几本日记取了出来。他也不避讳这爷俩，打开了办公室里的保险柜，小心翼翼地将日记放到了里面。

收拾好之后，孙胖子回身对车前子和孔大龙说道："对了，我把蔡老三安排在六室了。由二杨和老屠轮流看着他，等着阎君转世，地府一切稳当之后，再安排他转世。我和阎君说好了，回去就赦免他的罪过。"

听孙胖子提到了蔡诡，车前子开口问道："那曹正到底是不是蔡老二？阎王爷就是因为这个才来的吧？要不不管他是不是，先弄死再说，要不然就放他去转世投胎。"

"兄弟，这个不是'咱们'操心的事情。"孙胖子说到这里的时候，眼神越过车前子，看了孔大龙一眼，说道，"阎君临走的时候，说了这么一句话，也不知道是对谁说的。他说鸡蛋不能放在一个篮子里，如果曹正真是蔡疫的话，也未必就是坏事。"

孙胖子在办公室里与车前子、孔大龙交谈的时候，在一个漆黑的房间里，一个苍老的声音叫骂道："自打地府划界以来，我算是最倒霉的判官了，竟然被吴勉的儿子推来推去。他们羞辱的并不是我右部判官南棠一人，分明是在打诸公与阎君陛下的脸！"

"右判大人，不是说阎君陛下去民调局兴师问罪了吗？"黑暗当中，一个声音继续说道，"他听说你被欺负了，也很是震怒。"

"不要提阎君陛下了。"南棠叹了口气，随后继续说道，"自从陛下玩物丧志，找了一个精神病皮囊之后，他，陛下就越来越不像话了。说话颠三倒四，还经常无故发笑。这次说是要替我出头，依我看起来，不过也是和稀泥。毕竟，现今陛下最看重的，就是他转世之前，地府不能乱。"